숲속의 잠자는 옥희

최치언 희곡집

작가의 말

"연극은 연극에 이르지 못한다,
희곡적 글쓰기는 희곡에 이르지 못한다" 는
자명한 사실 때문에
인생이 이국에 온 자처럼 힘들어졌다,
그러나 이국은 항상 아름답기도 하고
두렵기도 한 언어를 가지고 있다

2019년 2월 27일 최치언

차례

최치언 희곡집

숲속의 잠자는 옥희

2011년 창작팩토리 우수작품제작지원 선정작

등장인물

작가 김옥희, 배우 김옥희(1인 2역), K(편집장) , 매니저, 란, 견자, 의사, 김 기자, 검사(변호사), 남(목소리), 여(목소리)

일러두기

무대는 숲으로 이루어져 있다. 극 중 크게 세 공간(병실, 작가 옥희 집, 배우 옥희 집), 배우 옥희 집은 간단한 소품을 활용하여 배경을 숲처럼 표현한다. 숲 한쪽에 큰 통창처럼 보이는 영상 막이 설치되어 있다.

극 중 영상 막을 통해 동화 "잠자는 숲속의 미녀"를 패러디한 그림 영상이 보인다

#프롤로그

마녀들이 빗자루를 타고 하늘을 날면서 왕궁으로 들어간다.

왕과 왕비가 예쁜 공주를 얻어 온 나라에 성대한 잔치가 열린다.

"옛날 옛날에 아기를 너무나 갖고 싶어 하는 왕과 왕비가 살고 있었어요.

두 사람은 아기를 낳기 위해 정성 들여 기도를 했어요.

그리고 얼마 후 예쁜 공주를 낳았지요.

백성들은 기쁨에 노래를 부르고 성대한 잔치가 열렸어요."

#1

<u>병실</u>

죽은 듯이 잠이 든 옥희가 침대에 누워 있다.
묘한 표정으로 옥희의 얼굴을 들여다보고 있는 견자와 의사.

견자 믿을 수 없군요.

의사 믿으라고 강요하지는 않겠습니다.

견자 잠이 들었단 말이죠?

의사 그냥 잠이 아닙니다.

견자 영원히 깨어나지 못한다는 말씀인가요?

의사 영원히까지는 모르겠고, 언제 깨어날지 지금으로선 알 수 없다는 겁
     니다. 일 년이 될지 이 년, 십 년이 될지. 잠에서 깨어나지 못하고 죽
     을 수도 있겠죠.

견자 기면증이나, 물리면 잠에 빠진다는 체체파리… 그런 종류가요?

의사 (뜨악하게 본다)…?

견자 죄송합니다. 혼란스러워서 그럽니다.

의사 괜찮습니다. 배우 김옥희 씨는 지금으로서는 분명 혼란입니다.
     전 이 혼란을 분석하려고 애썼지만, 오히려 추상에 휩싸이고 말았
     습니다.

견자 추상이요?

의사 혼란을 분석하기 위해선 혼란과는 상관없는 새로운 패러다임이 필
     요 합니다.
     패러다임은 추상인데, 이것들은 최초의 혼란과 상관없이 복제되고
     증식되어 주체를 휩싸버립니다. 새로운 혼란의 발생이죠.

견자 어렵군.

의사	좀 어려워도 됩니다. 옥희 씨는 충분히 그렇게 느껴도 되는 고통 속에 있으니까요.
	분명한 건 혼란은 문제점들로 이루어진 구조라는 겁니다.
견자	그럼, 배우 김옥희 씨는 문제점들이군요.
의사	(확고한 의지로) 뒤틀린 사회가 만들어낸 혼란이죠.
견자	뒤틀린 사회가 만들어낸 혼란이라… 정말 궁금한 것이 있습니다.
의사	(안다는 듯) 다행히도 최소한의 먹을 것과 대소변을 볼 때만 일어나서 해결합니다. 그렇다고 해서 잠에서 깬 것은 아닙니다. 몽유병 환자라고 생각하시면 됩니다. 의식은 잠이라는 어둠 속에 갇혀 있고 때가 되면 육체만이 유령처럼 돌아다닙니다. 실상, 우리 모두가 그런 꼴이잖습니까.
견자	어떻게 그런 일이 가능하죠?
의사	정신과에서는 불가능한 상태를 상정해 놓지 않습니다.
	불가능한 상태는 아직 일어나지 않은 상태를 말할 뿐입니다.
견자	그러니까… 왜 하필이면 잠드는 병에 걸렸느냐는 겁니다.
의사	한 여자로서 견디기 힘든 소문들이더군요. 물론 여배우로서도 말이죠. 사실에 기반하지 않은 얘기들을 언론과 매스컴에서 여과 없이 흘리더군요. 심리적으로 매우 고통스러웠을 겁니다. 문제점들이 구조가 되고 혼란이 되는 단계죠. 혼란은 우울증을 동반합니다.
	우울증의 현상 중 하나는 잠이 많아진다는 건데… 일종의 심리적 도피죠.
견자	잠이 많아진다는 것과 영원히 잠든다는 것은 다르잖습니까?
의사	그게 그거라고 봐도 별 차이 없을 겁니다. 우울증 환자들 잠에서 깨어나도 깨어난 것이 아니죠.
견자	전 의학적 소견을 듣고 싶습니다.
의사	옥희 씨에 대해 의학적으로 말씀드릴 것은 전무합니다. 이건, 동화

같은 얘기니까요. (그때야) 그런데 댁은 누구시죠?

견자   저는 견잡니다. 볼 견자에, 놈자. 밖에서 바라보는 자, 중간자, 피도 눈물도 없이 냉철하게 현상을 보는 자라고 할까요. 그러나 저도 사람인지라 제가 보는 만큼만 견자가 되겠죠.

이 연극의 사회자라고 봐도 됩니다.

병실로 들어오는 매니저.
매니저, 견자를 보며.

매니저   무슨 일이십니까?

의사   (매니저를 가리키며) 이분이 매니접니다.

이때, 옥희가 부스스 일어난다. 화들짝 놀라는 견자.
옥희, 그들을 지나쳐 화장실로 들어간다.

견자   (의사에게) 선생님! 지금…?

의사   제가 아까 말씀드렸잖습니까. 의식은 없습니다.

화장실 문을 열어 놓고 일을 보는 옥희.

견자   말을 걸면 대답은 합니까?

매니저   믿을 수 없을 겁니다. 저도 믿을 수가 없으니까요. 아까 의사 선생님께서 동화 같은 얘기라고 하셨죠. 그런데 말입니다. 우린 동화의 이야기는 믿지 않아도 동화는 읽잖아요.

왜 믿지 않는데 읽는 겁니까?

안개의 숲
5년 전

    안개로 뒤덮인 숲 저편에서 소곤소곤 들려오는 남, 여의 목소리.
    작가 김옥희, 목소리들의 실체를 잡으려는 듯 안개를 헤치며 더듬더듬 걷는다.

남, 여   (목소리 동시에)
        쓰레기 같은 연애 소설이나 쓰는 작가 주제에 지가 무슨 공주라도 되
        는 줄 알어. 실력이 안 되니까 매춘녀처럼 늙은 작가들한테 몸을 팔
        고 다닌다면서….
        그 작가 소설, 남의 작품을 다 베낀 거래. 창피한지 알아야지. 어쩐지
        어디서 많이 읽은 것 같더라 했다….
옥희   당신들 누구야?
남   (목소리) 골 빈 머리 채우려고 유명 정치인들만 잡아먹다 이번에
        스캔들 터졌잖아….
옥희   누가 그래? 당신들이 봤어!
여   (목소리) 완전 색골녀라면서….
남   (목소리)유부남이나 유혹하는 역겨운 년!
옥희   난 그런 적 없어! 난 그런 적 없다고!

    이때, 숲 저편에서 걸어 나오는 검사. 손에는 원고 뭉치를 들었다.

검사   (옥희에게) 왜 그런 적이 없는데 사람들이 그런 소리를 합니까? 옥
        희 씨가 도덕적으로 해이하니까…. 유부남하고 스캔들도 일으킨 거
        고, 이렇게 남의 작품을 베낀 거 아닙니까? 아무리 남의 것이 탐나도

자기 게 아니면 욕심을 내지 마세요!

<다시 남, 여의 목소리가 동시에 옥희를 할퀴어대듯 압박한다>

검사   (능글맞게) 옥희 씨 정말 그런 여잡니까?

#3

<u>작가 김옥희 집</u>
<u>5년 후</u>

손에 든 원고를 소리 내어 읽는 작가 김옥희.
<작가 김옥희는 어딘가 정신적으로 불안해 보이지만 애써 그것을 감추고 있다>
편집장 K는 소파에 앉아 경청하고 있다.

옥희   주인공이 안개 속에서 길을 잃고 헤맬 때, 마치 한 편의 시 같기도 한 이런 환청을 듣게 됩니다. "저 소리, 땅속으로 나무가 뿌리를 내리꽂는, 진실은 그런 거야 하고, 말하는 저 소리. 천둥처럼 우리들의 뒷골을 치고, 깨끗이 사라져 버리는 저 소리, 들리나? 한 사람의 고독이 얼마나 멀리 밀려갔다 돌아오는지. 그 사람 손엔 무엇이 들어있었지? 당신들이 한 번도 본적 없는 거대한 귀, 눈물을 묻히지 않은 눈알처럼 섬뜩하게 이곳을 쳐다보고 있는 귀.
우린 너무 늦어버린 게 아닐까? 누군가 피를 토해야 겨우 하나를 알아먹을 수 있다면,
너무 늦어버린 거야."

잠시, 침묵이 흐른다.
K가 조용히 일어나 옥희를 향해 박수를 친다.

K   좋은데요. 진실에 대한 은유도 좋고, 무엇보다, 뭐랄까? 전 귀로 상징되는 민중성이 좋아요.

옥희   (조심스럽게) 여기서 귀는 민중성이 아니고 진실의 소리를 듣는 양심이랄까요.

진실을 향한 한 사람의 외롭고 고독한 절규를 들어주는 귀. 부끄럽네요.

K 그러니까, 방금 낭독하신 부분이 "숲속의 잠자는 미녀"를 패러디한 소설의 문장이란 말씀이죠?

옥희 네. (조심스럽게) 너무 관념적인가요?

K (약간 난감한 듯, 그러나 애써 감추고) 아니요. 신선하고 좋은데요⋯. 요즘 글들 너무 날것 냄새가 나서⋯ 사유의 토대인 언어는 사라지고 흥미 위주의 스토리만 활개를 치니⋯ 요즘 것들, 화려하기만 하고 깊이가 없죠. 모래 위에 지은 집 같고⋯.

옥희, K를 빤히 쳐다본다.
K, 옥희를 의식하며.

K 제 얼굴에 뭐라도 묻었습니까?

옥희 출판사 편집장님이 그런 말씀 하시니까, 좀 당황스러워요.
이렇게 쓰면 장사 안된다고 하실 줄 알았는데⋯.

K 저 망한 출판업잡니다. 옥희 씨가 이번 원고 저한테 주시는 조건으로 여기저기서 후원금 받아 챙기고 있는데요 뭘⋯.

옥희 또 망하시겠다.

K와 옥희 웃음.

옥희 저도 지금까지 모래 위에 집을 지으며 소설을 쓴 것 같아요. 문학의 깊이가 위선 같아 보였고, 소설을 읽는 대중들이야말로 작가들이 섬겨야 할 깊이가 아닌가 싶었죠.

K 대중들이 깊이다?

옥희	생각해보면 그땐 제가 아니었던 것도 같고…. 이건 아니다 하는 진실의 소리가 들끓고 있는데 애써 귀를 닫아걸었던 것도 같고. 그래서인지 이번 작품은 진실에 대한 화두가 짙어요.
K	(씁쓸하게) 왜 다시 진실에 대해 생각해야 하는 시절이 된 건지….
옥희	너무 늦기 전에 우리에게 온 선물 아닐까요? 다시 생각해라. 다시 행동하고, 반성해라. 그런데 모든 시절이 다 그런 시절 같아요.
K	듣고 보니 제 안목이 짧았군요….
옥희	절필하고 나서 5년 만에 처음으로 쓰는 작품이에요. 글을 쓰지 않는 시간이 너무나 고통스러웠고 힘들었지만, 또 그만큼 성숙해진 거 같아요. 그 고통의 시간 끝에서 편집장님도 만나게 됐고… 다시 쓸 기회를 주셔서 감사해요.
K	작가님의 그런 말씀, 독자들이 많이 목말라하고 있습니다.
옥희	(웃으며) 저도 독자들의 평가가 목말라요. 혼자 하는 작업이지만, 작가는 독자와의 만남을 통해 진정한 작가로 거듭나는 게 아닌가 싶어요.
K	그리고 또 혼자 남겠죠.
옥희	그런 순환들이 절 다시 책상 앞에 앉히곤 하죠. 잘하고 싶어요. 그리고 이번엔 철저하게 그 순환의 의미를 즐기고 싶구요.
K	심오하군요. 어렵기도하구.
옥희	칭찬은 고래도 춤추게 한다잖아요.
K	네?
옥희	칭찬 많이 받았으면 한다는 말이에요.

옥희 웃는다. K, 옥희를 살피며 어렵게 말을 꺼낸다.

K	괜찮으시죠?

옥희, 웃음을 그치고, K를 한동안 말없이 쳐다본다.

옥희   제가 불안해 보이나요?

K   제 말은….

옥희   솔직하게 말씀하셔도 돼요.

K   그러니까 오 년 전, 그때 당시 옥희 씨가 겪었던 그 말도 안 되는 일
        들 말입니다….
        동료 소설가의 글을 옥희 씨가 표절을 했다느니….

옥희   더 솔직하셔도 돼요. 제가 정말 그 남자하고 어디까지 갔는지 궁금
        하시죠?

K   (당황해하며) 절대요. 제 말은 그러니까 어떤 여자라도 감당하기 힘
        든 시간이었을 거라는 겁니다.

옥희   정말 말도 안 되는 일들이었다고 생각하세요?

K   (변명하듯) 사람들은 말입니다… 잘 알지도 못하면서… 신문에
        무책임한 그런 기사가 나가니까… 그게 진실인양 그냥 믿어버리
        고…. 그냥 그렇잖아요 진실 따위는 안중에도 없으면서… 무책임한
        말들만 퍼뜨리고… 그러니까, 제 말은….

옥희   (일부러, 가볍게) "너희 중 죄 없는 자가 이 옥희에게 돌을 던져라"

옥희, 웃는다.
K도 어정쩡하게 따라 웃는다. 옥희, 웃음을 그치고.

옥희   저 괜찮지 않아요. 작가로도, 여자로도 바닥까지 발가벗겨졌었는데
        어떻게 괜찮아지겠어요. (편집장 얼굴을 장난스럽게 살피며) 우리
        편집장님 걱정되시겠다.

옥희   그렇게 걱정 안 하셔도 돼요. 저 이젠 그때 일을 농담할 만큼 좋아지
      고 있잖아요.

K   다행입니다.

옥희   다행이란 말 이런 상황에서 들으니까 굉장히 이중적으로 들리는
      데요?

K   작가님들은 못 속이겠는데요.

옥희   저 속이려고 하셨어요?

옥희와 K 웃는다.

K   마감 날짜까지 완성은 무리가 없겠죠?

옥희   아시잖아요. 제가 지금 할 수 있는 건 엄살밖에 없다는 거.

K   마감 날짜, 어기시면 저, 죽습니다….
      전화 끊고 잠수 타시기로 유명하신 작가분 아니십니까. 웃자고 한
      소립니다. 하여간 인터넷을 통한 출간과 동시에 서점으로도 쫙 깔릴
      겁니다.

옥희   오랜만에 설레고, 기대되는데요.

K   아 참, 그리고 그 시 부분만 신문에 먼저 발표하죠.
      언론사에 있는 후배들 시키면 싫어하지는 않을 겁니다.

옥희   그리고 보면 편집장님 정치 참 잘하시는 거 같아요.

K   제가요?

옥희   정치란 단어가 좀 그러면 장사 잘하신다는?

K   저, 정치하다가 망한 사람입니다. 처자식 먹여 살리려면 이제부터라
      도 장사해야 합니다. (씁쓸하게 웃는다)

옥희   왜 저한테 청탁하셨어요?

K   왜 저의 청탁을 들어주셨습니까?

#4

작가 김옥희 집

헨델의 "울게 하소서" 들려온다.
거실에 어지럽게 널려있는 원고지들. 글을 쓰는 옥희.
노트북에 글을 썼다가 다시 원고지에 글을 쓰는 옥희.
원고지를 들어 소리 내어 문장을 읽는 옥희.

옥희   "미애의 수상 파티장으로 가는 길은 몇 개의 숲을 지나야 했다. 숲은 견고했고 이따금 숙희의 발에 차이는 돌멩이들이 떠올리기 괴로운 어떤 기억처럼 숙희의 발걸음을 더디게 만들었다."
(다른 원고지를 읽는다)
"여우주연상 수상 파티장의 미애는 그녀를 축하하는 사람들 사이를 우아하게 옮겨 다니며 손가락의 다이아몬드 반지처럼 군림하고 있었다." 손가락의 다이아몬드 반지처럼 군림하고?
이거 어디서 읽은 구절 같은데, 어디서 읽었더라… 분명히 읽었어.
(원고지를 허공에 던지며) 이건 내 것이 아니야.

이때 초인종 소리.
그러나 듣지 못하는 옥희.
거실로 들어오는 란.

란   옥희야! 옥희야! 옥희야!

옥희, 그제야 란을 본다. 란을 보고 놀라는 옥희.

란	놀라긴… 옥희, 맞구나.
옥희	란이? 네가 어쩐 일이니? 어떻게 여길 알았어?

옥희, 창피하기도 하고 겸연쩍다.
란의 반응은 시큰둥해 보이기까지 한다.

란	초인종 계속 눌렀는데, 못 들었어?
옥희	(당황) 그랬어?
란	(시니컬하게) 문이 열려 있더라구.

옥희와 란 사이엔 묘한 긴장감이 있다.

란	우리 사는 거 하고 별반 다를 거 없네.
옥희	사람 사는 게 다 똑같지.

란	헨델이구나, 울게 하소서. 빌어먹을 영감탱이. 인간의 밑바닥엔 뭐가 있는 줄 아니?
옥희	(당황한다) 뭐, 뭐가 있을까…?
란	(가르치듯이) 슬픔. 타오르는 슬픔. 문학이나 예술이나 이 슬픔의 불을 들여다보는 작업이잖아. (옥희를 의식하며) 내가 작가님 앞에서 너무 오버했나….

란, 옥희를 본다. 옥희, 겸연쩍게 웃는다.

옥희	우리 삼 년만인가?
란	오 년.
옥희	벌써 그렇게 됐나? 전화라도 하고 오지. 이렇게 불쑥 찾아오면….

바닥에 떨어진 원고지들을 주위들며.

란	(읽는다) 이 원고들은 다 뭐야?
옥희	어… 그냥 파지들.
란	소설이구나….
옥희	"숲속의 잠자는 미녀"라는 동화를 모티브로 소설을 쓰고 있거든 너도 그 동화 내용 알지? 초대받지 못한 마녀가….
란	알아.
옥희	(불편한 옥희) 알 거야. 우리 대학 때 그 동화로 글을 써보자고 했잖아. 넌 대서사시로 쓰고, 난 소설로 쓰고.
란	(단호하게) 내가 먼저 제안했잖아.
옥희	(당황해하며) 그랬나? 하여간 그거 쓰고 있거든.
란	바쁘겠구나… 옥희야. 나, 다시 글 쓰려고….
옥희	(약간 놀란 듯) 그… 그래… 잘 됐다. 그래 써야지. 넌 나보다 재주 많다는 소릴 들었잖아.
란	재주가 아니라 재능이지. 나도 소설을 쓸까해….
옥희	(떨떠름해지며) 그래… 어떤 소설을 쓰려고…?
란	네가 지금 말한 거.
옥희	숲속의 잠자는 미녀?
란	그래.
옥희	…에이, 장난하지 마.
란	장난 아니야. 그 소잰 대학 때 내가 너한테 들려 준거잖아. 대충의 줄거리까지 말해줬잖아. 너무 오래돼서 까먹은 건 아니지?

당황하는 옥희.

옥희	난, 네가 지금 무슨 말을 하는지 모르겠네….
란	신문을 봤어. 네가 그 작품을 집필 중이라고 하던데….
옥희	(표정이 바뀌며) 그래서 온 거니?
란	꼭 그런 건 아니지만, 우연의 일치라고 하기엔 좀 석연찮은 구석이 있어서….
옥희	어떤 점이…?

사이

란, 창문 쪽으로 걸어가 밖을 본다.

란	여기선 시청 앞 광장이 다 내려다보이네.
옥희	(조심스럽게) 근데 어떻게 우리 집을 찾았어? 우리 집 주소 알고 있는 사람들 그렇게 많지 않은데….
란	…그냥 쉽게 찾았어. 트위터, 페이스북… 요즘 대세잖아. (뻐기게) 요즘 같은 세상에 숨는다고 숨어지니.
옥희	…(참으며) 전화하지 그랬어.
란	전화를 하면 네가 내 전화를 받겠니.
옥희	그런 말이 어딨어?
란	나이 먹고 남의 원고 교정 봐주는 일도 신물이 나고… 우리 남편 출판사 망했어. 난 남편하고 이혼한 지 꽤 되고….
옥희	그랬구나…. (어렵게) …그때 도와주지 못해서 미안해.
란	괜찮다고 말하면 위선 같고, 네가 그때 잘 나갔으니까 우리 출판사에 원고 좀 줬으면 우리 남편 안 망할 수도 있었겠지. 난 이혼도 안 하고 말이야.
옥희	(당혹스러워하며) …그땐 내 상황이 너무 안 좋아서….
란	알아. 내가 무슨 바본 줄 아니.

싱겁게 웃는 란. 옥희도 따라 어정쩡하게 웃는다.

란　　　…우리 대학 때 참, 치열하게 문학 했었는데, 넌 운이 좋아 쉽게 등단
　　　　했지만 난 매번 떨어졌잖니. 지금도 등단 못 하고 있지만… 저기 광
　　　　장에 아직도 촛불을 혼자 들고 서 있는 사람을 보니까. 마지막까지
　　　　어둠을 밝히는 것은 촛불 하나가 아닌가 하는 생각이 든다.
　　　　정말 촛불 하나로 끝까지 타오를 수 있을까. 너 괜찮은 거지?

옥희　　(의식하며) 내가 어때서?

란　　　…그 사람, 요즘 잘나가더라… 어떻게 사람이 그렇게 변절할 수가
　　　　있는 건지… 그 사람 가정이 있었잖아.

옥희　　(혼란스럽다) …내 정신 봐. 쥬스라도 한잔해라.

란　　　너 그때 표절 시비에, 그 사람하고 스캔들 동시에 터졌을 때, 나 너 그
　　　　일로 작가 인생 완전히 끝나는 줄 알았어. 넌 몰랐겠지만, 그전에도
　　　　출판계에 너에 대해 안 좋은 소문들이 많았거든.

옥희　　(당황하며) …그, 그랬어…?

란　　　며칠 전 신문에 실린 글 읽었는데, 네가 그렇게 사회 문제에 관심이
　　　　있는 줄 몰랐어… 너, 대학 땐 굉장히 공주였잖아… 걔 누구더라…
　　　　운동권이었던 애… 연합 엠티 가서 그 애가 너 시 읽고 속 빈 강정 같
　　　　다고 그랬잖아. 문제의식이 없다고. 그때 너 막 울고….

옥희　　(애써 참으며) 그랬나…? 근데 살다 보니까 변하더라. 그게 맞는 거
　　　　같고….

란　　　그 사람 때문이니?

옥희　　(발끈하며) 네가 왜 그런 투로 나한테 말하는지 모르겠네.

란　　　얘는 예민하긴, 내 말투가 원래 이러잖아.

란, 가방에서 원고 봉투를 꺼낸다. 옥희에게 다가서면서.

란	글이란 걸 오랜만에 쓴 거야. 바쁜 거 알지만, 네가 꼭 읽어줬으면 해.
옥희	(당황하며) 정말 그걸 쓴 거야?
란	왜, 바빠?
옥희	아니야.

원고 봉투를 받아드는 옥희.

란	너한테만 보여주는 거야. 내가 글 쓴 진 아무도 몰라. 창피하기도 하고.
옥희	왜 나한테…?
란	넌, 내 감수성을 많이 닮았으니까. 나, 갈게….
옥희	벌써?… 불쑥 왔다가 이렇게 가는 게 어딨어. 쥬스 가지고 올게. 마시고 가.
란	…불쑥 왔으니까 불쑥 가야지…. 너 그거 기억나니? 그게 언제였더라? 너 첫 소설 나왔을 때…. 그 출판기념 때 내가 갔었잖아… 그때, 네가 작가들 앞에서 나한테 한 말 말이야.
옥희	(당황하며) 내, 내가 뭐라고 그랬는데?
란	아니다… 됐다. 기억 못 하면….
옥희	(곤혹스럽게) 란아, 나 정말 기억이 안 나거든.
란	기억 안 나도 돼.
옥희	그게 아니라, 그 소재 말이야. 네가 먼저 말했다는 게… 내 기억엔 내가 먼저 말했었어. 줄거리도 내가 너한테 들려주고….
란	신문에 발표한 그 글 말이야. "저 소리, 땅속으로 나무가 뿌리를 내리꽂는, 진실은 그런 거야 하고, 말하는 소리"
옥희	…그 글이 왜?
란	내가 더 낭송해 볼까? "누군가 피를 토해야 겨우 하나를 알아먹을 수 있다면…"
옥희	그 글이 왜!

란	잘 생각해봐. 기억나지 않는다고 말하지 말고.
옥희	(혼란스러워하며) 뭘 생각하라는 거야?
란	그 글을 읽는 순간 너무 익숙했거든. 그래서 생각 중이야. 왜 그렇게 익숙했는지. 그거 시 맞지?
옥희	너 지금 무슨 말을 하는 거야? 내가 그 글을 어디서 베끼기라도 했단 말이야?
란	…나도 모르겠다. 너무 오래된 일이라서.
옥희	(화가 치밀어 오르며) 너 나한테 왜 이래? 몇 년 만에 불쑥 찾아와선… 네가 이러면 내가 불편하잖아. 내가 너한테 빚진 거라도 있니? 나만 모르는 빚이 있어?
란	무슨 말이야.
옥희	왜 사람을 의심하게 만들어. 너 시종 말투가 어땠는지 알아?
란	좀 여유가 있어 주면 안되니? 나도 너를 보면 나 자신을 의심해. 우리 그런 관계잖아. 서로 보면 자신을 의심하게 되는. 갈게… 꼭 읽어줘… 참, 아까, 헨델 말이야. 그거 내가 좋아했던 노래잖아.

이때, 핸드폰 벨 소리. 옥희 책상으로 가 핸드폰을 받는다.
옥희가 통화하는 동안 란은 사라진다.

옥희	네…어디요…? 신문사요? 네… 그 부분은 아직 구체적인 계획이 없는데요…(옥희, 란의 원고를 원고 더미 위에 올려놓는다) 그 글은 제가 누굴 불편하게 하자는데 목적이 있는 게 아니라… 잠시만요… (란을 찾으며) …란… 란아!… (핸드폰에 대고) 제가 다시 걸게요. (핸드폰을 끊어버린다)

혼란에 빠지는 옥희, 책상으로 가 란의 원고 봉투를 한쪽에 내려놓고 자신의 원고들을 마구 뒤적인다. 그리고 원고지를 하나 꺼내 든다.

옥희   "저 소리, 땅속으로 나무가 뿌리를 내리 꽂는, 진실은 그런 거야 하
       고, 말하는 소리"(불안하게) 아니야… 이건 내 글이야… 분명해…
       그럴 리가 없는데….

              어두워지는 옥희의 얼굴.

#5

배우 김옥희 집

매니저 통화하고 있다.

매니저   아… 네… 아까도 말씀드렸는데… 누님이 왜 편집장님의 전화를 피하겠어요… 촬영 중이라서 그래요… 그게 아니라, 누님도 후원해 드리고 싶다고 했는데… 누님도 빛 좋은 개살굽니다… 편집장님이 그렇게 말씀하시면 저도 서운하네요. 네… 네… 그러세요… (전화를 끊는다) 미친 새끼….

(탁자 위에 쌓인 신문을 뒤적이며) 어디 보자. "바람의 여인 천만 관객 돌파", "중년 연기자 옥희의 혼의 연기", "옥희 없이 불가능했던 영화", "국제 로트르담 영화제 여우조연상 수상", "사극 여인왕국은 방송대상 연기자상 유력", "뒤늦게 사랑받는 옥희의 연기" (오민일보를 뒤적이며) 오민일보만 상 소식을 안 다루었다 이거지… 김 기자 이 개새끼….

이젠 아예 작정하고 티를 내는구만. (오민일보를 바닥에 던져버린다)

옥희가 핸드폰으로 통화하며 나온다.

옥희   너무 감사해요. 다 최 감독님 덕분이죠… 네 감독이 잘 찍어주셔서… 감독님 아니면 제가 언제 그런 상을 받아보겠어요… 감독님 진심으로 존경하고 사랑합니다…(키스를 퍼붓는다) …느껴지세요? 아… 파리요? 네, 그럼… 건강하게 있다 오세요….(끊는다)

매니저   신문도 난리고. 인터넷도 난리고. 누님 핸드폰도 난리고… 난립니다. 누님이 난리를 만들었어요.

옥희, 매니저를 일으켜 세우며.

옥희   우리 춤추자.

얼결에 옥희에게 잡혀 춤을 추는 매니저.

옥희   나 기뻐해도 되는 거지?
매니저   물론이죠.
옥희   나 여기까지 오느라고 25년 동안 하루에 한 끼 먹었어.
매니저   왜요?
옥희   살찔까 봐. (깔깔 웃는다)
매니저   이젠 두 끼 드세요.
옥희   왜?
매니저   (옥희의 허리를 잡으며) 잡을 허리가 없어요. (춤추면서) 대 스타와 춤
         추니까 긴장되네.
옥희   나 지금 행복해… 무엇인가 가슴에 꽉 들어찬 게 내 인생에 이렇게
         행복했을 때가 있었을까 싶어.

이때, 매니저의 핸드폰 울린다.
매니저, 핸드폰을 보며 받을까 말까 망설인다.

매니저   편집장, 거지 같은 새끼 (핸드폰을 꺼버린다) 어떻게 하실 거예요?
옥희   뭘?
매니저   그분 집 근처에 있대요. 누님 좀 꼭 만나야 한다고….
옥희   한국 사람들, 거지 근성 알아줘야 된다니까. 잘 되면 덕 보려고 얼굴
         철판 깔고 들이대는 거.

옥희, 소파로 가 앉는다.

매니저   그냥 밥값 좀 하라고 돈 좀 찔러 줄까요?
옥희   하지 마! 나중에 문제 돼!

옥희, 탁자 위에 놓여 있는 신문을 뒤적인다.

옥희   "저 소리, 땅속으로 나무가 뿌리를 내리꽂는, 진실은 그런 거야 하고,
      말하는 저 소리. 천둥처럼 우리들의 뒷골을 치고, 깨끗이 사라져 버
      리는 저 소리, 들리나? 한 사람의 고독이 얼마나 멀리 밀려갔다 돌아
      오는지."
      …대체 무슨 말이야. (매니저에게) 자긴 알겠어?
매니저   (시니컬하게) 보청기 회사 광고 문구 같네요.
옥희   (신문을 읽는다) "숲속의 잠자는 미녀"를 패러디한 작품을 구상 중인
      작가 김옥희…? 이 작가 나하고 이름이 같네… (매니저에게) 자기 이
      작가 알아?
매니저   공부 좀 하세요. 유명 작가잖아요.
옥희   유명? 뭐 썼는데?
매니저   (버벅대며) 그게… 뭐 있는데…? 요즘 실세하고 옛날에 그렇고 그런
      사이였잖아요. 신문이나 인터넷에 꽤 자주 오르락거렸는데… 남자
      가, 유부남이었거든요… 누님도 아실 텐데…?
옥희   스캔들로 유명하구나.
매니저   이름 알려줘요?
옥희   관심 없어.
매니저   그게 아닙니다.
옥희   뭐가 아니야?

| 매니저 | 그 작가와 누님이 성도 같은 동명이라, 인터넷에 누님 이름 치면 그 때 그 작가 스캔들 난 거, 뜨거든요. 뭐 모르는 사람들은 그거 누님인 지 알잖아요. 지금도 가끔 그거 물어보는 놈들 있다니까요. |

이때, 핸드폰 벨 소리. 매니저, 핸드폰을 본다.

매니저	(버럭) 에이, 거지 같은 새끼!… (핸드폰을 꺼버린다)
옥희	…그분은 다 좋은데, 왜 정치한다고 나서가지고… 출판사 다 말아먹 고… 선거운동에 왜 배우를 끌어들여… 애경이 봐봐… 걔 완전히 낙 동강 오리일 됐잖아. 그게 다 그 편집징 때문이야… 이긴 내가 할 말 이 아니지만… 처자식도 있는 사람들이… 애경이 그 사람 때문에 남편하고 별거 중이잖아….
매니저	정말이요?
옥희	(썰렁하게) …아니면 말고.

사이

옥희	…참, 애경이 말이야. 이번 수상 축하 파티에 개도 꼭 불러. 나 걔 불 러서 보란 듯이 파티 한 번 할 거야.
매니저	그 누님 요즘 잠수 중인데요?
옥희	애경이가 해녀니? 잠수 중이게.
매니저	(망설이다가) 소문이 좀….
옥희	소문? 무슨 소문?
매니저	이번 영화 애경이 누님이 먼저 캐스팅 물망에 올랐었잖아요. 그러다가 막판에 누님으로 바뀌었지만….
옥희	그게 왜?
매니저	누님이 최 감독을 꼬드겨 애경이 누님 배역을 가로챘다느니, 그런

말들이 돌아서요.

옥희   (어처구니없어하며) …어처구니가 없네. 그건 애경이가 캐스팅 때부
         터 최 감독하고 트러블이 생겨서, 걔가 먼저 안 한다고 했던 거잖아.
         감독하고 이데올로기가 안 맞는다나 어쩐다나… 신문에도 났
         잖아….

매니저   두 분이 라이벌이시니까….

옥희   라이벌…? 애경이 걔 3년 전부터 연기 생명 끝난 애였어… 왜 걔를
         자꾸 나한테 갖다 붙여….

매니저   그래도 두 분이 젊었을 때 같이 극단 생활도 하고… 둘도 없이 친하
         셨잖아요.

옥희   (불쾌해지며) 친하긴 뭘. 다들 그 정도 친해. (수그러들며) 나도 걔 생
         각하면 안쓰러워… 지 분수도 모르고 정치판에 뛰어들더니 걔 하는
         일마다 부딪히잖아… 그냥 죽으로 있었으면 괜찮았을 거 아냐.

매니저   그래도 인간적으로 좀 미안하죠.

옥희   (망설이다가) 그거야, 인간적으로지… 최 감독도 나중엔 나한테 대
         본 보내려고 했다고 했잖아.

매니저   그래도 우리 쪽에서 먼저 최 감독한테 전화했잖아요. 좋은 상도덕은
         아니었잖아요.

옥희   (벌떡 일어서며)… 자기 대체 나한테 무슨 말을 하고 싶은 거야!

매니저   (달래듯) 그러니까, 김 기자 좀 만나 봐요.

옥희   김 기자? 내 연기 쓰레기 같다고 쓴 그 개자식.

무대 좌측, 김 기자 등장. 옥희와 매니저, 김 기자 쪽을 본다.

김기자   김 기잡니다, 오민일보. 식사 좀 같이하시죠. 저희 국장님이 옥희 씨
         팬이랍니다. 옥희 씨 과거사도 잘 아시고… 괜찮으면 술도 한잔했으
         면 하던데요. 듣자 하니, 다른 신문사에는 잘하신다면서요. 때 되면

밥도 먹고, 술도 먹고, 봉투도 찔러주고. 저희 신문사만 차별하시는 거 아니죠? 잘 아시잖아요. 옥희 씨 머리 위에 누가 있는지. 이런 유치한 말도 이번이 마지막입니다.

김 기자 황급히 퇴장.

옥희   저 쥐새끼. 쟤 왜 저러니?

매니저   (눈치 살피며) 그게요… 그러니까 저번 추석 때요… 회사 차원에서 언론사에 떡값 좀 돌렸거든요.

옥희   (발끈) 자기, 미쳤어. 나 그런 거 싫다 그랬시.

매니저   다들 하는데 어떻게 안 합니까.

옥희   뭐야… 벌써 줬다는 거야?

매니저   김 기자는 빠뜨린 거 있죠. 그 뒤로 땐땐하게 구는데. 이참에 돈 좀 찔러야 되려나?

옥희   자꾸 주니까 거머리처럼 달라붙는 거야.

매니저   김 기자는 안 줬다니까요.

김 기자, 다시 황급히 무대 좌측으로 등장.

김기자   왜 나만 안 줍니까? 그 의도가 참 기분 나빠요. 저희 신문사에 대한 정치적 신념 같기도 하고, 저에 대한 막연한 비호감 같기도 한데. 다 주는데 저만 안 주면 나만 바보 된 거 같기도 하고, 여운 많이 남습니다.

김 기자, 다시 황급히 퇴장.

매니저   김 기자가 그렇게 싫으세요?

옥희	싫어!
매니저	왜요?
옥희	그냥. 그냥 싫어. 능글맞게 웃는 것도 그렇고, 말 뒤끝을 올리는 것도 싫고. 우리 쪽에서 별명이 "달라야"야. 술 달라, 밥 달라, 여자 달라, 돈 달라. 내가 죽으면 죽었지. 그런 인간들 하고는 상종을 하고 싶지 않아.

이때, 초인종 소리.

옥희	이 시간에 누구야?
매니저	(목소리를 낮추며) …편집장인가 본데요.
옥희	(목소리를 더 낮추며) 집에 있다고 그랬어?
매니저	아니요!
옥희	문 열지 마!

문 두드리는 소리.

옥희.	다들 예의 없이 왜 이러는 거야….
매니저	그러니까, 돈 좀 찔러주자니까요.
소리	택뱁니다.
매니저	택배?

매니저 물레를 들고 들어온다.

매니저	물레네…? 누님 앞으로 온 건데요? 이거 돌아간다.
옥희	(놀라며) 물레? 누가 보낸 거야? (포장지를 본다) 애경이…?

#6

작가 김옥희 집

술에 취한 옥희와 K.

옥희는 정신적으로 더 불안해 보인다.

K   (울분에 차서 소리 지른다) 비겁한 새끼들! 정의롭지 못한 새끼들! (훌쩍이며) 믿을 수가 없습니다. 아직도 믿을 수 없어요. 애경 씨가 왜, 스스로 목숨을 낳었는지… 이건 성지 탄압입니다. 비겁한 새끼들… 정의롭지 못한 새끼들!(울먹울먹)

옥희   그분 장례식장 안 가보세요?

K   (당황해하며) …못… 못갑니다. 괴로워서 못갑니다.

옥희   말하기 좋아하는 사람들은 좋겠네요. 한동안 소설보다 더 재밌는 기 샃거리가 생겼으니까요.

K   다 썩었어요… 온통 썩었어요. 다들 눈치 보느라 후원금도 선뜻 내놓지 않고… 그러나 옥희 씨 소설은 제가 꼭 출판할 겁니다. 옥희 씨 저 믿죠?

옥희   김옥희는 어떤 사람이에요?

K   네?

옥희   아… 배우 김옥희요.

K   아, 그 옥희요. 그년 아주 나쁜 년이에요.

옥희   네?

K   아, 죄송합니다. 두 분이 이름이 동명이라서 오해하지 마십시오.

옥희   아니요. 괜찮아요.

K   그 여자 무명 배우였을 때 많이 어려웠었거든요. 그땐 나도 힘이 있

고 해서 제가 물심양면으로 도와줬어요. 애경 씨 부탁도 있고 해서… 이번에 후원금 좀 부탁하려 하니까 만나주지도 않더라구요… 돈이 없어서 그러겠어요. 권력에 찍힐까 봐 그러는 거죠. 이렇게까지 기회주의가 판치는 세상이 될 줄 몰랐습니다….

옥희   그렇군요.

K   그 여자는 왜요?

옥희   죽은 애경 씨란 분과 안 좋은 기사들이 터졌더군요. 한쪽이 죽은 뒤라… 그렇잖아요. 한국 사람들 죽은 사람에 대해선 관대하고, 살아남은 사람에겐 가혹할 정도로 인색하고….

K   살아남은 자의 슬픔이네요!

옥희   예전에 인터넷을 들어가 보면 간혹 그 여자하고 저를 혼동해서 제 기사에 댓글을 남기는 경우가 있었거든요. 엉뚱하기도 하고, 귀엽기도 하고… 그런데 이번엔 좀 무섭던데요. 증오에 찬 악성 댓글을 남기더라구요. 제가 애경 씨를 죽였다고, 웃기죠?

K   혼동했겠죠.

옥희   혼동은 아닌 것 같구요. 이성을 잃어버린 적개심 같았어요.
        김옥희란 이름의 모든 여자가 싫은 거죠.

K   하필 책이 나올 시점에….

옥희   그게 걱정되세요?

K   (정신 차리고) 아닙니다. 옥희 씨가 괜히 상처 받으실까 봐 걱정돼서요.

옥희   저 말인가요, 배우 김옥희 씨 말인가요?

K   당연히 작가 옥희 씨죠.

옥희   저 바보 아니에요. 편집장님이 뭘 걱정하시는지 저 잘 알아요. 사실 저 좀 무서워요. … 엉뚱한 사람들이 어떻게 엉뚱한 말들을 쏟아낼지 모르잖아요.

K   이번엔 절대 그런 일 없을 거예요. 옥희 씨와 배우 옥희는 동명이인

일 뿐이지, 아무런 관계없잖아요. 억지로 관계 만들고 갖다 붙여서 이상한 소리 지껄이는 새끼는 정말 쓰레기 변태인 겁니다.

옥희, 일어나 창가 쪽으로 가 밖을 본다.

옥희   친구가 왔다 갔어요… 대학 때 같이 글을 쓰던 친군데… 저한테 많이 서운했나 보더라구요….

K   (자기 생각에 빠져) 비겁한 새끼들!

옥희   사람들은요. 남만 봐요. 자신은 안 보고… 만약 우리들의 두 눈 중 하나가 자신을 볼 수 있게 만들어졌다면 세상은 좀 더 아름다워졌겠죠.

K   아름다운 말이군요.

옥희   아름답다는 소리 들으려고 하는 말 아닌데. 그 친구 보니까. 제가 참 많이 친구로서 부족했구나 싶어서요. 제가 햇빛 속에 있으면 누군간 제 그늘 속에 있었을 텐데….

K   옥희 그 나쁜 년이, 제가 지금 말하는 옥희는 배우 김옥희입니다. 그년이 지금 옥희 씨 얘기 들어야 됩니다. 친구 애경이가 죽을 때 누구 그늘 속에서 죽었겠어요. 옥희 그년 그늘 밑에서 죽었을 겁니다.

옥희   …친구가 오랜만에 글을 썼다고 원고를 주고 갔어요… 그런데, 못 읽겠더라구요.

K   (아직도 웃으며) 그 얘길 저한테 왜 하시죠?

옥희   (담담하게) 그 친구가 죽었어요.

K   네?

옥희   저 찾아온 날 그날 밤에 자살했대요. 어디다 났더라….

휘청이며 걷다가 바닥에 주저앉는 옥희.

옥희	그 친구가 주고 간 글 영원히… 읽지 못할 거 같아요.
K	그 마음 이해합니다.
옥희	아니요, 그렇게 말하지 마세요. 어떻게 사람이 사람을 이해해요. 어디서부터가 사람이고 어디서부터가 짐승인지도 모르는데… 그런 말 하지 마세요. 걔에 대한 제 마음을 잘 모르겠어요.
K	지금 마음을 찾으려고 하지마세요… 지금 찾으려고 하면 자신만 괴롭히니까요.
옥희	좋은 말이네.

옥희, 오디오로 가 CD를 튼다. 헨델의 "울게 하소서"가 나온다.
따라 부르는 K. 옥희도 K 쪽으로 가 따라 부른다.

K	(소리를 지르며) 시간을 더 드릴 수가 없어요!
옥희	(소리 지르며) 가져가세요! (책상의 원고들을 가리키며) 저기, 저것들 다 가져가요!

K, 책상 쪽으로 걸어간다.
K, 책상 위에 놓인 몇 개의 원고 봉투를 집어 들며.

K	(꾸벅 인사를 하며) 감사합니다. 저 걱정 많이 했거든요. 오늘도 안 주시면, 옥희 씨 앞에서 목을 매려고 했어요!
옥희	저 잠수 탈 거예요!

K, 소리 때문에 잘 듣지 못한다.

K	고맙습니다.
옥희	꿈을 꾸는 거 같아요. 친구가 찾아온 것도, 친구가 죽은 것도, 제가 어

	떤 글을 썼는지… 모든 게 꿈같아요. 다시 안개 속에 갇힌 듯해요!
K	독자하고의 약속을 옥희 씨는 지켜낸 겁니다!
옥희	(망설이다가) …사실은 몇 가지 버전을 썼는데… 선택 중이었어요… 뭐가 옳은지, 어떤 얘기 방식이 더 독자들에게 재밌게 다가갈 수 있는지….
K	…제가 꼼꼼히 읽고 선택하겠습니다… 저도 선택할 권리 있잖아요.

듣지 않고 울고 있는 옥희.

옥희	…제가 그날… 그 애한테 너무 모질게 했나 봐요… 그렇게 하지 않았어도 됐는데….

K, 옥희에게로 가 옥희를 안아준다.

K	옥희 씨 잘못한 거 하나도 없어요.
옥희	대학 때 전 아무것도 아니었거든요. 걔 따라다니며 문학을 배운 거나 다름없어요. 그래서 그런지 그 애가 무슨 말을 하면… 제 자신이 바보처럼 얼어버려요.
K	그럴 수 있어요. 사람이니까. 상처 없는 영혼이 어디있겠어요.

옥희, 흐느끼며.

옥희	죽은 친구가 저한테… 기억나냐고 물었을 때, 전 정말 기억이 안 났거든요. 지금도 안 나구요. 그런데 생각해보면 기억이 나는 것도 같고… 내가 그때 그랬을 수도 있겠다 싶기도 하고… 그 친구가 말하는 기억이 정말 맞는 것도 같고… 맞으면 어쩌죠? 5년 전 그 일이 터졌을 때, 그때도 그랬거든요. 세상 사람들이 하는 말이 다 맞는 거 같고… 믿었던 사람들도 내가 그랬다고 그러니까 정말 내가 그랬던

40

것도 같고, 맞으면 어쩌죠? 저 길을 잃어버린 거 아닐까요?
길을 잃어버렸으면 어쩌죠?

K, 옥희의 입에 키스 하려고 한다. K를 밀치며 피하는 옥희.

K   (머쓱해 하며)…옥희 씨! 제 뜻은 그게 아니라….

K, 얼른 원고 봉투를 챙겨 들고 나간다.
싸늘하게 얼어붙어 있는 옥희.

#7

나쁜 마녀가 잔치에 찾아오는 장면. 나쁜 마녀가 공주에게 주문을 거는 장면.

"그때 잔치에 초대받지 못한 나쁜 마녀가 나타났어요. 나쁜 마녀는 자신만 초대받지 못한
것에 화가 나 공주에게 무시무시한 주문을 걸었어요.
공주가 열다섯이 되면 물레에 찔려 죽는 주문을요."

암전
무대 밝아지면

병실

밥을 먹고 있는 옥희가 보인다. 그 맞은편에 견자, 옥희를 관찰한다.

견자   (조심스럽게) 제가 옥희 씨의 상태를 의심하는 건 아니지만, 사실 의
       심 안 되는 것도 아닙니다. 관객들도 이 상황을 어떻게 받아들여야
       할지 모르시는 거 같고. 워낙 동화 같은 얘기니까요….
옥희   …
견자   제가 좋아하는 문장이 있는데. "공을 던지거나 굴리는 행동은 공의
       움직임에 대한 적극적이고 주의 깊은 집중을 격려한다." 근사하죠?
       저는 지금 옥희 씨를 관객에게 굴려야 하거든요.

토스라고 할까요? 다시 말하면 옥희 씨에게 주의 깊은 집중을 격려하고 있다는 말입니다.

매니저 등장.

매니저   소용없습니다.

견자   옥희 씨가 자신의 홈페이지에 임애경 씨에 대한 글을 올린 것은 사실이죠?

매니저   어떤 사실을 말씀하시는 겁니까? 욕을 먹을 만한 글을 올린 것이 사실이라는 소립니까? 아니면 글을 올린 것이 사실이라는 소립니까?

견자   우선은 글을 올렸느냐겠죠?

매니저   (비꼬며) 그건 이미 집중을 격려하려고 오셨을 테니까 아니라고 말하면 거짓말이 되겠고, 맞다고 말하면 뭔지 모르지만 당신이 생각하고 있는 근사치에 들어맞는 것도 같고.

견자   여러 가지로 예민하실 거라 사려됩니다만, 이건 견자 된 자의 일이라서.

매니저   이렇게 반응하는 것도 제 일이죠… 추도의 글을 올렸습니다.

견자   그런데 하루 만에 삭제했다더군요.

매니저   방문객이 폭주했습니다. 사이트는 마비되고… (괴로운 듯) 게시판은 온통 옥희 누님에 대한 욕설과 비방으로 정말 눈 뜨고 볼 수가 없었어요… 죽음 가지고 장난을 친다느니, 위선을 떤다느니. 전 아직도 이해가 안 가요.

견자   언론을 통해 왜 즉각적으로 반응을 하지 않으셨죠?

매니저   언론을 통해 어떤 반응을요? 누님을 매장하고야 말겠다고 미쳐서 날뛰는 언론과 네티즌들을 향해 어떤 반응을 해야 하는 겁니까?

견자   그렇군요. 어떤 반응도 할 수 없는 기가 막힌 상황이었다는 말씀이군요.

매니저   기만 막혔겠습니까. 제가 그날 이후로 변빕니다. 똥구멍이 막혔단 말입니다.

#8

배우 김옥희 집

통화 중인 매니저.

매니저   윤 기자님, 접니다. 이게 너무한 거 아닙니까? 제가 그 바닥 생리 모르는 것도 아니고… 그렇죠? 신문 많이 파셨잖아요. 이만 했으면 좋겠는데… 이거 죽으라는 소리잖아요. 철없는 애들이 인터넷에 올린 근거 없는 얘기까지 기사화하면… 여보세요… 끊어? 개새끼! 돈 받아 처먹을 땐 언제고….

비틀거리며 술잔과 신문을 들고 방에서 나오는 옥희.

옥희   (신문을 집어던지며) 다 뒈져버리라고 해! 뒈져 버려!

매니저, 옥희에게 가 술잔을 빼앗으며.

매니저   정말 왜 이러세요!

옥희, 매니저를 안으며.

옥희   우리 춤추자.

어정쩡하게 춤도 아니고 포옹도 아닌 모습으로.

옥희   내가 정말 그렇게 잘못했어? 내가 그런 년이야? 배역 따내려고 늙은 년이 아무 데서나 가랑이 벌리고, 정말 내가 애경을 죽인 거야… 걔를 벼랑 끝으로 몰아서 내가 죽인 거냐고?

매니저 누가 그래요? 누가 누님이 죽였다고 그래요?

옥희 세상 사람들이 다 그래. 내가 죽였다고. 근데 왜 자기만 아니라고 해? 사실을 얘기해줘. 사실은 내가 그래놓고도 나만 모르고 있다고, 아니 기억 못 하고 있다고… 그게 아니라면 저 밖에 있는 사람들이 다 틀린 거야?
어떻게 그 많은 사람이 다 틀릴 수가 있어! 그들이 맞다면 내가 어떻게 말해야 하지. (매니저를 밀치며, 광기에 차서) 제가 잘못했어요. 제가 질투했어요. 제가 감독한테 몸 주고 애경이 배역 제가 훔쳤어요. 한 번 아니 두 번… 셀 수도 없어요… 걔 자살한 거 아니구요. 제가 죽였어요. 제가 밤에 몰래 걔 집에 가서 목 졸라 죽였어요. (울부짖으며) 그러니까 이제 용서해 주세요!

옥희, 주저앉는다.

매니저 우리 언론사 개새끼들 명예훼손으로 고소하고 인터넷에 글 올린 새끼들 싹 잡아다 콩밥 먹여요.

옥희, 비틀거리며 일어난다.

옥희 (혼란스럽다) …대체 왜 이러는 거야? 사람들이 나한테 왜 이러는 거냐니까? 근데 자기도 봤지? 사람들이 나한테 하는 소리. 하나도 사실이 아니잖아. 왜 내 말을 지들 맘대로 바꿔서 싣는 거야. 그 사람들 어제까지 나한테 우호적이던 사람들이야….
이건 뭐가 잘못된 거야… 대체, 뭐가 잘못된 거지?

매니저 김 기자 올 거거든요.

옥희	개가 왜?
매니저	그래도 걘 나요. 최소한 아직까진 기사를 쓰지 않았으니까요.
	제발, 오해 없이 좋은 쪽으로 인터뷰하세요.

이때, 초인종 소리. 김 기자가 들어온다.

옥희, 김 기자가 들어오면 언제 그랬냐 싶게 다정하게 맞이한다.

옥희	어머, 김 기자님? 많이 기다리고 있었어요. 어서 오세요.

매니저 과장되게 90도로 허리를 굽혀 인사한다.

매니저	먼 길 오시느라 고생하셨습니다.

김 기자, 집안을 둘러보며.

김기자	다를 거 없네.
옥희	사람 사는 데가 다 똑같지요. 앉으세요.

김 기자, 소파에 앉는다. 탁자 위의 술잔을 보며.

김기자	술 드셨어요?
옥희	아니요.
김기자	드셨네. 괜찮아요. 사람이 거짓말도 할 수 있는 거지요.
옥희	?
매니저	(당황해하며) 차라도 한잔하시겠어요?
김기자	주시면 고맙죠.

매니저, 황송한 듯 얼른 주방 쪽으로 간다.

옥희   한 번 개인적으로 본다 하면서 그게 그래요.
김기자   요즘 마음이 많이 불편하시죠.
옥희   애경이만 생각하면 가슴이 미어지는 거 같아서… (울먹인다)

김 기자, 손수건을 꺼내 건넨다. 당황하며 받는 옥희.

옥희   고마워요. 김 기자님이 이렇게 따뜻한 분이신 줄도 모르고….
김기자   제 욕 많이 하셨죠?
옥희   (당황) 아니요! 절대요. 저는 남 욕 못해요. (매니저에게) 자기, 나 그
         렇잖아?
매니저   저희 누님은 욕 같은 거 모르십니다!
김기자   욕하셔도 돼요.
옥희   아니요, 절대요. 연기에 애정을 가지고 비판해주시니까… 너무 황송
         하고 고맙더군요.

매니저, 찻잔을 들고 오며.

매니저   김 기자님한테 고맙다고 누님이 얼마나 말씀 많이 하시던지.
김기자   전 거짓말을 못 합니다. 대충 낚는 기사나 쓰려고 애매하게 표현한
         다든지 없던 일을 있던 일처럼 각색하지도 않습니다. 정말, 이번에
         여우조연상 받은 작품의 옥희 씨 연기는 쓰레기였습니다.
         수상 축하드립니다.

당황하는 옥희. 그러나 참으며.

옥희	정말 거짓말 못 하시나 봐요.
김기자	옥희 씨에게 애경 씨는 어떤 배우였습니까?
옥희	(긴장하며) 벌써, 인터뷰하시는 건가요?
김기자	인터뷰라기보단 그냥… 편하게 말씀하시면 됩니다.
옥희	처음 본 그 애는 작고 까맸어요. 후추씨 같았다고 할까요.
김기자	연기자로서 재능은 없었다는 말씀이군요. 아, 이건 그냥 제 생각입니다. 개의치 마시고 계속하세요.
옥희	내… 내가 그 애보다 키가 두 뼘이나 컸어요. 걔가 두 살이나 많았는데, 입단 동기라서 서로 술 먹고 말 트고….
김기자	애경 씨는, 평소 옥희 씨를 동생으로 여겼다던데. 옥희 씨 본인은 애경씨를 언니라고 인정하기 싫었던 거군요… 왜일까요?
옥희	네?
김기자	기사와는 아무런 상관없습니다. (빈손을 보여주며) 저 기자들의 생명인 수첩도 꺼내지 않았습니다. 제 개인적으로 궁금해서 그럽니다.
옥희	애경이가 극단 탈퇴할 땐, 걔 자신감이 부럽기도 하고 한편으론 서운하기도 했어요. 이기적이라고 뒤에서 사람들하고 욕할 때도 있었고. 그냥 악의 없는 소리였죠. 다 옛날얘기네요. (순간 감정이 북받치며, 바닥에 무릎을 꿇으며) …다 내 잘못이에요. 내가 잘못했어요.
김기자	(지그시 내려다보며) 뭘 잘못했다는 겁니까? 애경 씨의 죽음에 옥희 씨도 책임 있다는 겁니까? 영화 캐스팅 건인가요?
옥희	(당황)…?
김기자	최 감독은 귀국을 도통 안 해요? (옥희에게 은밀하게) 저한테만 얘기해 봐요. 최 감독 하고 잤죠?
옥희	(표정이 굳으며) 지금 무슨 말씀하시는 거예요?
김기자	괜찮아요. 한 번쯤은 솔직한 것도, 의미 있는 일입니다.

옥희, 참지 못하고 탁자 위의 재떨이를 집어 든다.

옥희   개새끼! 더러운 돼지새끼!

김기자   던져보세요. 특종이 되겠군요. "옥희, 기자를 재떨이로 치다" 아니다
            "구타하다" 매니저를 시켜 집에 감금하고… 또 한 번 발칵 뒤집히겠
            는걸요.

매니저   (다급하게) 누님, 진정해요. 누님, 재떨이 던지면 저흰 완전히 끝입
            니다.

옥희   가! 나가란 말이야!

일어나는 김 기자. 순간 옥희, 다급하게 태도를 바꿔 김 기자를 붙들며.

옥희   …술, 우리 술 한잔해요.

김기자   저 요즘 보약 먹어요.

매니저, 김 기자 향해 무릎을 꿇으며.

매니저   그동안의 무례를 용서해 주십시오.

김기자   이거 참… 감동 주시네….

옥희, 주방 쪽으로 간다. 김 기자, 느긋하게 소파에 앉으며.

김기자   사실 내가 뭘 할 수 있겠어. 일개 신문 기자가 말이야. 근데, 네티즌들
            이 난리야. 지금도 옥희 씨의 뒤를 캐는 글들이 신문사로 올라온다니
            까. 학력이 가짜라느니, 모 정치인의 정부라는 소리도 있고, 애를 낳
            아줬다는 소리도 있어. 젊은 매니저 하고 그렇고 그런 사이라는 소
            문들도 있고… 어처구니없지. 쓰레기들이야.

매니저	절대요. 절대 그런 적 없습니다.
김기자	있으면 어때. 아니라고 하면 되지….

옥희, 와인을 들고 오며.

옥희	이게 한 병에 백만 원이 넘는 와인이거든요. 파티 때 먹으려고 아껴 뒀던 건데….
김기자	아, 그… 그 수상 파티. 파티 때 왜 초대장 안 보내셨어요? 안 불러도 갈려고 전화까지 했는데, 전화도 안 받고. 쪽팔리게….
옥희	그… 그날 파티도 못 한 걸요.

김 기자, 술잔에 와인을 따른다.

김기자	방금 전 까진 솔직히 독자들이 좋아할 질문이었고. 그냥 제 개인적으로 아주 인간적으로 말입니다, 애경 씨를 누가 죽였다고 생각하십니까?
옥희	누가 죽이다니요? 애경이 자살했잖아요.
김기자	자살의 동기 말입니다.
옥희	(어리둥절해 하며) 그… 그거야, 전 모르죠.
김기자	왜 옥희 씨만 모릅니까? 다들 아는데.
옥희	(버티며) 애경이 왜 죽었죠?
김기자	그럼 옥희 씨는 왜 요즘 잘나가고 계신 겁니까?
옥희	…그거야… 사람들이 절 찾으니까요.
김기자	왜 찾죠?
옥희	… 어떤 대답을 바라세요?
김기자	시대가 시킨 일, 그런 대답을 바랍니다.
옥희	무슨 말씀이신지?

김기자	사실 애경 씨 윗선에 밉보여서 탄압당한 거잖아요.
옥희	(생소하다는 듯) 탄압이요?··· 전 그런 거 잘 모르겠구요. 애경이가···.

매니저 급하게 끼어들며.

매니저	누님은 진심으로 슬퍼하고 있습니다.
김기자	잘 아시고 계시잖아요. 애경 씨의 죽음이 권력과 관계가 있다는 거··· 다들 알고 있어요. 모르는 건 연예란이나 뒤적이는 한심한 국민들 밖에 없구요. 위에선 대놓고, 그런 기사 못쓰게 합니다. 그런데 기자들은 밥값을 해야 하니까 뭐라도 건져야하는데··· 아시겠죠. 잘못하면 옥희 씨만 독박 쓰는 겁니다.
옥희	(표정이 굳으며) ···알고 있어요.
김기자	인정하시는 겁니까?
매니저	(자신도 모르게) 누님! 절대 인정하지 마세요···.
김기자	용기를 가지세요. 애경 씨를 누가 죽였다고 보십니까?
매니저	(또 자신도 모르게) 누님, 절대 말하지 마세요!

김 기자와 옥희, 매니저를 본다. 멀쑥한 매니저.

매니저	(김 기자에게) 잠깐만이요. 제가 보여드릴 게 있습니다.

방 안으로 뛰어 들어간다.

옥희	애경이의 죽음과 제가 관계있다고 생각하세요?
김기자	그 점은 제 소관이 아닙니다.
옥희	그럼, 김 기자님의 소관은 뭐죠?
김기자	더 큰 거요. 비겁하고 더러운 세상을 향해 진실의 펜을 드는 거요.

옥희	저를 이용해서요?
김기자	아닌 것처럼 보이지만, 똑똑하시네요.
옥희	바보는 아니에요.
김기자	이용이 아니라 협조죠. 그리고 이번 사건으로 옥희 씨가 부당하게 매도를 당하는 건 사실이잖습니까?
옥희	김 기자님이 그렇게 사실을 써주시면 되잖아요.
김기자	당사자가 입을 닫고 있는데, 제가 그런 기사를 쓰면 신빙성이 없잖습니까. 진실을 밝힐 용기가 없다면 애초에 그 진실은 없는 진실인 겁니다.
옥희	(갈등하다) …그 진실이 저를 죽이면요… 전 자신 없어요.
김기자	할 수 없군요.

김 기자, 옥희에게서 손수건을 빼앗는다.
매니저, 물레를 가지고 나오며.

매니저	이거요. 물렙니다. 애경이 누님이 죽기 전에 옥희 누님에게 보낸 겁니다. (김 기자에게 쪽지를 건네며) 여기 쪽지도 있구요.
김기자	(쪽지를 읽는다) "사랑하는 옥희에게 애경"
옥희	(회상에 젖으며) …애경이하고 배우 생활 초기에 극단에서 "숲속의 잠자는 미녀" 아동극을 했었거든요. 애경이가 공주였고. 전 마녀 역을 했었는데… 그때 소품 같은데… 이걸 보관하고 있었나 봐요… (울먹이며) 이걸 저한테 보냈어요.
매니저	쪽지 보셨죠. "사랑하는 옥희에게 애경" 둘이 앙숙이니, 그런 사이 아니에요….
김기자	(핸드폰을 꺼내며) 이거 좀 찍어 가도 되겠죠?
매니저	(흐뭇해하며) 얼마든지 찍으셔야죠.

김 기자 물레를 찍는다. 매니저, 김 기자 앞에 무릎을 꿇고
주머니에서 봉투를 꺼내 김 기자에게 두 손으로 공손하게 올리며.

매니저   약소합니다. 가실 때 식사라도 하시면 영광이겠습니다.

김기자   참 못하시네. (봉투를 얼른 받아 주머니에 넣으며) 다 보는데서 이러
면… 줘도 욕먹어요.

매니저   (당황하며) 죄송합니다.

김 기자, 가방에서 책을 한 권 꺼낸다. 옥희에게 건넨다.

김기자   숲속의 잠자는 미녀!

옥희   (책을 받아들며 책의 제목을 읽는다)…"숲속의 잠자는 미녀"

김기자   제 선배님 출판사에서 나온 건데… 옥희 씨와 이름이 같은 김옥희란
작가가 쓴 소설입니다….

매니저   이 작가 알아요. 누님 알잖아요?

옥희   내가 알아?

매니저   그 보청기 광고문구….

옥희   아… 알아요… 근데… 이 책을 왜…?

김기자   한번 보세요.

김 기자, 일어나 나간다.
옥희, 멍하니 소설책을 본다.

암전
밝아지면

안개의 숲

남, 여 (목소리 동시에)

배우 김옥희가 소설 속에 악녀 미애라며?

맞아 맞아, 그러니까 김옥희가 임애경을 죽인 거네

감독한테 몸 팔고 친구 배역을 훔쳤다잖아.

소설 속 얘기가 몽땅 다 배우 김옥희 얘기래.

영상 막에 흘러가는 글귀들

소설 속 내용

숙희는 용기를 내어 사람들 사이를 지나 미애에게 다가갔다.

— 미애야! 축하해.

그러나 숙희를 알아본 미애의 얼굴엔 반가움보다 당혹감이 먼저 이는 듯했다.

— 어떻게 왔어? 부르지도 않았는데, 전화라도 하지 그랬어.

미애의 양미간이 살짝 찌푸려졌다.

— 숙희는 울면서 파티장을 빠져나와 몇 개의 숲을 지나 집으로 향했다. 숙희는 미애가 자신에게 보였던 측은과 연민의 눈빛 속에서 왜 그날의 물레가 떠올랐는지를 순간 깨달았다. 그리고 이제 자신이 자신을 위해 죽음을 결정해야 한다는 것을 느꼈다. 숲의 나무와 나무들 사이로 짙은 안개가 드리워지기 시작했다.

숙희가 안개에 갇혀 완전히 사라지기까지 그렇게 긴 시간이 걸리지 않았다.

암전

밝아지면

배우 김옥희 집

괴로운 듯 머리를 감싸 쥐고 비명을 지르는 옥희.

매니저, 옥희를 안아주며.

매니저   괜찮아요. 얼마 안 갈 거예요. 한국 사람들 빨리 끓고 빨리 식잖아요.
조금만 있으면 누님의 진실을 꼭 알아줄 거예요. (무대를 향해) 이 개
새끼들아, 너희들 누나나 가족이 그러면 니들 그렇게 쓸 수 있어!

매니저, 옥희를 데리고 퇴장.

무대 위로 등장하는 의사와 견자.

의사   잔인한 마녀사냥이 시작된 겁니다. 마녀사냥은 일종의 사회적 놀
이자 축제적 성격이 강해요. 일테면 대속물을 찾는 경우인데, 이 여
자는 충분히 마녀가 될 가치가 있었죠. 두 라이벌.
한쪽이 죽기 전에 틀어진 관계. 패배자의 죽음. 죽은 자와 산 자. 겉
으로 보면 선악의 구도도 명쾌하고 이만한 스토리 드물죠.

견자   이건 옥희 씨와 임애경 씨 둘의 진실과는 다른 어떤 지점 같은데요.
그러니까 이 부분엔 작가 김옥희도 끼어들게 된 거 아닙니까?

의사   아, "숲속의 잠자는 미녀"라는 소설책을 낸 작가 김옥희요. 저도 읽
었습니다마는 타이밍이 절묘했습니다. 우연의 타이밍이요. 진실과
는 아무런 상관이 없는 우연의 타이밍 말입니다.
이것이 구체적이고 시각적 형태를 띠며 진실의 자리를 차지하게 된
겁니다.

견자   그것은 거짓입니까?

의사   믿지 않으나 누구라도 읽는 동화책 같다고나 할까요.
제 말은 형태가 없는 진실은 무의미할 뿐이라는 겁니다. 다시 말하
면 사람들은 관념, 개념 그보다….

견자   … 어렵네요.

의사	좀 어려워도 됩니다. 저 여자의 고통에 비하면 우린 너무 쉽게 설명하려고 하는 우를 범하고 있습니다. 옥희 씨는 사회가 만들어 낸 시각적 형탭니다. 무엇인가 보일 듯 말 듯, 그것이 무엇일까? 가물가물. 손은 자판을 두들겨 맹렬하게 공격하고 싶은데… 실체는 보이지 않고… 그런데 보세요. 그 순간에 옥희라는 캐릭터가 등장한 겁니다. 물론 인간 옥희 씨와는 전혀 상관없는 옥희죠. 제가 말했듯이 혼란은 문제점들로 이루어진 구줍니다. 그 구조는 어떤 시각적 형태를 띠는데 그게 바로 옥희라는 인물입니다. (옥희를 가리키며) 저 얼굴을 보세요. 충분히 짓밟고 싶은 충동을 일으키지 않나요?
견자	어렵군요.
의사	참아요. 그러니까, 사회가 옥희 씨를 시각적 형태로 만들어내기 전에 옥희 씨가 먼저 자신을 시각적 형태로 만들어서 사회에 보여줬어야 했다, 이 말입니다. 진실을 시각적 형태로 만들어 먼저 공격했어야 했습니다.
견자	옥희 씨에겐 스스로를 그렇게 만들어서 내보일 그런 조직이나 권력이 없습니다. 예를 들어 신문이나 방송, 매스컴….
의사	비정한 말일 수 있지만 옥희 씨만이 아니라 (객석을 보며) 여기 있는 대부분의 사람들이 그렇죠. 그들이 때리면 맞아야 한다는 겁니다. 그들이 멈출 때까지.
견자	방법이 없는 겁니까?
의사	하나 있기는 한데….
견자	뭡니까?
의사	댓글을 다는 겁니다. 댓글을 통해 저항하세요. 사이버상에서 조직을 만들고 자신의 신념이 옳다면 밤을 지새워서라도 글을 올리고 글을 퍼 나르세요.

견자   그것 또한 악플이 되지 않을까요?

의사   이에는 이, 눈에는 눈입니다!

견자   너무 감정적이군요.

의사   (가라앉히며) 사실 저도 옥희 씨의 기사에 댓글을 달았습니다.
           "근거도 없는 얘기에 지랄 발광하는 네티즌 여러분 정말 훈훈하고
           감동스럽습니다. 찌찌찌!!!"

#9

안개의 숲

란, 촛불을 들고 무엇인가를 찾고 있다.

여행 가방을 들고 무대로 들어오는 작가 김옥희. 옥희는 지치고 피폐해 보인다.

옥희, 란을 보고 놀라며.

옥희   란이야?

란   (옥희를 본다) 내 원고를 찾고 있어. 너한테 준 원고 말이야. 읽었으면 돌려줬으면 해서. 설마 또 기억나지 않는다고 하지는 않겠지. 내 원고 말이야.

그날 내가 너한테 부탁한 원고. 기억 안 나?

옥희   원고? 그게 말이야….

란   안 읽었구나? 안 읽어도 돼. 어차피, 너한테 평가를 들으려고 쓴 글은 아니니까. 너 기억나지, 항상 내가 너 글 지도하고 평가해줬던 거.

옥희   거짓말이야! 넌 거짓말을 하는 거야. …넌 나를 시샘하는 거라구… 실패한 너 자신 때문에 넌 남을 할퀴고 있어! 그게 왜 하필 나야?

란   넌 아직도 대학 때 같구나. 나를 두려워하잖아.

옥희   내가 너를 두려워한다고. 난 누구도 두려워하지 않아!

란   그런데 왜 내 말을 하고 다녔어?

옥희   내가 네 말을 하고 다녔다고?

란   또 기억이 안 나니? 그 기억이란 게 편해서 좋구나.

옥희   너 지금 무슨 말을 하는 거야!

란   그건 기억났니? 네 출판기념식에 내가 갔을 때… 그때 그 남자도 거기에 있었잖아. 그런데 몰랐다고. 우리는 다 알고 있는데 왜 너만 몰라… 넌 내 걸 훔치고도 아니라고 할 년이야.

옥희	난 네가 죽었으면 좋겠어.
란	…난 그때… 이미… 죽었어….
옥희	…그래서 나한테 복수하려 찾아온 거야?
	내가 뻔히 쓰고 있는 소재의 소설을 써서 내게 가지고 온 거야?
란	그건 내 거였어!
옥희	넌 항상 네 거였지! 대학 때 네 옆에서 네 말 때문에 상처받고 너하고 비교당하면서 상처받고… 네 옆에서, 널 우러러보고 주눅 들어 다녔던 거 생각하면, 나도 너 용서 못 해! 너보다 내가 먼저 너 때문에 죽었어!
란	그런다고 진실이 달라지진 않아! 넌 너의 상처로 진실을 덮으려 하는 거야! 안개로 소리가 덮일거 같아?
옥희	내가 어디서부터 길을 잃은 줄 알아?
란	…정말 내 소설을 안 읽었니?

란, 숲으로 들어간다.

사라진 란. 옥희, 불안과 혼란으로 바람에 일렁이는 숲을 본다.

암전

밝아지면

작가 김옥희 집

소설책을 손에 들고 있는 K. 어처구니없다는 듯이 옥희를 보며.

K	이게… 본인 게… 대체… 왜 이러시는지… 아니라니요?
옥희	제 소설이 아니에요!
K	(소설책을 넘기며) 여기까지는 옥희 씨 글이 맞고… 여기서 부터는 옥

희씨 글이 아니고… (신경질적으로 책장을 마구 넘기며) 여기 여기는 옥희 씨 글인데….

여기 여기는 아니고… 이게 말이 돼요?

옥희   제 말이 그 말이에요. 어떻게 이런 일이 일어날 수 있는 거예요?

K   지금 이 작품 아주 반응 좋아요. 종래의 옥희 씨 작품들보다 좀 더 깊이 있고 세련됐다고 아주 호평 일색이에요. 근데, 정작 본인이 자기 작품이 아니라고 하면… 작가료 때문에 그러세요?

소파에 주저앉는 옥희

옥희   어떻게 이런 일이 일어날 수 있냐구요!

K   (여유를 가지고) 옥희 씨, 하늘은 맑고, 나무들은 쑥쑥 자라고 대한민국은 쓰레기가 돼가고… 옥희 씨는 재기에 성공했고… 뭐가 문제예요?

옥희   그날, 란이 원고를 같이 가져가신 거 같아요.

K   란이요? 란이가 누굽니까?

옥희   친구요.

K   아… 그 죽은 친구…?

옥희   (다급하고 초조하게) 란이 원고와 제 원고가 섞인 것 같아요, 섞였어요. 어떻게 해요…?

K   (어처구니없어하며) 대체 무슨 말씀을 하시는 거예요!

이 소설은 옥희 씨가 예전부터 쓰려고 했던 글이었잖아요. 근데, 그 친군가 하는 분이 어떻게 알고 똑같이 써요… 옥희 씨가 너무 예민해져서 그래요… 이건 옥희 씨 글입니다.

옥희   (소리를 지르며) 아니란 말이에요!

K   그 친구의 원고 안 읽어 보셨다고 했잖아요. 그런데 섞인 글이 그 친

구 글이라는 걸 어떻게 알아요?

옥희   그건… 그건….

K   (달래듯) 혹시 그 친구한테 애초에 아무것도 안 받은 건지도 모르잖아요. 뭔가 기억이 잘못됐을 거예요.

옥희   어떻게 기억이 잘못돼요. 분명히 제가 받았는데….

K   지금 옥희 씨가 자신의 글이 아니라고 하는 부분은 몇 개의 버전을 조금씩 다르게 쓰셨기 때문에 일어나는 착각 아닐까요?

옥희, 멍하니 K를 본다.

옥희   (횡설수설) 그날 그 친구가 오랜만에 글을 썼다고 원고를 주고 갔어요. 내가 소재로 쓰고 있는 글을… 신문에서 읽었다고… 걘 신문에 나온 글도 다 외우고 있었어요… (기억을 더듬으며) …내 글이 익숙하다고… 그거 시 아니냐고….

K   혹시, 그 친구가 옥희 씨에게 글을 읽어보라고 줬다는 걸 아는 사람이 있어요?

옥희   (오열한다) …

K   지금 와서 어떻게 하자구요? 원고만 달랑 주고 잠수타고 이제 나타나서 한다는 말이 자기 작품 아니라고 하면 문제가 다 해결됩니까! 제가 옥희 씨 때문에 얼마나 고생한 줄 아세요. 잠수 타서가지고 연락도 안 되지… 교정도 제가 혼자서 다 보고… 옥희 씨 문장 하나하나 해치지 않으려고 제가 얼마나 고생한 줄 아세요! 남들이 알면 웃어요… 에이, 씨… 이제 와서 어떻게 하자구요! 책 모두 환수하고 인터넷에서 내리고… 왜냐고 물어보면 원고가 다른 사람 거하고 섞였다고 말할까요?

옥희   모두 환수해 주세요.

K   못합니다!

옥희	제 글이 아닌 게 섞여 있잖아요. 근데 제 이름으로 제 작품으로 돼 있잖아요. 이건 사기에요!
K	사기? 그런 식으로 말씀하시면… 옥희 씨가 저한테 사기 치고 있는지도 모르죠.
옥희	제가요?
K	생각해보세요. 그 친구 원고가 섞였다고 칩시다. 그래도 그렇지 옥희 씨가 준 다른 버전들과 어떻게 그렇게 내용과 문체가 똑같을 수 있는 겁니까?
옥희	…
K	왜 말 못 하세요? 그건 옥희 씨 소재였다면서요.
옥희	(단호하게) 네. 제거였어요.
K	옥희 씨 거였는데… 느닷없이 그 친구가 나타나 자기 소재라고, 소설 썼다고 원고 주고 간 거네요? 그때 왜 강하게 주장 못 했어요. 그 소잰 옥희 씨껀데 왜 네가 쓰냐고.
옥희	…
K	혹시 절 의심하세요? 제가 옥희 씨와 친구 원고를 짜깁기했다고 보시는 겁니까? 제가 그렇게 부도덕해 보여요! 남의 글에 상의 없이 손대게. 그건 범죄에요!

사이

K	…좋아요. 그 친구한테 원고를 받았다고 쳐요… 그때가 친구는 원고를 끝마친 시점이고, 옥희 씨는 안 풀린 시점이네요… (곤혹스럽게) …그렇게 믿고 싶진 않지만… 자꾸, 자신의 글이 아닌 게 섞였다고 하시니까… 혹시 그 글을….
옥희	전, 맹세코 읽은 적 없어요.
K	읽었는데 기억이 잘못됐을 수도 있잖아요. 그 친구한테 콤플렉스가

63

있었다면서요….

옥희   그렇게 말하지 말아요!

K   모든 가능성을 점검하자는 겁니다.

옥희   지금 저를 친구 글이나 표절하는 파렴치한으로 모는 건가요?

K   전 옥희 씨가 그 친구의 글을 베꼈다고 해도 상관없습니다. 옥희 씨
            의 진실이 듣고 싶은 겁니다.

옥희   (혼란해하며) 진실이요? 이 경우 뭐가 진실인데요…? 왜 솔직하게 말
            못 해요.

                          K, 가방에서 원본 원고를 꺼낸다.

K   똑똑히 봐요.

                          K, 원본 원고를 찢어 버린다.
                          멍하니 바라보고 있는 옥희.

K   친구분은 죽고, 원본은 사라졌어요. 남은 건 옥희 씨의 기억뿐이에
            요. 확신할 수 없는 정황으로 전 모든 걸 포기할 순 없어요. 전 이게
            진실이라고 봐요.

옥희   지금까지 당신이 말한 진실이 이런 거였어!

                          K, 옥희에게 다가서며.

K   (협박 조로) 내가 짜깁기를 했든, 당신이 표절했든 세상에 이 일이
            알려지면 우린 둘 다 죽어요. 잘 알잖아요. 언론과 대중들이 얼마나
            무서운지, 5년 동안 충분히 겪었잖아요. 우리에게 길은 하나뿐이에
            요. 죽은 친구의 원고는 세상에 없었던 거예요. 그게 진실이고 우린

그 진실을 따르면 돼요.

#10

<u>배우 김옥희 집</u>

　　　　　　　　매니저 전화를 하고 있다.

매니저　편집장님 좀 제발 바꿔주세요… 지금 그 소설 때문에 애매한 사람이
　　　　고통받고 있잖아! …전화가 안 되니까 그렇죠… 그 작가, 우리 누님
　　　　한테 감정 있는 거 아니잖아요… 딱 한 줄이면 됩니다… 배우 김옥
　　　　희와 소설은 아무 상관이 없다… 여봐요! …당신들 그게 뭐가 그렇
　　　　게 어려워… 책 팔아먹으려고 그러는 거잖아! 당신들 돈 벌 때, 한 사
　　　　람이 피눈물을 흘려… 여봐요… 이런 씨….

이때, 라이트 가운을 입은 옥희가 한 손에 술병을 들고 휘청거리며 방에서 나온다. 다른 손
에는 소설책을 들었다.

매니저　왜 이러세요? 누님 또 약 먹었어요?
옥희　　우리 그 거머리 편집장님은 이런 작가를 어떻게 물었대… 나하고 이
　　　　름도 똑같고… (매니저에게) 그 글 기억나지? "진실이 어떻고 소리가
　　　　어떻고" 난 무슨 말을 하는 지 도통 모르겠다고 했고, 자기는 보청기
　　　　회사 광고 같다고 했잖아… 웃기지…그 말 때문에 이 작가한테 벌
　　　　받는 거 같아… 그래… 애경이 죽인 년인데 벌 받아야지….
매니저　누가, 누님이 죽였다고 그래요!
옥희　　(소설책을 펼치며) …악녀로 변신한 미애가 자살한 숙희한테 물레를
　　　　선물 받거든… 애경이가 죽기 전에 나한테 물레를 택배로 보낸 장면
　　　　과 똑같은 장면인데… 세상에 어떻게 이런 일이… 이 작가님이 (하
　　　　늘을 가리키며) 저 위에서 나를 내려다보고 있는 거 같아서… 소름

이 돈더라고… 한 번도 만난 적 없는 이 여자가 왜 내게 고통을 주는 거지? 왜 사람들로 하여금 돌멩이를 들어 나를 치게 하는 거냐고…?

매니저   김 기자 개새끼… 소설까지 들먹여….

옥희   그 쥐새끼님! "진실을 말할 용기가 없으면 애초에 그 진실은 없는 진실입니다" 쥐새끼, 내가 바보야… 지가 원하는 대답을 해주게… 나 못한다고 그랬어. 왠지 알아? 애초에 나에겐 진실 따위는 없거든. "내가 나를 모르는데 네가 나를 알겠느냐, 한 치 앞도 모두 몰라…"

미친 듯이 웃는 옥희.

매니저   누님 미쳤어요? 정신 좀 차려요. 신문이나 인터넷에서 누님 때문에 애경이 누님이 별거를 했다더라… 그것 때문에 자살 했다느니 묻힐 뻔한 진실을 소설이 밝혀냈다느니…. 별 거짓 같은 소리가 나돌고 있어요… 책은 없어서 못 판답니다. 출판사에 전화를 수십 통을 해도 소용없어요… 편집장 이 개새끼는 전화도 안 받고… 사태가 이 지경이 되면 작가라도 무슨 말이라도 해야 하는 거 아닙니까? 책만 팔아먹으면 다야! 얼마나 팔아 처먹으려고….

옥희   난 그 악녀 미애가 아니라 죽은 숙희 같아. 소설에 미애가 자신의 시상식장에 온 친구 숙희한테 "어떻게 왔어? 부르지도 않았는데, 전화라도 하지 그랬어" 라고 말하는 장면이 있는데… 애경이가 옛날에 나한테 그랬거든… 그때 그 애 방송 쪽에서 잘 나갔잖아… 난 근근이 출연하고 있었고… 그때 그 애 눈빛 기억하거든. 경멸과 측은의 눈빛… 그 애 말대로 부르지도 않았는데 내가 만 원짜리 꽃다발 사서 간 거야. 전화 해도 안 받는데, 내가 간 거지… 거지처럼 뭐라도 얻어먹을 게 없나 해서… 나 그날 집으로 돌아오는 내내 펑펑 울었어!

내 자신이 혐오스럽고 끔찍하게 초라해서 변기에 얼굴을 처박고 토
하면서 울었어… 애경이 잘나갈 때 내가 걔 한마디 한마디에 얼마
나 상처받았는지 알아? 세상 사람들은 이건 모르잖아. 모르면서 왜
나한테 돌맹이를 던져! 죽으니까 고귀해 보이고, 살아있으니까 추
악해 보이니!

매니저   이 새끼들을 내가 그냥 둘 것 같니! 명예훼손으로 고소할 겁니다! (전
화를 건다) 여보세요? 강 변호사님!

뛰쳐나가는 매니저.

옥희   (광기에 차서) 그래, 나 애경이 걔가 죽어버렸으면 했어! 걔가 영원히
끝났으면 했어…! 걔가 죽어서 얼마나 속이 시원한지 모르겠어! 잘
됐다! 신이 내 기도를 들어주셨구나! 혼자 고귀한 척 대단한 진실이
있는 척하더니… 애경이 걔가 뒤에서 얼마나 내 얘기를 많이 하고
다닌 지 알아? 난 다 알아! 걘 오래전에 나를 죽였어! 착한 마녀가 있
다면 제발 나를 잠들게 해주세요! 착한 마녀님 어디 계세요? 어디 계
세요….

암전
밝아지면

착한 마녀들이 공주에게 주문을 건다.
공주가 자라고 물레에 찔려 잠이 든다. 성 주변으로 가시덤불이 울창하게 자란다.

"그러나 착한 마녀들은 나쁜 마녀가 공주에게 건 주문을 바꿨어요.
물레에 찔려 죽는 것을 잠이 드는 것으로. 어느덧 공주는 열다섯이 되었고,
열다섯 살이 되던 그해 공주는 성의 비밀스러운 다락방에 놀러 갔다가

그곳에서 물레에 찔려 잠이 들고 말았어요."

그림영상 2

배우 김옥희를 그림화 시킨 영상이 보인다
배우 김옥희, 낡은 성이 보이는 가시덤불 숲을 헤치며 걷는다.

옥희   어디 계세요?

가시덤불이 옥희를 휘감는다.

옥희   (울부짖으며) 어디들 계세요!

이때, 마녀들이 옥희의 목소리를 듣고 빗자루를 타고 왕궁 저편에서 날아온다.

옥희   제발 저를 잠들게 해 주세요, 제발.
마녀1   (가엾다는 듯이) 옥희 씨 혼자 아주 긴 시간을 잠들어야 할 텐데 괜찮
           겠어요?
옥희   제발, 잠들게 해주세요.
마녀2   좋아요. 그럼 우리가 옥희 씨를 잠들게 해 드릴게요.
옥희   제발, 잠들게 해주세요.

착한 마녀들 둥글게 모인다. 그리고 옥희를 향해 주문을 왼다.

마녀들   라아나가타자차수라라라~
마녀3   옥희 씨, 저희를 믿으세요. 믿음만이 저희가 거는 주문을 받아들일
           수 있는 거랍니다.

마녀들   라아나가타자차수라라라~

　　　　　그림 영상 속 마녀들의 주문 소리가 고조될 때.
　　　　　배우 김옥희가 물레를 들고 거실로 뛰쳐나온다.

옥희   이걸 보낸 이유를 내가 모를 거 같아! 하지만 난 절대 죽지 않아!

　　　　　물레를 바닥에 내리치려다 물레바늘에 찔리는 옥희.
　　　　　마녀들의 주문 소리가 점점 커진다. "라아나가타자차수라라라~"
　　　　　잠이 들어 실신하듯 쓰러지는 옥희.
　　　　　그림 영상 속 옥희도 눈을 감고 잠이 든다.

#11

안개의 숲

제2장과 같은 분위기의 안개의 숲.

안개 속에서 소곤소곤 들려오는 소리.

넋이 나간 듯 초점 없는 눈으로 의자에 앉아 있는 작가 김옥희.

남, 여　(목소리 동시에) 배우 옥희가 저렇게 됐는데 작가는 왜 침묵하고 있
　　　　는 거야? 완전 개념이 없네. 책을 그렇게 많이 팔아먹었으면 됐지. 자
　　　　신 때문에 고통 받는 사람을 위해 무슨 말이라도 해야 하는 거 아니
　　　　야? 머리가 비어서 자신이 무슨 짓을 한지도 모르잖아. 출판사 사장
　　　　하고 그렇고 그런 사이래. 제 버릇 개 못 준다더니. 철면피네.

남, 여의 목소리 점점 마구 얽힌다.

이때, 숲 뒤편에서 불쑥 변호사가 나온다. 변호사는 마치, 검사가 취조하듯이 행동한다. 한
손에는 소설책을 성경책처럼 들었다.

변호사　저 아시죠? 저, 검사 옷 벗고 변호사로 개업했습니다. (고소장을 들고
　　　　흔들며) 이건 명예훼손 고소장인데… 옥희 씨는 그런 여자 아니잖아
　　　　요?

옥희　　…

변호사　대체, 입장을 못 밝히는 이유가 뭡니까? 익숙하지 않으시겠지만, 진
　　　　실은 아름답고 순결한 겁니다. 대중들 앞에 나가 떳떳하게 진실을 말
　　　　하세요. 내 소설과 배우 김옥희 씨는 관계가 없다!

옥희　　…

변호사　(김빠지며) 이런, 그 침묵은 관계있다는 겁니까? (갑자기 달래듯) 있

어도 없다고 딱 한 마디만 하세요. 모두가 그걸 바라잖아요. 그게 진실입니다. 이거 이렇게 갔다가는 옥희 씨한테 그림 안 좋게 그려집니다. (소설책을 들고) 이 소설 때문에 한 여자가 모든 걸 다 잃고 저지경이 됐는데 왜? 도대체 왜 작가는 가타부타 말을 못 하느냐? 자기 책이 아니냐? 또 어디서 베낀 거냐? 편집장이 썼다 말도 있어요.

제 경험에 비춰볼 때 이 소문이 사실이면 검찰 걔네들 조사 들어갈 겁니다. (버럭) 정말, 5년 전처럼 또 입 다물고 모르쇠로 일관하실 겁니까? 제가 이젠 변호사라서 만만하게 보입니까? 또 한 번 수렁 속에 처박아드려 볼까요! 한 여자가 당신 때문에 정신적 충격을 받고 잠이 들어 죽어가고 있어! 혼수상태야! 아무리 남의 얘기가 탐나도 그렇지 허락도 없이 남의 얘기를 왜 씁니까? 옥희 씨 그렇게 부도덕한 여잡니까!

이때 전화가 걸려온다.

변호사   네… 매니저님… 얘기 중입니다. 오실 필요는 없구요….
그렇게 욕하시면 안 되구요. 서로 동화처럼 착하게… 오지 마세요.
다 된 밥에 코 빠뜨리지 마시고… (핸드폰을 끊는다) (옥희에게) 들으셨죠? 저희 의뢰인 쪽에서도 참을 만큼 참은 겁니다. 정말, 상황파악이 안 되십니까? 옥희 씨 정말 이렇게 인생을 끝까지 부도덕하게 사실 겁니까?

이때, K 뛰어 들어온다.

K   접견하지 않는다고 했잖아! 나가세요. 나가!

변호사, K를 보고 도망치듯 나가며.

변호사   옥희 씨 정말 그런 여잡니까?

                        K, 옥희, 눈치를 살피며.

K   내 참, 소설 내용 가지고 명예훼손까지 걸고… 아니 동화도 아니고
         사람이 물레 찔려 잠든다는 게 말이 되는 겁니까? …그 여자, 우리 소
         설을 패러디하고 있는 겁니다. 퍼포먼스 하는 거라구요. 출판사 홈
         페이지가 마비될 정도로 악성 댓글들이 달리는데… 사람이 저렇게
         되도록 책만 팔아먹고 있었다는 거죠… 좋아할 때는 언제고….

옥희   …

K   언론사에 짧막한 글이라도 좀 띄우죠….

옥희   짧막한 글이요? 얼마나 짧막한 글이요?
         이 소설은 배우 김옥희와 작가 김옥회와는 아무런 상관이 없다.

K   이렇게 계속 침묵하고 있다간 불매운동까지 벌일지 몰라요….(눈
         치를 살피며) 옥희 씨가 왜 사람들한테 욕을 먹어요… 전혀 상관없는
         일로….

옥희   전혀 상관이 없어요? 어떻게 상관이 없어요. 한 여자가 소설 때문에
         뭇매를 맞고 있을 때… 정작 그 작품을 썼다는 작가는 그 작품이 자
         신의 작품인지 아닌지 의심하면서 방안에 틀어박혀 입 다물고 있었
         잖아요. 당신 말대로 소설의 내용과 배우 옥희 하고는 아무런 관련
         이 없다고 한마디만 했어도 그 여자는 그렇게 안 됐을 거예요. 그러
         나 난 그 짧은 한마디도 못 했잖아요. 그 여자가 나 때문에 고통받을
         때, 난 이 방안에만 갇혀 울부짖고 있었잖아요…(격해지며) "이 소설
         은 제 이름으로 발표됐지만 제 작품이 아닙니다. 그러나 이 소설과
         배우 김옥희 씨하고는 아무런 관계가 없습니다. 죄송합니다." …왜
         난 세상 사람들에게 이렇게 말 못 했을까요? 전 겁먹은 거예요! 살기

                            73

위해 비겁하게 입 다문 거란 말이에요….

K   좋아요, 그럼 용기를 내서 한번 밝혀보세요! 나는 그 여자 때문에 고
통스럽다. 하지만 이 소설은 내 소설이 아니다!

사이

옥희   왜 저한테 청탁하셨어요?

K   느낌이요. 뭔가 행운이 따를 거라는 느낌. 근데, 행운이 따랐잖아
요.

옥희   그전에 한 번도 서로 본 적이 없었잖아요. 같이 작업도 하지 않았고.

K   소문을 들었죠. 사람들이 하는 소리도 들었고, 기사도 봤고….

옥희   그 소문을 어떻게 믿은 거예요? 그 소문을 누가 얘기해 주던가요?
나도 모르는 사람들이 얘기해 주던가요? 나를 아는데 나는 기억이
없는 사람들이 말하던가요? 나를 아는데 호감이 있었던 사람이 말해
주던가요?
나를 아는데 불쾌한 감정을 가지고 있던 사람들이 말해주던가요?

K   (생각에 잠긴다) …

옥희   전 당신이 나에 대해 얘기하고 다닌 걸 들은 적이 있어요.

K   (당황해하며) 제가요? …옥희 씨에 대해 얘기 했다구요?

옥희   어떤 출판사를 갔었는데… 옆방에서 당신의 목소리가 들렸어…
당신은 나에 대해서 신랄하게 욕하고 있었어.

K   (당황해하며) 대체 옥희 씨가 왜 나한테? 기억나진 않지만, 제 본뜻
은 그게 아니었을 거예요.

옥희   제 얘기를 하긴 했나요?

K   그, 그것도 기억이 없는데… 옥희 씨가 잘못 들은 거 아닙니까?

옥희   당신은 기억이 없는데… 왜 나는 기억하는 걸까요?

K   지금 말장난하자는 겁니까?

옥희	지금 우리가 이러는 것도 나중 시간 지나면 기억하지 못하겠죠. 기억 안 난다고 그러겠죠.
K	(욱하며) 왜 이런 걸 기억해요! 이런 쓰레기 같은 악몽을 뭣 하러 기억해!
옥희	내가 영원히 기억하게 해줄까. 당신은 계속 떠들어 댔어. 친구한테 후배한테 정부한테 아내한테 닥치는 대로 가리지 않고 당신은 내 얘기를 하고 다녔어.
	"겉은 화려하고 깊이가 없는 쓰레기… 실력이 안 되니까 몸으로 글 쓰는 매춘녀,
	빈 머리를 남자로 채우는 색골, 유부남이나 유혹하는 역겨운 년!"
K	너, 미쳤어… 미친 거야! 그 말들은 예전부터 출판계에 떠돌았던 소문이잖아. 내가 그렇게 말하고 다니는 거 네가 봤어?
옥희	난 그게 당신이라고 생각돼.
K	뭐? 생각돼? 너 아까껀 그게 나라고 말했어. 근데 이젠 생각된다고. 넌 네 콤플렉스에 빠져 세상과 너 자신 사이에서 길을 잃은 불쌍한 년이야.
옥희	당신이 모든 걸 안개 속에 빠뜨렸어!
K	그렇게 일방적으로 말하지 마! 그 안개 속엔 나도 있고 너도 있어… 또 말해줄까. 죽은 네 친구도 있고 물레에 찔려 잠든 그 빌어먹을 옥희도 있고….
옥희	넌 그게 내 원고가 아니란 걸 알았을 거야! 넌 충분히 그러고도 남아!
K	차라리 솔직하게 또 표절했다고 말하지 그래. 너무나 친구 원고가 탐나서 자신도 모르게 탐욕에 떨며 베껴 쓰고 훔쳐 쓰고! 그리고 정신을 차려보니까 책이 나와 있고….
옥희	그래, 네가 그랬을 거야! 네가 짜깁기한 거야. 넌 나한테 그래도 된다고 생각한 거야. 남들이 말하는 부도덕한 년이니까! 너한텐 처음부터 진실 따위는 없었어!

K	네가 눈으로 봤어? 왜 눈으로 보지도 않고 그렇게 확신하는 거야!
옥희	소리가 들리니까! 내 속에서 소리가 들리니까!
K	지금, 진실 어쩌고 하는 그 소설 문장 얘기하는 거야? 네 속에서 들리는 소리가 뭐야? 네 속의 소리가 틀렸을 수도 있다는 생각은 안 들어? 너도 확신할 수 없는 그 잘난 양심의 진실 때문에 왜 남을 죽이려고 하는 거야?

너도 나에 대해서 다 알고 있었잖아. 나에 대한 얘기, 얘기, 얘기…! 왜 내 청탁을 받아줬어?

| 옥희 | …내가 왜 그랬을까? 왜? …왜!(울부짖으며) …당신의 이미지가 필요했을 거야. 불의에 저항하고 분노하는 지식인의 이미지가 필요했던 거야. |

사람들은 당신의 이미지를 당신이라고 믿으니까. 그 사람도 그랬어. 몰랐다는 건 거짓말이야. 난 재기하기 위해 당신을 이용한 거야! 아니, 아니야. 난 그러지 않았어. 그냥 우연이야.

우연이 당신한테 전화가 온 거야. 아니야… 기억나지 않아. 내가 왜 그랬지…!

사이

K	당신 친구의 원고를 찾았어요.
옥희	… 뭐요?
K	…그날, 옥희 씨 집을 나온 뒤 죽은 애경 씨 남편을 만나 술을 더 마셨거든요. 술에 취해 집으로 돌아가, 의식이 없는 상태에서도 옥희 씨 원고는 한쪽에 두고… 옥희 씨 원고가 아닌 것은 다른 쪽으로 던져 놨나 봐요….

그걸 아내가 청소 하면서 다른 곳으로 치웠구요… (가방에서 원고 봉투를 꺼낸다)

K, 옥희에게 원고 봉투를 건넨다.

옥희, 손을 떨며 원고를 꺼내 읽는다. 원고를 마구 넘기는 옥희.

옥희   …이걸 나한테 믿으라고?

K   그 친구가 원고를 주고 갔다면 그 친구 것이 맞을 거예요.

           옥희 씨의 다른 버전들과도 완전히 다르고… 유치하기까지 하더군

           요… 설령 제가 짜깁기를 하고 싶었다고 해도 그럴 가치조차 없

           는….

옥희   …그런데, 왜… 왜… 지금 알려주는 거죠?

K   내가 왜 바로 안 알려드렸는지…(괴롭게) 모르겠어요… 왜 그랬는

           지….

옥희   (원고를 부둥켜안고, 오열한다) 나한테 지금 이걸 믿으라고?

           그럼 내가 지금까지 받았던 고통은 뭐죠? 가슴이 무너지고, 살이 에

           이는 이 고통은 무엇이었냐구. 아무런 실체도 없었는데 이 생생한

           고통은 무엇이었냐구요.

           진실이라고 믿고 고통 속에서 울부짖었던 그 시간은 무엇이었느냐

           구요!

           왜 내가 써놓고도 왜 내 글이 아닌 걸로 보였죠? 지금 나 보고 이걸

           믿으라구! 어떻게 믿어!

K   믿기 힘들더라도 이게 진실이니까, 믿어요.

옥희   진실이요?

K   지금 이 순간에도 저를 의심하는 겁니까? 내가 친구분 원고가 아닌

           걸 가지고 와서 지금 옥희 씨한테 거짓말을 하고 있다는 겁니까?

옥희   그래요. 난 의심해요. 모든 걸 다 의심해요. 당신이 누군지… 당신들

           이 누군지… 내가 누군지도 의심해요… 이게 진실이라면 저한테는

           너무 늦었어요.

77

옥희, 원고지를 찢으며.

옥희   그러니까, 이건 진실이 아니야!

K   (어처구니없어하며) 당신 정말 미쳤어? 대체, 누가 옥희 씨를 이렇게
       만든 겁니까? 예전의 기억 때문에 그래요? 옥희 씨 정말 길을 잃은 거
       예요?

옥희   그래요. 전 길을 잃었어요! 제가 무엇 때문에 길을 잃었을까요! 무엇
       때문에 길을 잃었냐구요!

#12

<u>병실</u>

침대 앞엔 커튼이 쳐져 있다.
그 앞엔 "관계자 외 출입금지"라고 쓰여 있는 팻말이 서 있다.

견자   배우 김옥희 씨가 잠든 뒤로 또 한 번 옥희 씨가 신문 1면을 장식하고 있는데요, 예전 일방적인 상황하고는 많이 달라졌군요. 비하성 글들도 수그러들고, 죽은 애경 씨에 대해 적개심을 드러내는 네티즌들이 급속도로 늘어가고 있습니다. 왜 그런다고 보시죠?

의사   작가 김옥희 씨라고 했나요? 그분은 끝까지 이 일에 대해 노코멘트를 하던데… 정신과 의사로서도 굉장히 궁금한 경우입니다. 왜일까요? 하여간 요즘은 그 여자가 된통 두들겨 맞고 있더라구요. (감정적으로) 다들 미친 겁니다. 대중들, 그거 알고 보면 다들 정신병자들이거든요. 피 흘리는 대속물을 향해 던지는 선한 돌과 악한 돌 중 어떤 돌이 더 선합니까? 오늘 옥희 씨에게 동정의 글을 쓰는 사람들이 어제 악의적 글을 써댔던 사람들이 아니라고 누가 장담하겠어요.

견자   전 의학적 소견을 듣고 싶습니다.

의사   저도 의사이기 전에 사람입니다.

견자   그렇다고 냉정을 찾으시고 관객들을 위해 한마디 해주시죠.

의사   시들해졌던 축제가 다시 살아난 것뿐입니다.
         누구도 예측 못 했던 아주 우발적인 일로 해서 말이죠. 요즘 항간에 헤어진 연인들이나 관계가 좋지 않은 사람들끼리 물레를 선물하는 유행이 있다고 하더군요. "옥희의 물레"라면서요. 중요한 건 여론이 옥희 쪽으로 유리하게 변한다고 해도 옥희 씨가 당장 잠에서 깨어나진 않는다는 겁니다.

몇 년이 걸릴지, 죽을 때까지 잠에서 깨어나지 않을 수도 있습니다.

그럼, 죽음만이 옥희 씨를 잠에서 깨우겠죠.

견자   여전히 감정적이군요.

매니저가 성금함을 들고 들어온다.

견자   그(매니저에게) 옥희 씨를 시민들에게 보여 주시기로 가족 측과 합의

하셨다구요.

매니저   네. 팬들과 일반 시민들의 요구도 있고,

지금까지 일방적으로 매도됐던 누님의 진실을 그렇게나마 밝혀드

려야겠다 싶어서요.

의사   이곳은 곧 고해성소가 되겠군요.

울부짖음과 놀라움과 고백과 기적들이 뒤얽히는 성소 말입니다.

견자   그것이 그 물렙니까?

매니저   전시하려구요.

의사   어디에 손이 찔렸다는 거죠?

견자   찔릴 때가 없어 보이는데.

매니저   (신경질적으로) 의심하시는 거요?

의사   관객들이 궁금해하실 거 같아서요.

매니저   궁금한 관객은 돈 내고 올라오셔서 보시라고 하세요.

견자   많은 언론이 기존의 태도에서 유화적인 태도로 변한 것에 대해 어

떻게 생각하십니까?

매니저   개새끼들이죠. 이젠 절대 그들을 믿지 않습니다.

견자   저, 물레 말입니다. 저 물레는 옥희에게 어떤 상징입니까?

의사   생각을 안 해 본 것은 아닌데… 물레는 실을 뽑아내는 기구 아닙니

까. 그 실들이 얽히고설켜 조직을 구성해 하나의 형태, 즉 옷을 만들

어냅니다.

견자	(심각하게) 듣고 보니, 초기 네트워크를 구성하는 개인 피시들 같
	군요.
의사	옥희는 그 피시들로부터 찔려서 잠이 든 것으로 보일 수도 있구요.
견자	너무 억지스러운 논지 아닐까요?
의사	모든 상징은 다 억집니다.
매니저	입장권을 받을 겁니다. 돈이요. 돈이 있어야 여기도 유지되니까요.
견자	지금 옥희 씨를 통해 장사하시겠다는 겁니까?
매니저	전 망했습니다. 여길 좀 보세요. 누님이 죽지 않고 이렇게라도 잠들
	어 계신 건 누님을 통해 돈이라도 벌라는 뜻일 겁니다. 당신도 이제
	누님을 보려면 돈을 내세요.
견자	얼만데요?
매니저	성인은 이만 오천 원, 학생은 만오천 원 어린이들은 칠천 원!
견자	저는 견잡니다. 이 연극을…
의사	저는 의삽니다.
매니저	그럼, 특별 할인해드리겠습니다. 만원입니다.
의사	(가운을 뒤적이며) 이런 지갑을 놓고 왔군요.
견자	카드 됩니까?

의사, 견자 퇴장.
매니저의 핸드폰이 울리고 매니저 받는다.

매니저	네… 네… 네. 팬들과 일반 시민들의 요구도 있고,
	지금까지 일방적으로 매도됐던 누님의 진실을 그렇게나마 밝혀드
	려야겠다 싶어서 병실을 개방하기로 했습니다.

매니저, 관계자 외 출입 금지 팻말을 들고 나간다.

매니저   성의껏 후원금을 받겠습니다!

사이

백마를 탄 왕자가 가시덤불을 헤치고 성으로 들어간다.

잠든 공주에게 키스를 하는 왕자. 잠에서 깨는 공주. 등등.

시간이 흐르고 흘러 100년 뒤에, 흰 말을 탄 늠름한 왕자가 가시덤불을 헤치고

공주가 잠들어 있는 성안으로 들어왔어요. 왕자는 잠든 공주의 아름다움에 넋을 빼앗기

고 공주의 입술에 키스를 했어요. 그러자 놀랍게도 공주가 잠에서 깨어났어요.

그리고 공주와 왕자는 결혼을 하고 행복하게 잘 살았답니다.

그림영상 암전

병실

작가 김옥희가 들어온다. 작가 김옥희, 배우 김옥희가 잠들어 누워 있는 침대 쪽으로 간다.

옥희   …옥희 씨 얼굴을 한번 보러 왔어요. 인터넷도 들어가 보고…
당신과 나 사이에 많은 이야기가 있더군요. 우린 한 번도 만난 적이
없었는데… 확실한 건 옥희 씨나 저나 소리를 들었어요. 눈에 보이
지는 않지만 분명하게 들려오는 소리요… 소리가 안에서 들려왔든
지 밖에서 들려왔든지 간에 저희는 그 소리 때문에 충분히 고통받
았어요. 그런데 우린 너무 늦어버렸네요… (한동안 배우 김옥희를
내려다본다) 옥희 씨, 숲속의 잠자는 미녀의 동화가 어떻게 끝나는

지 알죠.

왕자가 찾아와서 잠든 공주에게 입맞춤하고 공주가 잠에서 깨어나 잖아요.

그런데 아닌 거 같아요. 왕자는 오지 않고, 공주는 잠에서 영원히 깨지 못할 거예요.

우리는 모두 어디서부터 길을 잃은 걸까요.

작가 김옥희, 신발을 벗고, 커튼을 헤치고 침대 속으로 들어간다.

　　잠든 배우 김옥희의 옆에 누워 잠이 드는 작가 김옥희.

　　　　잠든 두 사람.

소뿔자르고주인오기전에도망가선생

2015년 공연과 이론 작품상

등장인물

황백호, 수사관A, 수사관K, 나진팔, 공연감독, 작가, 마귀량
반장, 옹양, 장미, 쥐기자, 나진팔, 기타 배우들 (1인 2,3역)
잡놈<농부, 무술인, 우두탈>, 시위꾼<진농, 무술인, 우두탈>
빠가사리<진청년, 무술인, 우두탈>, 대천사<배우들1, 무술인, 우두탈>
히쭉이<배우들2, 무술인, 우두탈>, 개독<배우들3, 무술인, 우두탈>
소도둑<농부, 무술인, 우두탈>, 라운드 걸1,2 <배우들, 무술인, 우두탈>
목소리

일러두기

극장 출입문 앞에 노란 폴리스 라인이 쳐져 있고, 얼핏 보기에 체육관 같은 극장
안 무대 중앙엔, 대여섯 개의 샌드백과 사각의 링이 설치되어 있다.
링 앞에는 잡동사니들처럼 보이는 책상과 의자들이 놓여있는데, 이곳은 극 중
취조실로 쓰인다.
아울러 이 작품은 굉장히 유치하고, 굉장히 과장된 작품이다.
모두 B급 쇼처럼 연출되길 바란다. 그것이 이 작품의 정치성이다.

"모순을 해결하려면 또 다른 모순이 필요하다"

#프롤로그

리허설 준비 중인 무대.

분주히 움직이고 있는 스텝들과 배우들.

취조실.

무대 중앙 탁자 위에는 과장되게 큰 망치와 쇠톱, 정 등 각종 연장들이 놓여 있고, 연장들 앞엔 경위 마귀량이 앉아 있다. 마귀량 옆엔 꽃무늬 머플러를 멋스럽게 목에 두른 가슴이 큰 순경 옹양이 앉아 노트북으로 타이핑을 치고 있다.

그들 앞엔, 용의자들로 출두한 진농(진보농민국장), 진청연(진보청년연대사무국장) 그리고 병신처럼 늙수그레해 보이는 농민이 의자에 앉아 있다.

옹양	(타이핑을 치며) 전국적으로 소들의 뿔이 잘려져 나가고 있습니다. 충북, 경남, 전북, 강원, 전남, 경기, 충남, 제 고향은 충청도랍니다~ 이렇듯, 뿔이 잘려져 나간 소들은 미쳐 날뛰다가 죽어 가는데, 소들만 미쳐 날뛰는 게 아니랍니다. 음메~ 음메~ 소를 잃은 농민들도 미쳐 날뛰며 연일 시위를 해댄답니다~
마귀량	됐어! 연습 좀 해라… (용의자들을 보며) 왜 그러셨을까요?
진농	(당황해하며) 저… 저한테… 질문하시는 겁니까?
마귀량	진보농민협회국장이시죠?
진농	네.
마귀량	우리나라 한우가 좆밥입니까? 왜 한우만 소뿔이 잘려져 나갑니까? 외래 품종인 젖소들의 소뿔이 잘렸다는 신고는 한 건도 없어요. 왜 그러셨을까요? 미국산 소고기 들어 와서 한웃값도 좆 됐는데….
진농	그걸, 제가….
마귀량	알잖아요? 다 알어.

진농	전 말입니다. 왜 우리 단체가 이 사건으로 의심받아야 하는지 정말 모르겠거든요.
마귀량	당신들도?
일동	네.
마귀량	(농민에게) 아저씨는요?
마귀	(턱을 잡고 인상을 쓴다) …
옹양	(립스틱을 바르며) 충치 치료 중이랍니다~
마귀량	충치 치료가 아니겠지, 묵비권이겠지. (진청년을 보며) 그렇죠?
진청년	(참지 못하고) 공권력이 무능한 걸 왜 저희들한테 물타기 합니까? 쌍팔년도도 아니고 이거 너무 뻔해요. 당신들이 보기에 여기 계신 분들 소위 좌빨에 불순분자들 아닙니까… 사회의 혼란과 반목을 선동하기 위해 좌빨들이 소뿔을 잘랐다.
옹양	(타이핑하며) 진보청년연대사무국장이 진술을 하면서 "사회의 혼란과 반목을 선동하기 위해 좌빨들이 소뿔을 잘랐다"라고 실토함.
진청년	아니, 내가 언제 그 뜻으로 말했어!
마귀량	(옹양에게) 이분은 그런 뜻으로 말한 게 아니지. "우리 진보청년연대가 조직적으로 전국을 돌아다니면서 소뿔을 잘랐다"

옹앙, 마귀량의 말을 그대로 받아 타이핑을 친다.
진농, 눈치를 보면서.

진농	(진청년을 보며) 정말이요…?
진청년	(어이없어하며) …다들 미쳤구만….
진농	(마귀량한테) 그럼, 우리 단체는 무고한 거 아닙니까?
마귀량	(탁자를 내리치며) 야밤에 주인 몰래 남의 축사에 기어들어 가 소뿔을 자르고 쥐새끼처럼 도망가는 놈이… 씹할, 어디 온전한 정신을 가진 대한민국의 국민이라 할 수 있습니까!

공연감독 요즘 빨갱이들도 그런 짓은 안 해!

옹양   (눈물을 찍으며) …현장에 가 보면은요, 머리가 소 눈깔처럼 허연 어
        르신네들이 범인 잡아내라고 제 머리끄덩이를 종년 머리끄덩이 잡
        듯 하시는데… 떼찌, 떼찌!

마귀량 (푸념하며) 과학수사고 나발이고 외양간에서 머리카락 한 올이라도
        나와야 과학수사를 하지! 나오는 건 죄다 누런 소털이야! (갑자기 옹
        양을 보며) 이 새끼 대머린가?

옹양   (당황해하며) 대머릴 수도 있겠는데요.

마귀량 (용의자들을 보며) 여기서 대머린데 가발 쓰신 분. 솔직히 손들어 보
        세요!

                농민이 쑥스럽게 눈치를 살피며 손든다.

마귀량 (한심하다는 듯이) 왜? 대체, 왜? 왜, 쓰셨어요?

농민   결혼… 좀 해볼… 라구요.

마귀량 (김새며) 하여간, 누가, 대체, 왜!? 소뿔을 자르고 다니는지, 나도 알고
        싶고 너도 알고 싶고 모두가 알고 싶어! (의뭉스럽게, 용의자들에게)
        근데 당신들은 알고는 싶지만 그놈이 잡히질 않길 바라잖아요. 이
        참에 대한민국 소들 뿔이 다 잘려져 나가서 우매한 민중들이 들고
        일어나 이 무능한 정부를 뒤집어 엎어버리길 바라잖아!

        이때, 공연감독이 마이크를 손에 들고 무대 위로 들어오면서.

공연감독 안 돼, 안 돼! 아무리 생각해도 이건 너무 정치적이잖아. 작가님 어
        딨어?

                대본을 손에 든 작가, 걸어 나오면서.

작가　　　　 (투덜거리며) …뭐가 또 정치적입니까? 이 정도는 가야죠.

공연감독　 이 작품은 무협액션환타지 장르여야 한다고 했잖아. 너무 정치색이
　　　　　　세. 그런 거 관객들은 좋아하지 않아. 다시 수정해줘. 그리고 (마귀량
　　　　　　을 가리키며) 쟨 주인공도 아닌데, 장면이 너무 길고 말이 너무 많아.
　　　　　　(작가를 의자에 앉힌다) 빨리 수정해… 가능하지. 안된다고 말하지
　　　　　　마. 돈 줬잖아. 이 작품 끝날 때까지 수정하고 수정하고 또 수정하고!
　　　　　　어느 공연 팀이 극장을 빌려서 연습을 해! 이거 다 빚이야! 우리 망하
　　　　　　면 좆 되는 거야!

작가　　　　 수정해서 좋게야 나오면 백번이고 수정하죠. 그리고 내가 극장을 빌
　　　　　　려서 연습하자고 했어요?

공연감독　 작품의 퀄리티를 위한 결단이었다고 내가 몇 번을 말해!

작가　　　　 저도 몇 번을 말해요. 동시대적 문제의식이 없는 작품은 관객으로부
　　　　　　터 외면당한다.

공연감독　 (작가를 외면하며, 배우들에게) 야, 그 장면 그거 전부 삭제될 거니까
　　　　　　연습하지 말고… 니들은 이제 나가! (마귀량을 보며) 야, 그리고 너는
　　　　　　극장 출입문 쪽에 쳐둔 폴리스 라인 좀 다시 쳐봐.

마귀량　　 (투덜거리며) 잘 쳐 있잖아요.

공연감독　 관객들이 입장할 때 극장 안이 사건 현장이라는 느낌이 들도록…
　　　　　　현실성 있게, 그러나, 극적으로, 어딘가 허망해 보이도록 치란 말이
　　　　　　야!

마귀량　　 폴리스 라인을 어떻게 그렇게 쳐요.

공연감독　 칠 수 있어. 저게 어디서 눈을 부라려. 너 기분 나빠?

　　　　　　　　　　　　　마귀량, 나가면서.

마귀량　　 …씹할, 배우가 머슴도 아니고….

공연감독   옹양, 너는 이리 좀 와봐!

                    공연감독, 주머니에서 페이퍼를 꺼내 옹양에게 건네준다.

공연감독   읽어봐! (작가에게) 잘 들어보라고.

                    옹양, 페이퍼를 읽는다.

옹양   공연감독의 말, 친애하는 관객 여러분 전국적으로 소들의 뿔이 잘려
            져 나간다는 기막힌 소재로 만들어지는 이번 '소뿔자르고주인오기
            전에도망가선생'은 새로운 무협액션판타지 장르로서 만화보다 더
            만화 같고 영화보다 더 영화 같아서 그냥 아무런 생각 없이 머리를
            텅 비워놓고 보셔도 무방한 작품입니다.

                    공연감독, 황당해하는 작가를 보며.

공연감독   아무 말도 마, 쉽게 가자고. 이게 동시대성이야!
작가   니미, 씹할… 전 못합니다!

                    작가, 대본을 집어 던지며 나간다.

공연감독   (옹양한테) 야, 가서 좀 달래봐!
옹양   제가 왜요?
공연감독   빨리 안 가!

                    옹양, 잽싸게 나간다.

공연감독   (손에 든 마이크를 켜고) 다들 잘 들으세요. 다시 한 번 말씀드리지만
          우리 이번 "소뿔자르고주인오기전에도망가선생" 공연은 기존의 연
          극들처럼 억지로 주제의식 막 우겨넣고 뭔가 있는 척하는 그런 연
          극이 아닙니다. 쇼와 연극과 퍼포먼스가 결합된 무협액션판타지 공
          연이 될 겁니다. 골 비어 보여도 좋으니까, 그냥 재밌게만 하세요. 재
          미가 주젭니다!

                          스텝들 하나, 둘 퇴장.

공연감독   자, 무대 준비됐죠? 지금부터 우리는 갈 때까지 가볼 겁니다. 가봅시
          다!

공연감독이 무대를 나감과 동시에 소 가면을 쓴 배우들이 무대 위로 우르르 몰려나온다.

#1

춤추며 노래 부르는 소 떼들.

소 떼들 <합창>

음메! 음메!
우리는 소떼들이라네.
푸른 초원의 풀을 뜯고 사는 우리들은 소떼들이라네.
농부님들 장에 가신 날은 하루 종일 축사에 갇혀 푸른 초원을 꿈꾼다네.
음메! 음메!
우리들의 꿈은 소뿔 안 잘리고 도살장에서 연장질 안 당하는 게 소원이라네.
푸른 초원 풀 뜯어 먹는 것이 소원이라네.

마귀량이 들어오자 혼비백산 달아나는 소떼들.
마귀량, 그중 한 놈을 잡는다. 이놈은 잡놈이다.

마귀량   쥐새끼 같은 새끼… 네가 숨어봐야, 쥐새끼지!

마귀량, 우가면을 벗겨 잡놈을 취조실로 끌고 간다.

취조실.

웅양, 노트북 앞에 앉아 있다.
마귀량, 잡놈을 앉힌다.
마귀량, 탁자 위에 놓여 있는 각종 연장을 가리키며.

마귀량   너 말이야, (망치를 가리키며) 그래, 저걸로 하자.
          (흉내 내며) 넌 저 망치를 오른손으로 잡고… 왼손으로 소뿔을 이렇

93

게 잡은 거지… 망치로 몇 번 후려치다가 그래도 소뿔이 안 부러지니까… (쇠톱을 가리키며) 그래, 저 쇠톱으로 뿔을 썬 거야. 흥부 박 썰듯… 잘 봐봐. 다른데 보지 말고. (톱질하는 모습을 흥내 내며) 이렇게 썬 거야.

잡놈, 아니라고 '어어어' 한다. 잡놈은 벙어리다.

마귀량   알아! 네가 억울하다는 거. 그런데 말이야. 사는 게 다 억울한 거야.

잡놈, 아니라고 '어어어' 거린다.
일어나서 병신처럼 수화로 자신의 결백을 주장한다.

마귀량   빙신, 육갑하네. 앉아! 누가 언제 네가 다 잘났다고 그랬어. 네가 홍길동이야. 상식적으로 너 혼자 전국을 돌아다니면서 저 연장들로 삼십 마리가 넘는 소의 소뿔을 잘랐다는 게 말이 돼… 아, 새끼, 말귀를 못 알아듣네. 난 널 도와주려고 그러는 거야.

잡놈, 일어나서 또 병신처럼 수화로, 몸짓으로 자신의 결백을 주장한다.

마귀량   그래, 네가 죽산군 인근 동네를 돌아다니면서 소 열 마리의 뿔을 잘랐다는 거지?
옹양   (따분하게) 죽산군은 두 마린데요.

잡놈, 아니라고 '어어어' 거린다.

마귀량   너 벙어리라서 군대 면제받았지? 그럼, 나라가 이렇게 혼란한 시절엔 네가 자진해서라도 깔끔하게 독박 쓰고 "어어어버 제가 했습니다. 어버버" 하면 오죽 좋아. 너도 한번쯤은 국가에 충성해야 하잖아!
그리고 너, 소뿔 자른 전과도 있잖아. 열세 살 때 너희 마을 이장 집
소, 소뿔을 망치로 내리쳐서 잘랐다면서, 너 소 변태야! 너 벙어리인
거 착한 소들한테 한풀이 한 거 아냐! 망치 들어봐! 빨랑!

　　　　　잡놈, 망치를 들지만 무거운지 바닥에 떨어뜨린다.
　　　　　쭈그려 앉아 아이처럼 서럽게 우는 잡놈.

마귀량　　　아, 이 새끼 슬픔 주네.

이때, 주인공의 등장을 알리는 유치찬란한 음악 소리 팡파르처럼 무대 위에 울려 퍼진다.
　　잠시 뒤, 객석에서 마이크를 들고 노래하며 무대 위로 걸어 들어오는 황백호.
철이 지나도 한참 지난 낡은 바바리코트를 입은 황백호의 얼굴은 여기저기 상처투성이
다.

황백호　　　송아지 송아지 얼룩송아지~ 엄마 소도 얼룩소~ 엄마 닮았네.

　　　황당한 마귀량, 멋져 보인다는 표정으로 넋을 잃고 황백호를 보는 옹양.
　　황백호, 잔뜩 겁에 질린 잡놈의 면상에 얼굴을 들이대고 마이크로 소리를 지른다.

황백호　　　불쌍한 척, 가련한 척, 애잔한 척! 하지 마라. 그런다고 해서 세
　　　　　상이 너의 말을 알아듣는 건 아니다! 네가 억울하고 진실하다면 주
　　　　　먹을 들고 일어서라! 일어서! 일어서!

　　　　　　　잡놈, 얼떨결에 주먹을 들고 일어선다.

황백호　　　좋아! 민중은 그래야 하는 거야. 시꺼먼 민중, 깡마른 민중, 말 못 하

는 민중! 자네, 시간은 누구 편인 것 같나?

잡놈   어어어….

황백호   그렇지 시간은 바로 내 편이다. (링을 가리키며) 가서, 마이크 들고 무
           릎 꿇고 반성하고 기다려. 3분 뒤에 올라갈 거야.

잡놈, 황백호의 황당한 캐릭터에 잔뜩 겁먹으며, 마이크를 받아들고 링 위로 올라간다.

마귀량   (황백호의 모양새를 살피며) 서울 경찰청에서 오신다던 황백호
           경윕니까?

황백호   그쪽은 마귀량 경위…? (옹양보며) 저쪽은 용감한 옹양이 되겠군.

옹양   (경례를 붙인다) 옹 순경입니다.

황백호   (건성으로 경례를 날리며) 좋아! 여경들 사이에서 나에 대한 안 좋은
           소문이 있던데….

옹양   바람둥이라는 소문이요?

황백호   알고 있구만… 소문이란 무서운 거야. 발 없는 말이 천 리 간다고…
           그 소문 잊어주게. 이젠 사랑보다 정을 나누고 싶으니까. 그보다 자
           네는 아주 젊고, 용감하군. 대한민국 경찰이 드디어 경찰다운 경찰
           을 선발하기 시작한 거야.

옹양   경관님도 말투만 빼면 아주 젊고, 섹시해 보이는걸요.

황백호, 옹양에게로 걸어가 느닷없이 옹양의 허리춤을 바싹 잡아당겨 안으며.

황백호   (옹양의 얼굴에 대고) 바다에 가고 싶겠지? 끝도 없이 펼쳐진 백사장,
           바람에 펄럭이는 꽃무늬 머플러, 하얗게 부서지는 파도! 좋아, 이 사
           건을 오늘 중으로 마무리하고 그대와 함께 바다에 가지. (느끼하게)
           그전에, 커피 한잔이 생각나는구먼.

얼굴이 빨갛게 상기된 채 부끄러워하며 나가는 옹양.

마귀량 (궁시렁) 이런 니미… (기분 상하며) 제가 지금 취조 중인 거 안 보이십니까…?

의자에 앉아 책상에 다리를 척하니 올리는 황백호.

황백호 그게 취조였나?

마귀량 (궁시렁) 이런, 씨… 똥차도 연도가 있다지만… 계급이 같은데… (황백호에게) …경찰청 특수본에서 낙하산 하셨다니 반갑습니다. 도착했으면 낙하산은 좀 접으셔야 할 텐데요….

황백호 설치지 마라. 깝죽대지 마라. 똥 싸지 마라. 선배한테 할 소린가?

마귀량 솔직하시네요.

황백호 난 이젠 사랑보다 정을 느끼고 싶어. 오늘 아침에 내 여자 친구가 핫도그를 두 볼 가득 문 채 이렇게 얘기하더군. "오빤 너무 무정해요."

마귀량 핫도그?

황백호 (객석 쪽을 가리키며) 저기, 저기 말이야?

마귀량 (황백호가 가리키는 쪽을 보며) 뭐요?

황백호 잘 보게, 저기.

마귀량, 좀 더 앞으로 걸어 나가 황백호가 가리키는 쪽을 본다.

황백호 자네 눈엔 아직 안 보일 수도 있겠지. 저기, 한 세월, 한 시절이 아우성을 치며 흘러가는 것이 보이지 않나? 우리가 할 수 있는 건 흘러가는 것들과 함께 흘러가는 거야. 고운 석양빛도 없이 그렇게 한 시절은 저물기도 하지. 자네와 나도 저물 테고, 이 사건도 곧 저물 거야.

마귀량 (냉소적으로) 그냥 혼자 저무세요.

황백호	선배한테 그게 할 소린가?
마귀량	설치지 마라. 깝죽대지 마라. 똥 싸지 마라.
황백호	보기보단 똑똑하군. 그러나, 자넨 낭만이 없어, 이젠 주먹보다는 낭만이야.
마귀량	애길 들어보니까 황 경위님 대단하셨던데요, 국가대표 태권도 선수 출신에 유도, 검도, 합기도, 못 하시는 게 없던데… 그 짬밥으로 무술 경관으로 특채되셨고… 그런데 이번 사건은 무식한 양아치들 때려 잡는 사건이 아닌데… 잘못 보내신 거 같아요. 뭐랄까요… 이번 사건은 정치 공학적이고….
황백호	(바바리 주머니에서 시집을 꺼내며) 시인 엘리엇을 아나? 아무리 지방경찰청 짭새라도 황무지 정도는 알겠지. 요즘 이걸 읽고 있어. 성질 좀 죽이려고… "4월은 가장 잔인한 달 죽은 땅에서 라일락을 피우며 추억과 욕망을 뒤섞고."
마귀량	…?

이때, 반장, 손에 서류철을 들고 등장.

| 반장 | 나라가 온통 추억의 도살장이야! 쌍팔년도도 아니고 모두 거리로 뛰쳐나와 소타령들이니… 모두 다 미쳤어! |

반장, 황백호를 보며.

반장	자네가 황백호 경원가?… 얼굴은 왜 그래?
황백호	(따분하게) 저는 한 놈만 팹니다. 그게 대통령이든, 내 아버지든….
반장	훌륭 하구만. 난 이칠구 반장이네. (다리가 거슬린다) …다리 말이야. 먼 곳에서 와서 피곤할 텐데… 심리적으로 말이야, 서울에서 지방으로 온다는 게 그게 심리적으로 피곤한 거리감지, 다리 말이

	야, 계속 올리고 있어. 같은 식구끼리 그 정돈 배려해줘야지… 그냥 올리고 있어. (마귀량에게) 서로 인사는 했지?
마귀량	네.
반장	옹양은?
마귀량	…커피 타러 갔습니다.
반장	(당황) …요즘은 여직원한테 그런 거 시키면 안 된다고 그랬잖아.
황백호	내가 시켰습니다.
반장	그래? 뭐 할 수 없지. 같은 식구끼리… 사건에 대한 얘긴 서울서 귓구멍에 못이 박히도록 들었을 거고… 배고플 때는 짜장면이나 짬뽕이나 빨리 나오는 게 장땡이야. 알지? 우리 이번 사건 해결 못 하면 모두 옷 벗고 광화문 네거리에서 대한민국 짭새들 좆됐습니다! 만세 삼창해야 할 거야. (참다가 거슬리는지) 다리를 내리면 안 되겠나? 아무래도 내 인내심이… 다리는 내리는 게 좋을 거 같아. 그리고 "내가"가 아니라 "제가", 응? 알겠지?

이때, 잡놈이 3분이 넘었다고 링 위에서 큰 소리로 '어버버' 거린다.

황백호	3분이 넘었군요. 내가! 취조 좀 하겠습니다. (잡놈에게) 간다, 보채지 마라, 지승사자한테 보채는 거 아니다.

일어나 링 위로 올라가는 황백호.

마귀량	(반장한테) 저 새끼, 저거 똘아이 아니에요?
반장	똘아이 맞아. 특수본에서도 혀를 내두르더구먼.

반장 나간다.
마귀량, 쫓아나가며.

마귀량   반장님… 전 저런 똘아이 하고는 일 못 합니다.

반장   누가 너한테 일하래.

                황백호, 잡놈에게서 마이크를 빼앗아 들며.

황백호   (마이크에 대고) 노래할 줄 아나?

            잡놈, 자신이 말을 못 한다고 필사적으로 '어버버' 거린다.
                    마치, 춤을 추는 듯 보인다.

황백호   그렇지. 요즘은 노래 보다 춤이야. 일어서! 춤춰!

                잡놈, 얼결에 일어나 춤춘다.
                황백호, 잡놈에게 조인트를 날린다.

황백호   대한민국은 민주공화국이다! 나는 민주공화국 민주 경찰이고 너는
        이 사회를 혼란하게 만드는 빨갱이다. 지금부터 너는 할 말이 있으
        면 해라!

            잡놈의 입에 마이크를 가져다 댄다. 잡놈, '어버버' 한다.

잡놈   …어버버.

황백호   할 말이 없으면 이제부터 너는 내 말을 잘 들어라. 이 링 위에서의 모
        든 권력은 나 황백호로부터 나온다. 내가 "주먹으로 쳤다" 말하면 너
                는 신음을 질러댄다. 내가 "집어던졌다" 말하면 너는 나
        가떨어진다.

잡놈, 어리둥절하다.

황백호   주먹으로 쳤다!
잡놈   (어리둥절하며) …어버버.

          황백호, 또 잡놈의 조인트를 깐다.
          비명을 지르며 팔짝 뛰는 잡놈.

황백호   민주 경찰은 말로 한다. 말로 하게 도와줘라. 주먹으로 쳤다!
잡놈   (신음을 지르며) 아~
황백호   주먹으로 쳤다!
잡놈   아~
황백호   소뿔을 네가 잘랐나? 농민들의 형제인 소의 뿔을 네가 잘랐나?

          잡놈, 고개를 도리질한다.

황백호   집어던졌다!

          잡놈, 나뒹군다.

황백호   일어서!

          잡놈, 일어선다.

황백호   치고, 던졌다!

잡놈, 신음소리를 지르고 나뒹군다.

황백호   대한민국 민주 경찰은 사람 안 때린다. 말로만 때린다.

<소 상여꾼들>

이때, 무대 위로 검은 만장과 함께 뿔이 잘려져 나간 소 대가리를 얹은 꽃상여를 짊어 매고
농민들이 구슬프게 노래를 하며 나온다.

농민들<노래>

이유도 모르고 태어나, 이유도 모르고 죽었구나.
이제 너는 한낮 땡볕 아래 밭 가는 우직한 머슴도, 착한 하녀도 아니다.
소뿔 없이 가거라!
죄 있는 자들이, 또 너를 죽이기 전에!

황백호, 심문을 멈추고, 소 상여꾼들의 행렬을 보며 무엇인가 감동에 젖는다.
어느새, 잡놈도 황백호 옆으로 와 소 상여꾼들을 본다.
잡놈도 무엇인가 감동했는지 훌쩍이며 '어버버' 거린다.

황백호   (잡놈을 뜨겁게 안아주며) 저, 장엄한 행렬은 네가 만들어 낸 작품이
          다. 진부하지 않은 기발한 범죄! 대한민국이기 때문에 가능한 범죄!
          토속, 향토, 된장! 좋아, 이제 너와 나는 동포애로써 이야기하자. 대
          체, 왜, 무엇 때문에 소의 뿔을 잘랐나?

잡놈, 황급히 황백호의 품에서 벗어나, 링 구석으로 가 아니라고 필사적으로 '어버버' 거
린다.

<시위 농민들>

이때, 농민1,2,3 곡괭이, 삽, 쇠스랑을 들고, 무대로 뛰어 들어온다.
동학 농민 난처럼 보인다.
소 장례행렬이 일순 격한 시위로 변한다.

농민1   소가 또 죽었당께! 소뿔이 또 잘려져 나갔어야! 소뿔이 계속 잘려져
          나간당께!
농민2   대체, 어느 씨러벨놈이 그런 거여! 어느 놈이 소뿔을 자른당가!
농민3   경찰은 대체 뭐 하고 있는 겁니까? 소뿔이 잘려 소들이 미쳐 날뛰다
          가 다 죽어 나가는데! …무능한 정부는 대체 뭘 하는 거야!

마귀량과 옹양도 뛰쳐나와 농민들을 몸으로 막으며 "이러지들 마세요!" "경찰을 믿으세
요!" "해산하지 않으면 최루가스를 발포합니다!"를 정신없이 외친다.
격해지는 농민들의 시위를 보며, 광기에 젖어 기괴하게 웃는 황백호.

황백호   그렇지, 시꺼먼 민중! 깡마른 민중! 말 못 하는 민중! (잡놈에게 마이
          크를 던져주며) 너는 노래를 부른다.

그와 동시에 길게 울려 퍼지는 기차 경적과 나훈아의 <고향역> 노랫소리 무대 위로 울려
퍼진다.
잡놈, 어리둥절하다가 "어버버"로 나훈아의 <고향역>노래를 따라 부른다.
농민들 어리둥절하다.

"코스모스 피어있는 정든 고향역…"

황백호   (잡놈에게서 마이크를 빼앗아 시위 농민들에게) 우리 경찰에게도 고

향이 있습니다. 고향에 칡뿌리처럼 말라비틀어져 가는 부모님들이 있습니다. 안심하시고 저희를 믿어주시고 생업으로 돌아가십시오… 안 그러면, 여러분들의 시위를, 체제를 전복하려는 빨갱이들의 폭동으로 간주하고 지금부터 그렇게 대우해 드리겠습니다.

이때, 농민1, 링 위로 뛰어 들어간다.

농민1   우린 빨갱이가 아니랑께! 폭동 아니랑께!

농민1, 황백호에게 쇠스랑을 휘두른다.
황백호, 농민1이 휘두르는 쇠스랑을 가볍게 피하며, 농민1의 먹살을 잡아 업어치기로 링
바닥에 메다꽂아버린다

황백호   (농민에게) 나는 한 사람만 팬다, 그게 대통령이든, 아버지든!

농민1, 농민들 겁을 먹고 무대를 도망치듯 나간다.
마귀량과 옹양도 황백호에게 겁먹은 듯 나간다.
황백호, 농민1이 팽개치고 나간 쇠스랑을 집어 들며.

황백호   (센치하게) 이것이 쇠스랑이란 건가? 소처럼 우직하게 밭을 갈던 내 어머니, 내 아버지의 갈라 터진 손을 닮은 쇠스랑이란 건가! (불현듯 울분에 차) 치고! 던지고! 치고! 던지고! 치고! 던지고!

잡놈, 정신없이 비명을 지르고 나뒹굴고 지르고 나뒹굴고를 반복한다.

황백호   다시 묻겠다. 네가 소뿔을 잘랐나?

지치고 겁에 질린 잡놈, 고개를 끄덕인다.

황백호   뭐로 잘랐나?

         잡놈, 잽싸게 링 밖으로 나가 망치를 질질 끌고 '어버버' 거린다.
                     이때, 반장, 마귀량 뒤따라 들어오며.

마귀량   (반장에게) 그게 정말 가능한 일입니까?

                 반장, 망치를 질질 끌고 있는 잡놈에게.

반장   수고했어. 이제 그만 집에 가시게.

           잡놈, 망치를 집어 던지고 도망치듯 황급히 나간다.

반장   (황백호에게) …이거 내가 중요한 말을 안 했구먼. (손에 든 서류철을
         뒤적이며) 잘려나간 소뿔들 말이야. 국립과학수사원이 미국 CIA에
         의뢰한 결과 "잘린 소뿔은 모조리 사람의 맨손에 의해 잘렸다"라는
         최종 결과가 나왔어. 당수 알지?
황백호   (놀라며) 당수?
마귀량   (손을 들어 보이며) 손 말이요. 당수!
황백호   소뿔을 손으로?… 미국 CIA는 뭡니까? 왜 이런 일로 미국까지 깝죽
         대는 겁니까?
반장   (주머니에서 신문지를 꺼내 들며) 자네, 요즘 신문은 읽나?
마귀량   요즘은 황무진가 황손가하는 시집을 읽는답니다.
반장   시집? 이번 사건 아주 정치적으로 민감한 문제야. 미국산 소를 개
         방한 시점 아닌가. 대통령을 끌어내리겠다고 반정부 단체들이 조직

105

적으로 시민들을 선동하고 있고… 철없는 고등학교 계집애들이 시청 앞에 앉아 촛불 들고 캠프파이어하고….

황백호   씹할, 이 황백호가 알기론 당수로 소뿔을 자른 사람은 없습니다!

반장   그래서 자네 같은 똘아이가 경찰청에서 급파된 게 아닌가. 이건 똘아이만 풀 수 있는 문제니까 말이야. 다들 정신 차려! 이젠 우린 귀신과 싸워야 하는 거라고! 귀신이 뭔지 알지? 실체는 없고 이름만 있는 자!

이때, 무대 뒤편에서 들려오는 옹양의 비명 소리!
놀란 배우들, 무대 뒤편을 본다.

#2

무대 중앙 탁자 위에 배우 강신도의 영정 사진이 놓여 있다.

영정 사진 앞에는 향이 피어 있다.

배우들은 모두 침울한 모습으로 의자에 앉아 있거나, 링에 걸터앉아 있거나 한다.

공연감독   다들 모인 거지? 수사관이 왔다니까, 최대한 협조할 것은 협조하고… 무슨 말인지 알잖아? 수사관 눈 밖에 나서 좋을 거 없다는 소립니다… (침울한 분위기에) 나는 뭐 좋아서 이런 말 하는 거 아니잖아. 어쨌든 공연은 해야 할 거 아닙니까!

공연감독, 나간다.

작가   (궁시렁대며) 미쳤구나. 배우가 극장 안에서 죽은 채 발견됐는데… 감독이 미쳤어! 빚내서 공연하더니 미쳤어.

이때, 울음을 터뜨리는 옹양. 탁자 위에 다리를 올리는 황백호.

옹양   전 처음엔 선배님이 장난하시는 줄 알았어요. 흔들어도 일어나지 않으시길래… (무서워하며) 아~ 왜 하필 나야….

대천사   (짜증스럽게) 야, 계집애야 그만 울어! 초상났어!

옹양   초상났잖아!

사이

황백호   (대본을 보며) 바다에 가고 싶겠지? 끝도 없이 펼쳐진 백사장, 바람에 펄럭이는 꽃무늬 머플러, 하얗게 부서지는 파도! 철썩~ 철썩~ 좋아, 이 사건을 오늘 중으로 마무리하고 그대와 함께 바다에 가지.

107

황당해하며, 황백호를 보는 옹양.

옹양   미친 새끼!(그러다가 옆에서 핫도그를 먹는 장미를 보며) 넌, 지금 핫
        도그가 넘어가니?

다시 오열하듯이 울어버리는 옹양.

장미   (맹하게) 괜히 나한테 그래.
황백호   (대본을 읽으며) 사람이 죽었는데, 핫도그가 입에 들어가냐? 왜?
        왜? 왜 들어가냐?
장미   사람이 죽었는데 모르겠어요. 오빠 미워요!

울어버리는 장미.
장미와 옹양이 같이 울자 다른 배우들도 따라 운다.
초상집 같은 애도의 분위기가 되어버리는 무대.

반장   (참지 못하고) 황백호! 너, 발 안 내려! 지금 같이 공연 준비를 하던 배
        우가 죽었는데… 너 그 태도가 뭐야?
황백호   (외면하며) 전 한 놈만 팹니다. 그게 대통령이든, 아버지든….
반장   씹할… 저 똘아이 새끼 봐라!… 그래, 어디 한번 패봐라. 대놓고, 콩밥
        먹을 용기도 없는 새끼가. 네가 정말 황백호인 줄 알어! 연기를 하기 전
        에 먼저 한가지로 살어, 자연인으로 먼저 살고 그 다음에 배우로 살
        고, 그 다음에 배역으로 살어! 정신병자처럼 거꾸로 살지 말고! 너,
        정말 발 안 내려!

반장, 황백호에게 달려들면 말리는 배우들.

108

이때, 말리는 배우들과의 몸싸움으로 강신도 배우의 영정사진이 넘어진다.

마귀량   참아요, 반장님!

반장   나 반장 아니야, 새끼야, 나 최덕팔이야. 자연인 최덕팔!

마귀량   알았어, 덕팔이 형.

사이

황백호   (작가에게) "소뿔자르고주인오기전에도망가선생" 배역을 맡은 배
         우가 죽었는데 이제, 전 누굴 잡아야 되는 겁니까?

작가   발이나 내려! (한심하다는 듯이) 어디서 족보도 없는 새끼를 주인공
       으로 캐스팅해가지고… 그리고 너 말이야. 연기에 힘 빼! 니가 최민
       수야! 나 대본 그렇게 안 썼거든.

황백호   치고! 던지고! 치고! 던지고!

이때, 공연감독, 수사관K와 함께 들어온다.
수사관K는 한 손에 가방을 들었다.
수사관K, 무대를 둘러본다.

공연감독   (안절부절 못하며) 말씀드렸다시피 공연 날짜가 임박해서요… 잘
          좀 부탁드립니다….

수사관K   다들, 많이 놀라셨겠어요?

공연감독   네… 다들 비통해 하고 있습니다.

수사관K   (옹양과 장미를 보며) 그래 보이는군요.

엎어진 강신도 배우의 영정 사진을 보는 수사관K.
영정 사진을 똑바로 세우는 수사관K.

배우들을 의미심장하게 훑어보곤 링 위로 성큼 올라가는 수사관K.

수사관K   특이한 공연 같군요. 무대에 링이 다 설치돼 있고.

공연감독   쇼가 가미된 무협액션환타지 공연이라서… 무리 좀 했습니다.

수사관K   권투 링입니까? 아니면 레슬링. 권투는 헝그리 김득구고 레슬링은 박치기 김일 아닙니까. 요즘은 K1도 좋고 UFC도 볼만하고… 제가 격투기 종목에 관심이 많습니다. 실제로 막 때리고 집어던지고 그럽니까?

공연감독   (눈치를 살피며) 절대요, 실수라도 절대 서로 때리는 일은 없습니다.

수사관K   물론 그러셔야겠죠.

공연감독   짜고 하는 액션이지만, 다들, 신체 훈련이 잘 된 배우들입니다. 실제로 무술 유단자들이고요.

수사관K   (의미심장하게) 아주 유익한 정보군요.

공연감독   (어리둥절해하며) 네?

수사관K   배우들에게) 제 소개가 늦었군요. 저는 이번 사건을 담당한 수사관 K입니다. 다들 아시겠지만, "소뿔자르고주인오기전에도망가선생" 배역을 맡았던 배우 강신도가 (무대 뒤편을 가리키며) 무대 뒤편 통로에서 죽은 채 발견됐습니다. (책상에 다리를 올리고 있는 황백호를 보면서) 아! 다리…? (가방에서 대본을 꺼내 넘겨보며) 어디보자, 경찰청에서 특파된 수사관 황백호씨…? 반갑군요. 대본을 보면 굉장히 터프하시던데… 요즘 경찰 같지 않고 뭐랄까? 쌍팔년도식이랄까요.

황백호   (우쭐하며) 설정이 그렇습니다.

공연감독   (황백호에게) 다리 내려!

황백호, 마지못해 내리려 하면.

110

수사관K	(황백호에게) 괜찮습니다. 같은 식구끼린데 계속 올리고 계세요. 어디 또 보자… 그렇지, 여기 벙어리 역을 맡은 분도 있을 텐데. (잡놈 손든다) 그렇군요… (무대 바닥에 놓인 마이크를 집어 들고) "쳤다, 집어던졌다" (잡놈 생뚱하게 본다. 어색해하며, 의미 있게) 좋습니다. 나중엔 하게 되겠죠… 이곳에 오기 전에 대본을 읽어봤습니다. 대본에 문제점이 많던데… 심하게 과장돼 있고….
작가	(비아냥거리듯) …수사관님도 굉장히 과장돼 보이세요.
수사관K	(작가를 노려보며) 누구? 그러니까 배역 말입니다?
공연감독	(당황해하며) 작갑니다.
수사관K	아~ 반갑군요. 동료를 만난 기분이랄까요. 수사관이란 직업도 어찌 보면 작가와 비슷한 직업입니다. 사건을 분석하고 상상하고 줄거리도 써보고… 무엇보다 냉소적이죠.
공연감독	그러시겠죠. 당연히 그러셔야 되구요.
수사관K	(대본을 들쳐보면서) 설득력이 없는 부분이 있던데… 그게 가능한가요? 소뿔을 당수로 자를 수 있다는 거 말입니다.
공연감독	이 작품을 리얼리즘으로 보시면… (수그러들며) 많이 참고하겠습니다.
수사관K	(공연감독에게) 소재를 어디에서 얻으셨습니까?
작가	(욱하며) 제가 작갑니다.
수사관K	작가는 지금 빠져주십시오. (공연감독을 본다)
공연감독	그러니까, 작가가 이 대본의 초안을 써왔는데… 미국산 소가 개방되고 정치적으로….
수사관K	(의미심장하게) 역시 냉소적이군요. 하여간 마지막엔 주인공 황백호가 자신의 옛 스승인 "소뿔자르고주인오기전에도망가선생"을 잡는 얘기더군요. (황백호에게) 황백호씨, 이 "소뿔자르고주인오기전에도망가선생" 배역에 대해 얘기해줄 수 있습니까?

황백호   …… 네?

작가   그런 건 작가한테 질문하셔야죠.

수사관K   아니요. 작가의 말은 필요 없습니다. 그 배역과 직접적으로 행위 했
          을 배우에게 듣고 싶습니다.

황백호   뭘… 나한테 듣고 싶은 겁니까?

수사관K   (거슬리는지) "나한테"가 아니라 "저한테" 다시 묻겠습니다. 죽은 배
          우가 맡은 이 작품 속의 "소뿔자르고주인오기전에도망가선생"의 존
          재를 인정하십니까?

황백호   (어리둥절해하며) 무슨 말입니까…?

수사관K   스승으로 인정하느냐 말입니다?

황백호   뭘 인정해요? 이건 그냥 연극인데….

수사관K   (황백호에게) 그냥, 연극인지 아닌지는 제가 판단할 일이고… 이리,
          올라오세요.

                         당황해하는 황백호.

공연감독   (눈치를 주며) 올라가봐.

                     황백호, 마지못해 링 위로 올라간다.

수사관K   (배우들을 보며) 죽은 배우는 타살로 밝혀졌습니다! (놀라, 웅성거리
          는 배우들, 배우들을 외면하는 공연감독) 그러나, 그 배우를 누가 왜?
          죽였는가에 대해선 밝혀진 것이 없습니다. 다시 말하면 수사는 아직
          죽음의 문밖에서 죽음을 애도할 뿐입니다. "소뿔자르고주인오기전
          에도망가선생"역을 맡았던 배우 강신도는 어떠한 배우였습니까? 물
          론 배우 강신도와 인간 강신도는 다르지만 말입니다. 그렇다고 해서
          죽음은 둘이 되지 않습니다. 지금부터 수사를 시작하겠습니다. 아,

                              112

그전에 수사의 제 1원칙! "용의자의 방식으로 생각하고 행동하라" (대본을 흔들며) 수사는 이 대본 속의 방식으로 진행 될 겁니다. 다시 말해 저는 이 대본을 통해 범인을 찾아낼 겁니다. (공연감독에게) 이 왕이면 링만 조명을 넣어줄 수 있습니까?

공연감독   …? (조정실에) 야! 링쪽 조명 줘봐! (아부하듯) 음악도 넣어드려!

링에만 조명 비추고 전체 조명은 꺼진다.
음악이 흐른다. 이들은 마치, 링 위에서 대결을 펼치는 것처럼 링을 돌며 서로 대화를 주고 받는다.

수사관K   (황백호에게) 강신도는 어떤 사람이었습니까?

황백호   친하지 않아서 잘 모릅니다.

수사관K   친하지 않았다는 건 무얼 뜻합니까?

황백호   그냥, 친하지 않은 겁니다.

수사관K   라이벌이었습니까?

황백호   그렇게 생각한 적 없습니다.

수사관K   죽은 강신도와 연습 때 어느 정도까지 서로 치고 받았습니까? 액션 의 강도 말입니다.

황백호   서로 살 때까지 치고받았습니다.

수사관K   감정이 상할 수도 있었겠군요.

황백호   그건 연깁니다.

수사관K, 황백호에게 걸어가 조인트를 날린다.
황백호, 정강이를 붙잡고 주저앉는다.

수사관K   이렇게 액션이 의도하지 않게 진짜가 되면 어떻게 되는 겁니까?

황백호   왜 이러세요? 씹할….

수사관K   수사관한테 감정적으로 씹할이라고 하면 안 되는 겁니다. 왜 안 되
          는 걸까요?

황백호   씹할!

수사관K   (주저앉은 황백호에게 손을 내밀며) 죄송합니다….

황백호, 마지못해 수사관의 손을 잡는다.

순간, 수사관K 황백호의 손목을 잡아 꺾으며 손날을 유심히 본다.

신음을 지르는 황백호.

수사관K   당수도! 아주 재밌는 사건이 떠오르는군요.

황백호의 손을 풀어준다.

수사관K   제가 말씀드리지 않은 게 있군요. 이 대본 속의 수사 방식은 문제가
          많아요. 죄송합니다.

황백호   씹할, 저도 좀 대본대로 해도 되겠습니까?

일어서는 황백호, 그러나 수사관K, 순식간에 황백호의 멱살을 잡아 엎어치기로 집어던져

버린다. 보기 좋게 링 위에 처박히는 황백호.

수사관K   (노래 부르듯) 축지법, 공중부양, 다 헛소리네, 선빵이 최고라네.

놀란 공연감독, 링 위로 뛰어들며.

공연감독   (수사관K를 말리며) …이거, 왜 이러시는 겁니까?

114

수사관K   누가 수사관인지 알려주려는 겁니다… 민주주의는 포지션을 명확
        하게 인정하는데서 부터 시작하거든요. 민중들은 종종 그걸 잊어버
        려요.

황백호, "씹할" 욕을 하며 일어나려고 한다.
공연감독, 다급하게.

공연감독   넌 그대로 있어!

반장   (속이 시원한지) 저, 궁금해서 그러는데요….

수사관K   이름과 배역을 말씀하세요.

반장   …이름은 최덕팔이구요… 그게… 수사는 최초 발견한 사람부터 심
        문에 들어가지 않나요? (옹양을 가리키며) 쟤요. (쑥스럽게) 저도 수
        사관이라서… 반장이요… 극중에서요.

수사관K   수사관을 사칭하지 마십시오. 배우는 어디까지나 배우입니다.

반장   (비굴하게) 그렇죠… 제가 오버한 거죠.

수사관K   "소뿔자르고주인오기전에도망가선생"역을 맡았던 배우 강신도는
        국과수의 부검 결과 놀랍게도 누군가의 당수로, 경추 즉 모가지 뼈
        가 부러져 죽었습니다!

배우들   (일제히) 당수……?

수사관K   손으로 일격! 단 한 번의 내리침으로 말입니다. 모두들 무술 유단자
        들이라고 하셨죠? (옹양을 본다)

옹양   (겁을 먹으며) 전… 전 액션 배우가 아니에요. (대천사를 가리키며) 근
        데, 쟨 발로 황소도 때려잡을 걸요.

대천사   (눈을 부라리며) 저년이 뒈질려고….

수사관K   애석하게도 연습을 중단시킬 권한은 저에겐 없습니다. (공연감독에

115

게) 그러니까 지금부터 연습을 진행하십시오.

공연감독   (희색을 띠며) 감사합니다!

수사관K   그러나, 전 이곳에 남아 수사를 진행할 겁니다. 범인은 여러분들 안에 있습니다.

웅성이는 배우들.

쥐기자   확신하십니까? 죄송합니다… (쑥스럽게 웃으며) 극중 기자라서….

작가   이거, 보자보자 하니까… 지금 장난들 하는 거야! 사람이 죽었어. 애도는 못할망정 지금 뭣들 하는 거야!

수사관K   작가라고 하셨죠?

작가   제가 작갑니다!

수사관K   …죽은 강신도 배우가 맡은 역이 소뿔을 당수로 자르고 도망가는 선생 역할이던데 어떻게 현실에서 그 배역을 맡은 배우가 누군가의 당수로 맞아 죽을 수가 있는 겁니까?

작가   (당황) 뭘 저한테 물어보고 싶은 겁니까…?

수사관K   (대본을 집어 들며) 이제 이 작품은 어떻게 되는 겁니까? 대본을 보면 마지막엔 수사관 황백호가 소뿔을 자른 범인인 그의 스승, 일명 "소뿔자르고주인오기전에도망가선생"을 잡아 죽이게 되던데. 그것도 당수로 말입니다. 그 "소뿔자르고주인오기전에도망가선생" 역을 맡은 배우 강신도가 죽었으니까. 그 "소뿔자르고주인오기전에도망가선생" 역이 없어지는 겁니까? 아니면 다른 배우가 연기하는 겁니까?

작가   (공연감독 눈치를 보며) 어떻게 배우가 죽었다고 작품속의 배역을 없앨 수 있겠어요. 글을 모르는 개백정이 아닌 이상… 다른 배우가 하겠죠.

수사관K   (의미심장하게) 지금 그 말 수사에 반영될 겁니다.

이때, 참지 못하고 일어나 소리 지르는 황백호.

황백호   덤벼! 개자식아!

분이 풀리지 않는지 고함을 질러대며 샌드백을 치고 있는 황백호.

마귀량, 담배를 피우고 있고, 옹양은 화장을 고치며 대본을 보고 있다.

마귀량   (황백호를 보며) 그냥 죽으로 있었으면 한 대 맞고 말 일을 "덤벼! 개
           자식아!" 꼴값 한다… 난 저 새끼가 의심스러워… 죽은 강신도와 툭
           하면 부딪쳤잖아. 연습 때, 진짜로 치고받은 적도 있고… 저 새끼 배
           우 되기 전에 무술계에 있었다고 했지? 씹할, 연기는 아무나 하나.

옹양   (대본을 읽으며) 소뿔은 연일 잘려져 나가고 정부의 무능함에 분노
           한 농민과 학생 반정부 시민 단체들의 시위가 전국 곳곳에서 벌어
           진다.

마귀량   좀 섹시하게 읽어봐. 여배우는 무대에서 무조건 섹시해야 되는
           거야.

옹양   (혼잣말로) 병신 새끼, 감수성하고는….

마귀량   뭐야?

옹양, 일어나 대사를 읽는다.

옹양   수사팀은… 어휴~ 소뿔이 당수로 잘려져 나간 점에 초점을 맞춰
           지금까지의 수사 방향을 180도 선회하여 무술계 쪽으로 수사망을
           좁힌다… 아잉~ 그러나… 어휴~ 악화된 민심을 의식한 무술계는
           이렇다 할… 오우 안돼요~ 항변도 못 하고 모두 잠적하기 시작한
           다… 어휴~ 손 저리 치워요~

그러다, 흐느끼는 옹양.

| 옹양 | …전 정말 무서워요. 강신도 선배를 살해한 범인이 우리 중에 있다는 거잖아요. 도대체, 누가, 왜? 죽였을까요? |
| 마귀량 | …그만두고 싶어도 살해범으로 의심받을까 봐 그만도 못 두겠고…. |

이때, 밖에서 들려오는 공연감독의 고함.

공연감독	(목소리) 니들, 공연 못 하겠으면 계약금에 위약금 다 뱉어내! 나만 혼자 망할 거 같아!
마귀량	에이, 씨. 계약서는 왜 써가지고….
황백호	(혼잣말처럼) 나도 이 공연에 목숨 걸었다. 그만두는 새끼 있으면 내 손에 뒈질지 알아!
마귀량	(조용히, 옹양에게) …죽은 강신도도 살해당하기 얼마 전에 그만둔다고 했잖아. 저 새끼, 꼬라지 보기 싫다고.
황백호	(마귀량을 보며) 너, 담배 안 꺼!

마귀량, 얼른 일어나 무대 밖으로 뛰쳐나가며.

마귀량	수사관님!
황백호	(옹양을 보며) 그만두는 새끼는 내 손으로 죽여버릴 거야!
옹양	(두려워하며) …저기, 전 황백호 씨가 이러는 게… 솔직히 이해가 안 가는 건 아니거든요. 처음 맡은 주인공이니까, 잘 해보고 싶은 거니까… 저도 연기 경험이 별로 없지만, 누구보다 잘 해보고 싶거든요… (횡설수설하듯) 저 원래 이런 여자 아니잖아요. 근데 옹양역을 맡다 보니까 자꾸 제 안에 감춰뒀던 무언가가 올라오는데… 떼찌, 떼찌도 그래요, 그거 저도 모르게 나온 애드립이거든요. 옹양과 저 사이에서 길을 잃은 것 같고… 이 공연도 그렇고….

우리 모두 이 무대에 갇혀 길을 잃으면 어쩌죠? (자신도 모르게, 황백호에게) 왜 죽였어요? 대체, 왜 죽였어요?

느닷없이 터져 나온 자신의 말에 자신도 놀란 옹양.
다시, 샌드백을 치며 황백호.

황백호   (혼잣말처럼) 우린 길을 잃은 게 아니라, 길을 찾고 있는 거다!

옹양, 황백호 눈치를 살피며 얼른 무대를 나간다.
이때, 핫도그를 먹으며 무대 위로 들어오는 장미.

장미   (황백호에게) 난 오빠를 보면, 핫도그를 입안에 가득 물고 있는 모습이 생각나는 거 있지. 뭐랄까…? 오빠는 터질 듯 하다고 해야 하나…
(먹던 핫도그를 주며) 이거 먹을래?
황백호   (쳐다도 안 보며) 사람이 죽었는데 핫도그가 입에 들어가냐? 왜?
왜? 왜 들어가냐?
장미   그리고 너 변태냐! 핫도그 연기 시킨다고 하냐! (눈물을 글썽이며) 오
빠 미워요!

장미, 울면서 나간다.
대본을 들고 무대로 들어오던 공연감독과 작가, 울면서 나가는 장미를 보며.

공연감독   넌 또 왜 울고 다녀?
작가   (투덜거리며) 슬퍼서 우는 건지. 노예 계약서 때문에 우는 건지.
공연감독   (대본을 넘겨보며) 그냥 "소뿔자르고주인오기전에도망가선생" 배역
은 배우 없이 가자고. 그 배역을 연기할 배우가 등장하지 않으니까….
그럼 주인공이 "소뿔자르고주인오기선에도망가선생"을 잡지 못하

는 설정이 되는 건데. 뭐 의도한건 아니지만… 열린 구조… 그것도 괜찮아. 세련
돼 보이고….

작가   그럼 대본의 뒷부분을 전부 고쳐야 하는데… 그냥 배우 쓰세요.

공연감독 당신 같으면 누가 죽은 자리에 대역으로 들어가고 싶겠어.

작가   제 말이 그 말이에요. 사람이 죽었어요… 공연 정말 할 거예요?

공연감독 건물 짓다가 인부가 죽었다고 건물 안 짓나! 누군 좋아서 이러는지
        알어! 이럴수록 고인을 위해서라도 좋은 공연 만들어야 될 거 아니야!

작가   차라리 들어간 돈이 얼만데라고 말 하세요! (진지하게) 혹시, 감독님
        이 죽인 거 아니죠?

공연감독 그래, 내가 죽였어! 공연 제대로 안 나오면 니들도 내가 다 죽일 거야.
        당신부터 죽일 거야!

황백호   (공연감독에게) 저는 어떻게 되는 겁니까? 마지막엔 뭐라도 잡아야
        되잖아요.

공연감독 안 잡으면 돼… 어렵게 생각하지마.

황백호   (샌드백을 치며) 어떻게 안 잡아요!

공연감독 저 새끼 갈수록 왜 저러는 거야… 너 임마, 연기에 힘 더 넣어! 제발
        유치하고 재밌게 연기 하란 말이야! 너는 니마이 연기로는 승부 못
        봐!

                    황백호, 울분으로 샌드백을 마구 치며.

황백호   황백호란 인물이 전혀 현실적이지 않으니까, 그렇죠. 저도 뭐, 기댈
        언덕이 있어야 기대고 연기할 거 아닙니까.

공연감독 기대지마. 연기는 기대고 하는 게 아니야! 너 살아갈 때 뭐에 기대고
        사냐…?

황백호   씹할, 제 말은 그게 아니잖아요. 황백호가 소뿔을 자르고 다니는 "소

뽑자르고주인오기전에도망가선생"을 잡아서 죽여야 현실이 변할
거 아닙니까? 그러려고 우리 연극하는 거잖아요.

공연감독   뭐가 변해?

황백호   현실이요.

공연감독   (작가에게) 쟤가 하는 말 알아듣겠어?

작가   (황백호에게) 그런 건 작가가 알아서 할 테니까, 너나 변해!

공연감독   (황백호에게) 내가 연극 밥만 20년이야. 건방지게 뭘 바꿔, 현실을 바
             꿔? 너 연기나 바꿔. 그것도 못 바꾸면서 현실을 바꿔? 그러니까 좆
             같은 현실이 자꾸 깝죽대면서 연극을 바꾸려고 하는 거야.

황백호   씹할… 다 내 연기 때문이네요!

             황백호, 샌드백을 머리로 치받으며 소리를 질러댄다.

작가   저것 보세요… 어디서 족보도 없는 놈을 데려와 가지고… 죽은 강신
             도 그놈 참 괜찮은 배우였는데, 액션은 쟤보다 나았었잖아요. 처음
             캐스팅 땐 걔가 주인공이었는데… 왜 주인공을 쟤로 바꾼 거예요?

             이때, 수사관K, 링 밑 천막 사이로 몰래 얼굴을 내밀며 그들의 얘기를 듣는다.

공연감독   몇 번을 말해, 걘 죽어도 쌈마이 연기 못하겠다잖아.

             황백호, 무대를 나가며.

황백호   그럼, 제가 쌈마이에요!

공연감독   (못 들은 척) 근데… 수사관은 어디로 간 거야?

             얼른 다시 천막 뒤로 숨는다, 수사관K, 공연감독 무대를 나가며.

공연감독   (소리치며) 자! 다들 다시 가봅시다!

작가   전 정말 배우가 등장해야 된다고 생각합니다!

    경쾌한 음악소리와 함께 무술인1,2,3,4,5 무대로 우르르 몰려나온다.

#4

경쾌한 음악과 함께 샌드백을 치고 무술을 연마하는 무술인들1,2,3,4,5.

무술인들   어이! 어이! 우리들은 무술인들이라네.

        강호에 뜻이 깊어 하룻밤 사랑을 뒤로하고

        강호를 찾아 길을 떠나네.

        우우— 강호의 삶은 멀고도 긴 여행과도 같네.

        그래도 우린 이 길을 간다네.

        우우— 이 길의 끝에 존경하는 스승님이 우리를 반겨주네.

        아우들 다른 문파한테 주먹질 안 당하고

        오래오래 같이 심신 연마하는 것이 꿈이라네.

        축지법, 공중부양 다 헛소리라네. 선빵이 최고라네.

쥐기자, 무대를 가로지르며 신문을 호외처럼 뿌리고 지나간다.

쥐기자   소뿔은 당수로 잘려져 나갔다! 국민들은 무술인들에게 분노한다!

노래하고 춤추던 무술인들 호외를 주워 읽는다.
두려운 듯, 우왕좌왕 사방으로 도망가는 무술인들.
황백호, 무대 위로 뛰어 들어와 도망가는 무술인들을 쫓는다.
객석으로 뛰쳐 도망가는 무술인들.
황백호, 객석까지 뛰쳐 들어가 무술인들을 뒤쫓는다.

황백호   거기 서!!

그들 모두 통로 쪽으로 사라진다.

취조실.

반장, 옹양 들어온다.

옹양　　뿔을 자르고 싶다면 시골엔 염소 뿔도 있었을 텐데, 아무리 생
　　　　각해도 이건 고도의 상징일 거예요. (맹하게) 소뿔이 상징하는 게
　　　　뭐죠?

반장　　소뿔이 상징하는 거? (마귀량에게) 뭐야?

마귀량　(다시 옹양에게) 뭔데?

옹양　　전 감이 올 땐 콧구멍이 간질간질하거든요.

반장　　무슨 감?

옹양　　황백호 경위 바람둥이 맞아요.

반장　　황백호는 어디 갔어?

마귀량　무술인들 잡으러요.

반장　　무술인? 그 친구는 일을 제대로 하는구먼. 똘아이라서 그렇지.

마귀량　누군 안 잡고 싶어서 이러고 있는 줄 아십니까. 무술인들이 종적을
　　　　감췄어요. 하다못해 동네 태권도장도 문을 닫아걸었답니다. 여론이
　　　　안 좋으니까.

반장　　(신문을 펼쳐 들며) 씹할, 언론에서 먼저 깝쳐대니까… 다들 숨어버
　　　　린 거 아니야! …뭔가 느껴지지 않아?

쥐기자, 수첩을 들고 링 밑에서 나와 잽싸게 취조실 안으로 들어오며.

쥐기자　뭔가 느껴진다…?

마귀량　윗선에서 시나리오를 쓰고 있다는 겁니까?

반장　　시나리오는 항상 쓰잖아. 배우들 모르게 말이야.

125

쥐기자	윗선은 권력층이고… 배우들은 국민이니까… 국민들 모르게 윗선 에서… 소뿔 정국을 조작했다.
반장	(쥐기자를 보며) 왜 또 그래. 막 던지고….
쥐기자	서로 먹고 좀 삽시다.
반장	지금 잘 먹고 살잖아. 이번 사건으로 신문 부수 쫙쫙 나가고… 언론 사만 좋은 일 난 거 아니야.
쥐기자	몸 풀렸을 때 홈런 치고 베이스 밟아야죠.
마귀량	당신들도 의심돼. 합작품 같거든. 그거 데드볼이야.
쥐기자	(수첩에 적으며) 경찰, 언론사들을 압수 수색할 방침.
마귀량	이 쥐새끼가… 너 그거 이리 줘.

마귀량, 수첩을 빼앗으려 하면 도망가는 쥐기자.

반장　　저 쥐새끼 잡아!

마귀량, 옹양, 반장 요리조리 쥐새끼처럼 달아나는 쥐기자를 쫓으며 무대를 나간다.

사이

황백호, 히쭉이를 잡아 끌고 무대로 들어온다.
히쭉이는 유도복을 입었다.

히쭉이	놔봐… 이거 놓고 얘기하자니까… 씹할! 좆도 다이다이 붙으면 좆밥 인 새끼가!
황백호	좆밥? 다이다이 붙는다! 너는 오늘 니 조상을 만난다.

히쭉이를 발로 차 링 위로 몰아넣는 황백호.

황백호, 링 위로 들어간다.

그와 동시에, 라운드걸1, 피켓을 들고 링 위로 들어온다.
라운드걸 음악 소리에 맞춰 무대를 돈다.
이때, 수건과 양동이를 챙겨 들고 무대로 나와 권투경기 스텝들처럼 링 쪽으로 달려가는
반장과 마귀량, 옹양.
어깨를 잔뜩 구부리고 고릴라처럼 링 위를 어슬렁거리며 걷는 히쭉이.
히쭉이, 콧물을 히쭉거리며.

히쭉이   씹할… 내 콧물만도 못한 짭새 새끼가 강호를 좆밥으로 아신 거지.
황백호   (비장하게 몸 풀며) 내가 말이야. 사람을 좋아하면 적당히 안 좋아하
          고 사람을 의심하면 끝까지 의심하고. 하나를 하나라고 가르쳐 주면
          그거 하나밖에 모르고. 빨갱이가 나쁜 놈들이라고 국가가 말하면 애
          인이라도 잡아 족치고… 누굴 죽여야겠다, 생각하면 그 새끼 죽기
          직전에라도 찾아가 내 손으로 죽여주고… 알고 싶고 확인하고 싶은
          게 있으면 먼저 패고, 그다음에 듣고, 수습하고 그러거든.
히쭉이   주뎅이가 오뎅이냐~ 말을 좆나 맛있게 처먹네.

히쭉이도 몸을 푼다.

황백호   발레하냐?
히쭉이   빙신아~ 에어로빅이다!
황백호   니들이 잘났냐? 떼거리로 소 대가리를 잡고 소를 업어치기하고! 소
          뿔에 옆구리를 받치면서 내장이 터져 비명을 질러대면서! 좆도 주먹
          같지 않은 주먹으로 소뿔을 내리쳐서! 주먹이 작살나면서! 니들이
          소뿔을 잘랐냐? 왜 잘랐냐?
히쭉이   (히쭉거리며) 왜 잘랐을까요~?

황백호   그건 좆나게 맞은 뒤에 불어라!

            반장, 황백호에게 마이크를 던져주며.

반장   야! 말로 해! 민주 경찰이 사람 패면 되겠니? 인권은 지켜줘야지.

      황백호, 마이크를 집어 들어 씹어 먹어 버린다.(이 마이크는 먹을 수 있는 것으로)
                        놀라는 히쭉이.

황백호   인권, 좆까라 마이싱 하세요!

                  순간, 황백호, 히쭉이한테 달려간다.
      만만치 않게 저항하는 히쭉이의 먹살을 잡아채곤 보기 좋게 링 위에 메다꽂는 황백호.

황백호   (포효하듯) 니들이 잘났냐!?

                  그러나, 히쭉이, 잽싸게 일어서며.

히쭉이   (똑같이 포효하듯) 한우가 먹고 싶어서 한이 돼서 잘났다!

                        - 액션

                  서로 엎어 치고, 메치고 난타전.
                그러다, 링 위에 매다 꽂히는 황백호.
            일어나려고 하다가 충격이 큰지 드러누워 버리는 황백호.
      히쭉이 링 위를 고릴라처럼 어슬렁대듯 걸으며, 황백호의 얼굴에 코를 탱하고 풀어버린
                          다.

히쭉이 　 사팔뜨기 어머니 잘 계시냐? 주정뱅이 아버지는 여전하시고 일베 누이동생은 연애 좀 하냐? 그럼, 됐네, 됐어. 이제 너 뒈져도 됐겠네.

　　　　　　반장, 참지 못하고, 히쭉이에게 양동이를 집어 던지며.

반장 　 야, 비열한 자식아! 가족들은 모욕하지마! 너 무술계에서 쫓겨나는 수 있어!

히쭉이 　 (반장 쪽으로 걸어가 위협적으로) 그대가 강호인데 어찌 강호를 떠 날 수 있겠는가! 짭새 새끼야.

　　　　　　히쭉이, 다시 정신을 잃은 황백호에게 걸어가 조르기에 들어간다.

옹양 　 (안타깝게) 황경위님 일어나세요! 제발, 일어나세요!

반장 　 (다급하게 마귀량을 보며) 수건 던져야 하는 거 아냐?

마귀량 　 (시큰둥하게) …뒈지게 놔두세요.

　　　　　　이때, 황백호 정신을 차리며.

황백호 　 (반장에게) 수건 던지면 내 손에 죽을지 알아요!

　　　　　　순간, 히쭉이의 불알을 무릎으로 걸어차 버리는 황백호.
　　　　　　불알을 잡고 비명을 질러대며 나뒹구는 히쭉이.
　　　　　　역전되는 전세.

히쭉이 　 아, 씨발, 불알, 내 불알! 이거 반칙이야! 반칙!

황백호 　 (일어서면서) 반칙 좆 까라 해!

양동이를 집어 들고 히쭉이의 대가리를 마구 후려 때리고, 조르기에 들어가는 황백호.

반장   (다급하게) 야! 황백호… 때리지 마! 저 새끼 맞았다고 고소하면 우리

                좃되는 거야! 목 좀 풀어주고 심문해! 물어봐.

황백호   니들이 잘랐냐! 왜 도망갔냐?

히쭉이   니들이 더 잘 알잖아! 우리가 병신이냐!

반장   잘랐구나? 니들이!

황백호, 다시 히쭉이의 목을 조른다.

히쭉이   스미마셍!… 스미마셍!

황백호   쪽발이 새끼들이 배후냐?

반장   좋아! 좁혀지고 있어!

히쭉이   (숨넘어가며) 잘…랐어…요….

황백호   그건 불가능해! 너처럼 얼빵한 새끼가 소뿔을 잘랐다고! 소뿔이 부

                라보콘이냐!

히쭉이   뭘… 어쩌라…구요….

황백호   사실을 말해!

마귀량   (반장에게) 제가 들어가 봐야 하는 거 아니에요.저 똘아이, 저러다 사

                람 죽이겠어요.

황백호, 오른 팔을 높이 치켜들며 손날을 세운다.

당수 자세다.

황백호   (대사를 까먹었는지 잠시 주춤하다가) …가득 차면 엎어지고, 모두

                비우면 설 수 없다! 다시 묻겠다. 사실만을 말해라!

반장   저 자식 저거 뭐라고 그러는 거야?

마귀량   제대로 대사 치는 게 없구만.

           당수를 내리치지 못하고 팔을 부르르 떠는 황백호.
           이때, 수사관K 무대 뒤쪽에서 달려 나오며.

수사관K   황백호, 이 새끼! 너 그거 당수도지? 네가, 강신도도 당수도로 죽였지!

   수사관K, 헐레벌떡 링 줄을 넘다가 링 줄에 걸려 넘어지며 머리를 링 바닥에 처박고 기절
                              해 버린다.
                    '땡~ 땡~'. 요란스럽게 울리는 종소리.
                            황당해하는 배우들.
              공연감독과 작가, 그리고 스텝들 무대 위로 뛰어 들어온다.

히쭉이   (공연감독에게) 기절한 거 같은데요.
공연감독   아, 정말 여러 가지 한다. (스텝들에게) 빨리 끌어내!

        링 위로 올라가 무대 밖으로 수사관K를 들쳐 업고 나가는 스텝들.

공연감독   (작가에게) 수사관 한 명 집어넣고… 이거 그대로 써 봐! 완전 골 때리
          는 작품 나올 거 같다.
작가   씹할, 이게 만화지 연극입니까! (황백호에게) 그리고 너 왜 자꾸 내가
          쓰지도 않은 대사를 애드립으로 날리는 거야! 뭐가 가득 차면 엎어
          져?

                   이때, 링 밑에서 목소리가 들려온다.

목소리   이곳에 갇혀 실체 없는 이름과 싸우는구나! 누구도 본 적이 없는 이

름과 싸우는구나!

배우들 모두 두려운 듯 목소리가 들려오는 링 밑을 본다.

#5

취조실.

머리에 붕대를 감고 있는 수사관K.

수사관K   (대본을 보며) 난 한 놈만 찍어서 자백하게 한다. 그게 대통령이든, 아버지든. 황백호, 너 본명도 황백호지? 배우 되기 전에 뭐 했어?

황백호   씹할… 정말 저한테 왜 이러는 겁니까?

수사관K, 황백호의 오른손을 잡아채 손날을 살펴보며.

수사관K   너 배우되기 전에 무술계에 있었지?

황백호   (손을 빼며) 씹할….

수사관K   무슨 무술 했어? 다 알고 하는 소리니까 대가리 굴리지 마!

황백호   유도, 태권도, 킥복싱, 택견, 격투기, 가라테, 복싱….

수사관K   왜 무술을 그만두고 배우를 할 생각을 했어?

황백호   …배우, 폼 나잖아요. 그럼, 폼 나게 나가도 되겠습니까?

황백호, 일어나 나가려 하면.

수사관K   너, 당수도 했잖아!

황백호   (주춤) …그런 거 한적 없습니다.

수사관K   너, 아까 그 자세는 당수도 자세야!

황백호   (수사관K를 보며) 대본을 통해 강신도의 살해범을 찾겠다고 하셨죠? 만약 대본 속에서 강신도를 죽인 범인이 귀신이라면, 현실 속에서도 귀신이 범인이겠네요. 그 귀신을 어떻게 잡을 생각입니까?

나가버리는 황백호.

수사관K, 불길한 듯 극장 안을 둘러보며.

수사관K   점점 좁혀지는군.

이때, 링 밑에서 작가가 기어 나오며.

작가   (목소리를 흉내 내며) ···이곳에 갇혀 실체 없는 이름과 싸우는구나!
누구도 본 적이 없는 이름과 싸우는구나!

수사관K   (놀라며) ···무슨 애깁니까?

작가   어제, 링 밑에서 죽은 강신도 목소리가 들렸잖아요. 이곳에 갇혀 실
체 없는 이름과 싸우는구나! 누구도 본 적이 없는 이름과 싸우는구
나! ···분명히 어젠 강신도 목소리였거든요.

수사관K   (링 밑을 보며) 링 밑?

작가   (도취하며) 링이 세상을 축소한 상징이라면 어두운 링 밑은 세상의
욕망을 상징한다고 해야 하겠죠. 강신도가 맡은 배역이 세상의 욕망
을 상징하는 캐릭터였고··· (은밀하게) 이게··· 망자한텐 미안한 얘기
지만, 극장 안에 귀신이 있으면 공연이 대박 난다는 속설이 있거든
요···.

수사관K   (관심 없다는 듯) 다시 읽어보니까, 대본이 정치적인 메타포가 아주
강하던데···.

작가   메타포? 정말 이런 개백정 같은 공연계에서 실로 오랜만에 들어보
는 주옥같은 단어네요. 잘 보셨습니다. 이게 처음엔 아주 정치적으
로 써진 대본이었습니다. 미국산 소고기 개방과 맞물려서 한동안 나
라가 떠들썩했잖아요··· 한 방 먹이려고 했는데··· 감독이 정치적인
거 다 빼자고 그래서요. 저 근데 원래 캐릭터가 그러십니까···? 처음
과는 달리 많이 편해 보여서요.

수사관K	처음을 믿지 마십시오. 속이는 놈은 항상 처음부터 속입니다.
작가	(맞장구치듯) 맞습니다, 그 새끼도 그랬어요… 처음부터 국민들을 속였죠… 심오하군요. (수첩을 꺼내 적으며) 이런 대사를 써야 되는 데….
수사관K	황백호, 저 친군 이 공연에 어떻게 들어오게 된 겁니까?
작가	여기 배우들 다들 오디션 보고 캐스팅된 배우들입니다. 황백호, 저 자식은 처음부터 배우 했던 놈은 아닌 것 같은데… 어디서 뭐 했는지 족보도 모르겠고… (은밀하게) 근데, 아까 당수도 어쩌고 하시던데?

수사관K, 나가려고 한다.

작가, 얼른 수사관K를 잡아 앉히며.

작가	(느닷없이) 존경합니다. 사실 전 작가가 되기 전엔 수사관이 되고 싶었습니다. 수사반장이요. 전봇대 뒤에서 바바리 깃을 세우고 탐문하는 수사관의 고독. 이게 미치는 거죠. (흉내 내며) "용의자 방식으로 생각하고 행동하라!"
수사관K	작가도 괜찮은 직업이죠… 언어의 사기꾼들이지만 말입니다.
작가	(괴로워하며) 언어의 사기꾼? 좋은 비유네요. 그 사기 치려고 머리털 빠지게 와꾸짜고… 그러고 보니까 작가도 정치인들과 비슷하네요. 언어로 사기 치고, 언어로 싸우고, 언어로 권력을 훔치고… (좌절하며) 그럼, 뭐합니까. 당수도가 뭔지도 모르는데요.
수사관K	당수도! 한때 무술계에서 위력이 대단했던 무옙니다. (손을 들어 보이며) 말 그대로 당수로 뭐든 격파한다는 겁니다. 사실 기존의 무술이란 게 실전 싸움엔 무력합니다. 술이 무에 가깝기보다는 예에 가깝다고 할까요.
작가	무술이 아니라 예술이다? 저도 그 정도는 조금 압니다.

수사관K　　그런데 이 당수도는 달라요. 뭐든 때려 부수니까. 대가리면 대가리, 돌이면 돌, 쇠면 쇠! 그냥 일격에! (배우들 슬금슬금 링 밑에서 기어 나와 이야기를 듣는다) 그런데 어느 날, 그 당수도의 창시자가 귀신처럼 종적을 감추는 일이 벌어졌어요.

작가　　　　종적을 감춰요? …이런 냄새가 나는데요.

　　　　　　　　　　　—당수도 대결—

　　　　　　　　　　링 위에 조명이 들어온다.
　　　　각시탈 같은 탈을 쓴 배우가 링 위에서 당수도를 시범해 보인다.
　　　　　　춤을 추는 듯도 하고, 어딘가 우스꽝스럽기도 하다.
　　링 밑에서 이야기를 듣던 배우들 하나, 둘 링 위로 뛰어 올라가고 탈과 대결을 펼친다.
　　탈, 배우들을 때려눕히고 배우들의 팔다리를 일격의 당수로 부러뜨려 버린다.
　　　　　　　　　　　　배우들의 비명.
　　　　　탈, 비명을 뒤로 하고 뒤도 돌아보지 않고 나간다.
　　　　(배우들은 이 장면 끝까지 쓰러져서 신음을 질러댄다.)

수사관K　　그 창시자가 종적을 감추기까지, 무술계 내에서 당수도에 대한 악명은 대단했습니다. 그와 대결을 한 무술인들 대부분이 다시는 무술을 할 수 없을 정도로 불구가 됐으니까요. 급기야, 무술계에선 당수도를 파문시켜 버립니다.

작가　　　　씹할, 아주 드라마틱하군요. (들떠서) 그 창시자 이름이 어떻게 됩니까?

수사관K　　나진팔!

작가　　　　나진팔!

수사관K　　무엇보다, 무술인들의 증언에 의하면 사라진 나진팔에게 당수도의 적통을 이을 제자가 한 명 있었답니다. 베일 속에 가려진 그 제자의 얼굴을 실제로 본 이들은 그리 많지 않았다지만… 하여간 당수도의 창시자 나진팔이 사라진 시점에서 그 제자도 같이 사라집니다. 나진 팔 그가 어디로 사라졌고? 그의 제자는 또 왜 사라졌는가? 한때, 이 미스테리한 사건의 첩보를 입수해 제가 수사를 했고 말입니다…. 그 런데, 아주 재밌게도 이곳에서 배우가 당수로 살해를 당하는 일이 벌어진 겁니다. 배우가 참여했던 공연의 내용은 당수로 소뿔을 자르 고 도망가는 "소뿔자르고주인오기전에도망가선생"을 잡는 얘기가 아닙니까? 그리고 대 당수로 죽이고 말입니다. 아시겠습니까? 당수! 이 공연을 꿰뚫고 있는 건 정치적 이슈의 소뿔이 아니라, 미스터리 에 쌓인 당수도의 얘깁니다.

작가   듣고 보니까, 제 글이 그런 것도 같군요. (조심스럽게) 그럼, 당수도 를 쓰는 배우 황백호가 나진팔의…?

수사관K   아직은 황백호, 저 친구가 나진팔의 제자인지는 확신할 순 없지만….

    수사관K, 확신이 드는지 갑자기 뛰어나가면서.

수사관K   황백호, 이놈이 그의 스승 나진팔도 죽였을 겁니다!

작가   (뒤쫓아 뛰어나가며) 물증이 아니라 심증이죠?

  공연감독 무대로 들어오면서, 수사관K를 뒤쫓아 황급히 뛰어나가는 작가를 보며.

공연감독   글은 정리하고 있는 거지? 어딜 가는 거야! (링 위에 쓰러져 신음 을 질러대는 배우들을 보며) 니들 왜 그러고 있어! 다들 나가!

    배우들, 절뚝이며 모두 무대 밖으로 나간다.
    이때, 쥐기자 쥐새끼처럼 주위를 살피며 무대로 들어온다.

쥐기자   (은밀하게) 부르셨습니까…?

공연감독   (페이퍼를 건넨다) 여론이 지금까지의 소뿔 정국을 전혀 다른 방향
으로 급반전시키는 장면을 쓴 글인데… 사실 이것도 빼고 싶은데…
네 생각은 어때?

쥐기자, 공연감독 앞에 황급히 무릎을 꿇으며.

쥐기자   살려주십시오.

공연감독   뭘 살려?

쥐기자   전 정말 대사가 없거든요… 이것까지 지워버리면… 저도 정말 극장
안의 귀신 됩니다.

공연감독   누가 극장 안에 귀신이 있다고 그래?

쥐기자   감독님도 어제 강신도 선배 목소리 들으셨잖아요.

공연감독   그게 왜 강신도 목소리야?

쥐기자   그럼, 그게 누구 목소린데요?

공연감독   우리들의 목소리. 우리들의 마음이 만든 목소리. 알겠어?

쥐기자   실체는 없고 이름만 있는, 우리 마음이 만든 목소리라는 거죠?

공연감독   쥐새끼처럼 바로 알아듣는구만… 기자란 말이야, 우리 우매한 마음
이 내는 과장되고, 왜곡된 목소리를 마치 진실인척 기사화시키는 직
업이란 말이지.

쥐기자   과장하고, 몰아가고, 말 바꾸고, 부풀리고, 덮고… 이 시대 기자가
할 일이죠.

공연감독   (어깨를 두드려주며) 이 시대는 기자가 작가야. 진정한 작가!

공연감독, 나간다.

쥐기자   (감격스럽게 페이퍼를 읽는다) 무술계를 공포로 몰아갔던 여론은 왼

발이 오른뺨을 순식간에 후려치듯 급반전하기 시작한다. 신출귀몰
하며 소뿔을 자르고 귀신처럼 사라지는 정체불명의 인간을 국민들
은 '소뿔자르고주인오기전에도망가선생'이라 이름 붙이고, 이 '소
뿔자르고주인오기전에도망가선생'을 무능한 권력과 부패한 정부
에 대항하는 우리 시대의 진정한 영웅으로 치켜세운다.

쥐기자, 책상에 앉아 기사를 쓴다.
배우1,2,3 무대로 나와 쥐기자가 넘겨주는 기사 원고를 읽는다.

배우1   '소뿔자르고주인오기전에도망가선생'이야 말로 이 시대의 양심이
          아닌가!
배우2   '소뿔자르고주인오기전에도망가선생'은 한우의 소뿔을 자르며 한
          미 FTA에 대항하는 것이다!
배우3   '소뿔자르고주인오기전에도망가선생'은 굴욕적인 미국산 소고기
          개방을 철회하라는 영웅적인 저항인 것이다!
쥐기자   민중을 대변하는 영웅이여! 그 얼굴을 드러내라!

쥐기자, 배우1,2,3 호외를 집어 들고 객석으로 나가 관객에게 호외를 뿌린다.
이때, 무술인들을 뒤쫓고 있던 황백호 객석으로 뛰어 들어와 호외를 집어 들고 읽는다.

황백호   (호외를 구겨버리며) 영웅? (기괴하게 웃으며) 그대 위선적인 민중이
          여! 나의 동포여! 나의 형제여!

#6

취조실.

잡놈, 소도둑, 시위꾼, 빠가사리, 대천사, 히쭉이, 개독 등 무술인들로 북적이는 취조실.
히쭉이는 모가지에 깁스하고 있다. 마귀량은 황백호처럼 책상에 다리를 올리고 시큰둥하
게 서류철을 넘기고 있고 옹양은 화장을 고치고 있다.

마귀량   …여러분들이 이렇게 자진해서 출두해주신 것에 대해, 환영합니다
         만 모두가 다 소뿔을 잘랐다고 주장하시면, 이야기가 좀 달라집니
         다.
히쭉이   달라지는 얘기는 듣고 싶지 않고요. 제가 잘랐다니까요.
마귀량   그땐, 아니라고 그러셨잖아요.
히쭉이   그땐 여론이 안 좋으니까… 좋은 일 하고도 말도 못 하고 제 심정이
         어떻겠어요?

잡놈, 마귀량에게 자신이 잘랐다고 '어버버' 거리며 망치를 내리치는 시늉을 한다.

히쭉이   (잡놈을 보며) 빙신, 육갑하고 있네.
마귀량   (잡놈에게) 아직도 집에 안 갔어? 집에 좀 들어가.
대천사   (잡놈을 잡아끌며) 저부터 왔는데, 저부터 심문받아야 되는 거 아닌
         가요?
옹양   (화장을 고치며) 앉아 계세요!
대천사   이거 뭐, 대한민국은 자수하는데도 기다려야 되고….
빠가사리   (대천사에게) 아줌마가 얼마나 기다렸다고 그래요. 전 오늘이 일주
         일째예요.
대천사   저 아줌마 아니거든요. 지랄, 별꼴이야.

개독	(빠가리사리에게) 형제분, 전 기다린지 한 달쨉니다. …형제분께서 좆도 뭔 무술을 하시는지 모르겠습니다만, (밖을 가리키며) 밖에서 한 달 채우고 들어오세요….
빠가사리	(욱하며) 좆도 무슨 무술? 꽉, 발바닥으로 눈깔을 비벼 버릴까부다.
마귀량	거 좀, 조용히들 하세요! 그리고 거기 (시위꾼에게) 촛불은 끄세요.
시위꾼	(촛불을 들고) 지금은 한 자루의 촛불이지만, 곧 수백 수천 수만의 촛불이 몰려올 겁니다.
소도둑	그건 무슨 무술이요? 우리 소도둑들은 당최 불빛에 쥐약이라서….
시위꾼	촛불권이요.
개독	촛불권?
대천사	그 유명하다는 촛불권.
빠가사리	초식 좀 구경 합시다.

시위꾼, 앞으로 나와 촛불을 들고 구호를 외친다.

시위꾼	정권은 퇴진하고! 무능한 경찰은 자폭하라! 자폭하라!

반장, 무대 위로 걸어 들어오며.

반장	예, 좋습니다. 좋아요! 왜 여러분들이 갑자기 다들 이렇게 나오시는지 저희가 모르는 것은 아닙니다. 다들 영웅이 되고 싶은 거죠? 좋습니다. 그전에 정말로 여러분들이 소뿔을 단수로 내리쳐서 자를만한 고수냐 아니냐를 저 링 위에서 대결을 통해 판단할 겁니다. 부디 시험에 통과하셔서 저희들이 간절히 찾는 영웅이 되시길 바랍니다. (마귀량에게) 시작하지!

마귀량, 링 위로 올라간다.

141

마귀량   첫 번째, 개독 링 위로 올라오십시오!

개독, 링 위로 올라간다.

마귀량   자기소개 부탁드립니다!
개독   가라테 밥 20년입니다. 극진 가라테의 창시자 최영희 선생께서는
         일찍이 1960년대에 일본의 흑소를 맨손으로 때려눕히고 소뿔을 당
         수로 부러뜨렸습니다. 그것이 극진 가라테입니다. 오늘 이 개독이
         자존심을 걸고 입증해 보이겠습니다. 씹할, 대결 상대는 누구죠?
마귀량   개독의 상대는 대한민국 경찰청 소속 똘아이 황백호 경윕니다!

음악 소리와 함께.

피켓을 든 라운드걸 2를 앞세우고 검은 가운을 입은 황백호,
몸을 풀면서 무대로 나온다.
그 뒤를 핫도그를 손에 든 장미가 따라 나오며 황백호의 앞을 막아선다.

장미   (맹하게) 난 내 핫도그가 다치는 게 싫어!
황백호   핫도그는 다치면서 사는 거다!
장미   내 핫도그가 사람을 때리는 것도 싫어!
황백호   핫도그는 사람도 때리면서 사는 거다!
장미   오빠 내 핫도그야!
황백호   왜냐? 왜? 왜? 내가 너만의 핫도그냐? 비켜라! 맞기 전에.

장미, 겁에 질려 얼른 비킨다.
링에 오르는 황백호.

개독	(침을 뱉으며) 짭새 새끼, 졸라 폼 잡네!
황백호	(마귀량에게서 마이크를 빼앗아) 도덕성이 없는 무술은 한갓 주먹질에 불과한 법! 니들은 오늘 죽었다고 복창해라! 니들이 오늘 내 손에 죽는 이유는 아주 간단하다. 니들은 무술인이 아니다! 니들은 사리사욕에 눈이 먼 양아치 새끼들일 뿐이다! 니들 중에 진짜로 소뿔을 당수로 자른 놈이 있다면 오늘 이 황백호가 니들 손에 죽어주마! 그러나 오늘 내가 죽는 일은 벌어지지 않을 것이다! 니들은 양아치 새끼들이니까! (마귀량에게) 다친다, 나가라!

마귀량, 얼른 링 밖으로 나간다.

마귀량	아주 더러워서, 무술을 배우든지 해야지….

황백호, 검은 가운을 벗어 던지고 개독 쪽으로 걸어간다.
개독, 벌써 황백호의 기에 질린 것 같다.

황백호	나는 말이다. 사람을 팰 땐 짐승처럼 패고 짐승을 팰 땐 사람처럼 팬다! 닌 짐승이냐? 사람이냐?
개독	사… 사람인데요….
황백호	넌 짐승이다. 사람은 자신이 사람이라고 안 한다. 옛날 옛적 이런 일이 있었다. 스승은 무술을 연마하고 제자는 그 밑에서 양말을 빨았다. 스승은 양말을 빠는 제자에게 이렇게 물었다. 제자야 너는 왜 내 양말을 빠느냐? 제자가 대답했다. (대사를 까먹은 듯 주춤거리며) …이건 스승님의 양말이 아니라 제 양말입니다.
반장	저 자식, 저거 뭐라고 그러는 거야?
마귀량	(한심하다는 듯) 대사 또 까먹은 거 같은데요.

반장	돌대가리 새끼.
황백호	너는 누구의 양말을 빨았냐?
개독	(어리둥절해하며) …니미, 양말 빵꾸나는 소리하지 말고 덤비셔!

황백호, 주먹을 날리는 개독을 가볍게 친다.

—액션—

개독을 링 밖으로 집어던지는 황백호.
대자로 널브러진 개독을 보며 반장.

반장	(마귀량에게) 저 자식은, 소뿔 선생 사칭 죄로 20년 콩밥 먹여버려!

마귀량, 개독의 뒷덜미를 잡아끌고 나간다.

마귀량	따라와, 새끼야!
옹양	다음은, 학교 쓰레기장 막 싸움 10년 경력에 특기는 두꺼운 사타구니로 모가지 조르기. 일명 대천사!

링 위로 올라가는 대천사.
황백호, 링 중앙에 서서 지그시 눈 감고 비장하게.

황백호	바람이 분다. 쓰레기 냄새가 난다. 예의 없는 사랑이라면 차라리 독신이 낫다.

대천사, 황백호 주위를 돌려.

대천사   독신인가요?

황백호   암컷은 내려가라! 난 여자는 안 때린다!

대천사   내 이름이 왜 대천산지 궁금하지 않아요?

황백호   짧게 말하고 내려가라.

대천사   내 사타구니에 목이 졸려 죽은 수컷들이 죽기 전에 (음부를 가리키
          며) 내 여기에 코를 처박고 천사를 보거든요.

황백호   소들도 그곳에 코를 처박고 천사를 봤겠구나.

대천사   호호호… 바람둥인가요?

황백호   난 이젠 사랑보다 정이다.

          대천사, 갑자기 마녀처럼 돌변하며, 구역질이 나온다는 듯이.

대천사   우웩 퉤퉤! 불쌍한 수컷 새끼! 오늘 더러운 네놈의 불알을 따 줄까! 내
          사타구니에 코를 박고 싶지 않아? 우웩 퉤퉤!

황백호   (그래도 지그시 눈을 감고) 니 집에 가서 토해라.

대천사   쌍놈의 새끼!

          황백호에게 발차기를 날리는 대천사.
          어이없게 불알을 맞고 주저앉는 황백호.
          불알을 잡고 신음을 지르며 링 위를 뒹구는 황백호.

대천사   (당황하며) 어머, 어떡해… 진짜로 맞았어요…?

          무대로 뛰어 들어오는 공연감독과 작가.

공연감독   뭐야! 왜 그래, 어딜 찬 거야?

대천사   (울먹이며) 제가 진짜로 선배 불알을 찬 거 같아요.

황백호, 일어나며.

황백호   (무섭게 소리친다) 씹할, 내가 불알 차지 말라고 그랬지!

겁먹은 대천사, 울면서 무대를 뛰쳐나간다.

작가   (한심한 듯) 씹할, 이게 무슨 연극이야, 만화지!
황백호   (무술인들을 보며) 모조리 나와!
공연감독 (배우들에게) 계속해!

빠가사리, 잡놈, 히쭉이, 소도둑, 시위꾼 링 위로 뛰쳐 올라간다.
황백호, 링 위로 올라온 그들에 에워싸여 서로 치고받는다.

공연감독 리얼한데… 바로 저거야! (감동하며) 저것이, 말로 말로만 듣던 환
          상의 떼씬인가!

점점, 진짜로 치고받는 것 같은 거친 액션이 벌어진다.
어느 틈엔가 무대로 나와 황백호의 액션을 보고 있는 수사관K.

─액션─

모두를 때려눕히고, 빠가사리 위에 올라타는 황백호.

공연감독 좋아! 아주 리얼해!
작가   저 새끼 저거 말려야 되는 거 아니에요! 눈깔이 돌아갔는데요….
황백호   왜 죽였냐?

146

빠가사리   뭘? 씨발, 뭘 죽여!

황백호   니가, 강신도를 죽였냐!

빠가사리   뭔 좆까는 소리야?

황백호   니가, 강신도를 죽였냐!

공연감독   저 새끼, 저거 왜 저러는 거야?

당수를 높이 치켜드는 황백호.
이때, 수사관K, 권총을 빼 들고 바람처럼 링 위로 뛰어들며.

수사관K   황백호! 멈춰! 안 그러면 쏜다!

정신을 차리는 황백호.

수사관K   이렇게, 당수도로 너의 스승 나진팔과 배우 강신도 죽였냐? 왜? 대
체 왜? 죽였냐? 셋을 세겠다! (권총의 격자를 당긴다) 하나… 둘….

이때, 박수를 치며 어두운 객석에서 가방을 손에 들고 무대 위로 걸어 들어오는 수사관A.

수사관A   멋진데요! 아주 멋져요! 야, 공연이란 게 이런 거군요! 리얼하네… 리
얼해! 현실보다 더 리얼해… (숨을 들이키며) 공기가 달라.

> 수사관A를 중심으로 링에 걸터앉아 있거나, 의자에 앉아있는 배우들.
>
> 그들, 무엇인가 혼란해 보이는 표정들이다.
>
> 황백호는 다른 장과는 다르게 바른 자세로 의자에 앉아 있다.
>
> 수사관A는 대본을 손에 들고 있다.

수사관A   (수사관K에게) 진짜 배우죠?

수사관K   (쑥스러워하며) 네….

수사관A   진짜죠? 저 속이는 거 아니죠?

수사관K   네 수사관K역을 맡은 진짜 배웁니다.

수사관A   대단하네… 리얼해… "황백호 멈춰! 안 그러면 쏜다!" 전 정말 놀랐어요… 다들 멋있네… 멋있어. 제 직업이 수사관이라서 그런지… 수사관 연기하시는 분들 보면 감정적으로 많이 달라붙어요… (황백호를 보며) 저기… 연기하느라고 수고가 많은데 다리 올려도 됩니다, 괜찮아요, 올려요. (황백호, 눈치를 살피며 다리를 올린다) 좋네, 보기 좋아.

공연감독   그러니까, 수사관님 말씀은 저희 공연의 내용처럼 현실에서도 소뿔이 잘려져 나가고 있다는 말씀이죠?

수사관A   그렇습니다. (포스터를 꺼내 보이며) 놀랍게도 이 공연 내용처럼 현실에서도 소뿔이 잘려져 나가고 있습니다. 여러분들한테는 놀랄만한 일이 아니겠지만, (당수를 들어 보이며) 한 사람의 손, 즉 당수로 말입니다. (의미심장하게) 냄새가 나죠?

> 웅성대는 배우들.

공연감독   (생각이 많아지며) 거참… 이걸, 어떻게 받아들여야 할지….

옹양, 주머니에서 스마트폰을 꺼내며.

옹양　　　난리가 났겠는데… 다들 검색 좀 해봐. 왜 우리만 몰랐지.

수사관A, 옹양에게 걸어가 스마트폰을 빼앗아 전원을 끄며.

수사관A　정부는 이번 사건의 중대성이나 범행 수법 등이 불러일으킬 파장을
　　　　생각해서 이번 사건을 급비리로 수사 중입니다. 하지만, 물이 끓으
　　　　면 냄비 뚜껑이 열리지 않겠습니까? 머지않아 곧 공식적으로 발표
　　　　할 겁니다.

장미　　　(호들갑을 떨며) …완전 대박이다. 진짜, 손으로도 소뿔을 자를 수 있
　　　　는 거구나. 우리 공연 대박 나겠다, 그쵸?

반장　　　넌 원래 맹한 거냐?… 우리가, 범죄의 혐의가 있어서 내사단계 있는
　　　　즉 용의자가 된 거야. 그래서 경찰에서 나온 거구.

수사관A　(반장에게) 뭘 좀 아십니다.

반장　　　(쑥스럽게) 배역이 수사반장이에요. 그 바닥을 쪼금 알죠.

황백호　　(자신도 모르게) 이 황백호가 알기론 당수로 소뿔을 자른 사람은 없
　　　　습니다!

모두, 황백호를 본다.
자신도 당황해하는 황백호.
냉랭해지는 분위기.

수사관A　(황백호를 보며) …근데 말이야, 거 다리 좀 내려 줄 수 있을까, 내가
　　　　말이야 인내심이… (황백호, 다리를 내린다) 정말 이 대사는 잘 썼어
　　　　요. 입에 착 달라붙으면서도 심리를 충족시킨다고 할까요. 작가분이

누구십니까?

배우들 작가를 본다.

작가　　　왜들 그래? 난 배역이 작가잖아. (수사관A에게) 대본을 쓰신 분은 공
　　　　　연감독님이십니다. 전 배역만 작갑니다.

공연감독　제가 썼습니다.

수사관A　공연감독이 직접 쓰시고 연기도 하고 감독도 하신다. 멋진데요. (의
　　　　　심하며) 사활을 걸었겠는데요.

공연감독　간혹 있는 일입니다. 영화에 영화감독이 직접배우로 출연하기도
　　　　　하잖아요. 사활까지는… 저 이 공연 망해도 좋습니다.

수사관A　왜죠?

공연감독　왜라니요?

수사관A　어떤 다른 의미가 있나해섭니다.

공연감독　의미는 없습니다.

쥐기자　　그럼, 저흰 이 공연은 계속할 수 있나요?

수사관A　누구신지?

쥐기자　　기잡니다. (쑥스럽게) 배역이 기잡니다.

수사관A　기자다운 질문이군요. 물론, 연습은 계속하실 수 있을 겁니다. 단, 이
　　　　　번 사건이 이 공연과 직간접적으로 연관된 증거 등이 나올 경우는 다
　　　　　르겠지만요.

공연감독　연관이라뇨? (단호하게) 절대 그럴 수도, 그럴 리도 없습니다.

수사관A　그러셔야겠죠. 그러셔야 하구요. 그러나 수사관이란 직업이 그래
　　　　　요….

수사관K　(자신도 모르게) …작가와 비슷하거든요. 사건을 분석하고 상상하고
　　　　　줄거리도 써보고….

수사관A　다들 자신의 배역에 확실하게 빠져 있는 듯하군요. 생각보다 쉽

지 않겠는데요.

링 위로 올라가는 수사관A.

수사관A 자, 지금부터 여러분들이 준비하고 계신 공연이 현실의 소뿔 사건과
        관련이 있나 없나에 대한 조사에 들어가겠습니다. 아, 그전에 조사
        에 비협조적 일시에, 말 안 해도 아시겠죠?
공연감독 (못마땅한 듯) 꼭 거기서 조사를 받아야 합니까?
수사관A 경찰서보다는 낫지 않겠어요? 세간의 이목도 있고. (공연감독에게)
        올라오세요.
수사관K 그쪽이 말입니다, 수사관이라는 걸 저희가 무얼로 믿습니까?
수사관A (수사관K에게) 진짜 배우죠?
수사관K (당황해하다가, 쑥스러워하며)…네.
수사관A 리얼하네, 대단해… 이렇게 말해두죠. 전 여러분들이 쳐 둔 극장의
        폴리스 라인 안으로 들어온 유일한 사람입니다. 폴리스 라인 안으로
        들어갈 수 있는 사람은 수사관뿐입니다! 멋지죠! 제 대사. 올라들 오
        세요!

#8

링 위

배우들, 모두 혹독한 심문을 받았는지 링 위에 모두 지쳐 쓰러져 있다.
수사관A, 의자에 앉아 짜장면을 먹으며 시집 황무지를 읽고 있다.
황백호는 링 위 중앙에 서 있다.

수사관A   단지, 이 붉은 바위 아래 그늘이 있을 뿐! 한 줌의 먼지 속에서 공포를 보여주리라. 멋진 시야! (시집을 집어던지며) … 극 속의 이름도 황백호, 극 중 극 밖의 이름도 황백호… 현실 이름도 황백호… 내가 지금 먹는 건 짜장면.

황백호   캐릭터상 같은 이름으로 가기로 했습니다.

수사관K   어떤 이름이 마음에 드나?

황백호   어떤 이름이라니요?

수사관A   배우 하기 전에 무술계에 있었다지?

황백호   그건 대본에 쓰여 있는 얘깁니다.

수사관A   왜 연기를 하게 됐나?

황백호   대답해야 합니까?

수사관A   …이왕이면 거창하게.

황백호   …길을 찾기 위해 섭니다.

수사관A   과거에 길을 잃었었나?

황백호   길은 지금도 잃고 있습니다.

수사관A   아니, 과거 무술계에서 말이야.

황백호   다시 말씀드리지만 그건, 대본에 나오는 얘깁니다.

수사관A   난 현실을 말하는 거야.

황백호   저도 현실을 말하는 겁니다.

수사관A, 짜장면을 내려놓으며.

수사관A   아니, 아니, 대본 속에 나오는 현실 말고 진짜 현실 말이야.

황백호   네?

수사관A   다들 공연과 현실을 구분 못하는 것 같아. 이 작품이 배우들을 그렇게 만들었나? 다들 짬짜면 같아.

황백호   묻고 싶은 게 뭡니까?

수사관A   앉아!

황백호   그냥, 서 있겠습니다.

수사관A   대본에 이런 말이 있지. "대한민국 경찰은 사람 안 팬다. 말로 팬다!" 앉아!

황백호, 마지못해 앉는다.

수사관A   일어서!

껄끄럽지만 황백호, 일어선다.

수사관A   쳤다! 쳤다!

어리둥절해 하는 황백호.

수사관A   (능글맞게) 협조 좀 해줘봐, 자넨 배우잖아… 리얼하게… (쓰러져 있는 배우들을 가리키며) 저분들도 다 협조 했어. 빨리 끝내자고… 쳤다! 쳤다!

황백호, 마지못해 어설프게 신음을 지른다.

수사관A   …리얼하게! 쳤다! 쳤다!

신음소리를 지르는 황백호.

수사관A   "집어던졌다."

황백호, 당황.

수사관A   "집어던졌다!"

황백호, 어설프게 나뒹군다.

수사관A   리얼하게! 현실처럼! 쳤다! 집어던졌다! 쳤다! 집어던졌다!

황백호, 맞는 액션을 하고 나뒹굴길 반복한다.
수사관A의 말은 점점 빨라진다.

황백호   씹할! 그만둬!

수사관A   (박수를 치며) 훌륭해, 다들 연기가 너무 리얼하고 훌륭해. (숨을 들이
           켜며) 협조가 달라.

황백호   뭘 알고 싶습니까?

수사관A   너희들을 알고 싶어. 공연과 현실이 어디쯤에서 만나는지도 알고 싶
           고… 배우와 자연인이 어디쯤에서 만나는지도 알고 싶고… 그게 명
           확해 지면 이번 사건도 명확해지겠지.

황백호   그래서 사람들을 저렇게 만들어 놨습니까?

수사관A 자네, 시간은 누구의 편인 것 같나? 그렇지, 시간은 공포의 편이야. 내가 다시 돌아올 때까지, 무릎 꿇고 잠시 기다려! 다시 돌아와 공포를 보여주지! (쓰러져 있는 배우들에게 걸어가며) "나는 말도 못 하고 눈도 안 보여 산 것도 죽은 것도 아니었다." <황무지 중>

　　　　　　수사관A 쓰러져 있는 피켓 걸을 발로 툭 차면,
　　　　　피켓 걸 힘겹게 일어나 12라는 피켓을 들고 링 위를 돈다.
　　　　　　　수사관A, 공을 집어 들고 땡~땡~ 공을 친다.

수사관A 휴식 끝! 자 파이널 라운드, 가봅시다!

　　　　　　　　　힘겹게 일어서는 공연감독과 배우들.

수사관A 이제부터 여러분들은 제 말에 이렇게 대답합니다. "그건 알고 있습니다." 또는 "모릅니다." 아시겠죠? (공연감독에게) 현실에서도 당수로 소뿔이 잘려 나갈 수 있습니까?
공연감독 모릅니다.
수사관A 이 공연은 벌써부터 장안의 화제가 되고 있습니다.
공연감독 그건 알고 있습니다.
수사관A 냄새가 나죠? (수사관K에게) 앞으로 몇 마리의 소의 뿔이 더 잘려져 나갈까요?
수사관K 모릅니다.
수사관A 종종 자신들의 작품을 홍보하기 위해 기획자들이 현실에서 그와 같은 일들을 저지르기도 합니다.
수사관K 그건 알고 있습니다.
수사관A 이것도 냄새가 나죠? (마귀 량에게) 현실에서 "소뿔자르고주인오기전에도망가선생"은 누굽니까?

마귀량	모릅니다.
수사관A	공연에서 "소뿔자르고주인오기전에도망가선생"이라 불리는 사람을 알고 있습니까?
마귀량	그건 알고 있습니다.
수사관A	냄새가, 아주 많이 나죠.

수사관A, 옹양에게 걸어간다.

옹양	(지레 울면서) 전⋯ 그냥 작은 역이라서요⋯.
수사관A	대본 속 황백호가 바람둥이입니까?
옹양	그건 알고 있습니다.
수사관A	그럼, 현실의 황백호는 바람둥이입니까?
옹양	그건 모릅니다.
수사관A	에이, 솔직하게? 몇 번?
옹양	(황백호의 눈치를 살피며) ⋯솔직하게요?
수사관A	솔직하게.
옹양	(부끄러워하며) 세 번인가? 네 번인가?
수사관A	좋은 냄새는 아니죠.
황백호	에이, 씨, 지금 뭐하는 겁니까? 배우는 인권도 없습니까!

이때, 장미 손에 들고 있던 핫도그를 황백호에게 집어던지며.

장미	나쁜 새끼!

수사관A, 장미에게.

수사관A	그 쪽은, 몇 번입니까?

156

황백호	씹할, 그 앤 내버려둬!
장미	(맹하게) 솔직하게요?
황백호	에이, 씨팔, 말하지 마. 말하면 끝장이야!
수사관A	악취가 나죠?

수사관A, 반장에게 걸어가며.

수사관A	짬뽕이든 짜장면이든 빨리 나오는 게 장땡입니까?
반장	모릅니다.
수사관A	광화문 사거리에 경찰들이 모여 옷 벗고 대한민국 짭새들 좆됐다! 좆됐다! 만세삼창하면 집회 시위에 관한 법률보다, 공연 음란죄가 적용된다는 것을 아십니까?
반장	그건 알고 있습니다.
수사관A	제가 여러분들을 심문한 12일 동안, 비밀리에 부쳤던 소뿔 사건은 SNS를 통해 걷잡을 수 없이, 확산되고 말았습니다. 빌어먹을, 모든 국민이 작가고 기잡니다! 초등학생들까지 SNS를 통해 사실을 짜깁고, 편집하고, 삭제하고, 왜곡하며, 이 정부를 압박하고 있습니다. 여러분들의 공연은 올해에 가장 기대되는 공연으로 선정되었고 말입니다. 그것보다 더 축하드릴 일은 국민들은 여러분들의 공연 제목을 따서 소뿔을 자른 범인을 '소뿔자르고주인오기전에도망가선생'이라고 부르고 있습니다. 무엇보다, 미국산 소고기 개방과 맞물려, 이번 사건은 아주 민감한 정치적 문제로 부상하고 있습니다. 제가 이곳에서 여러분들에게 알아낸 것이라곤 "모른다"와 "그건 알고 있습니다"입니다. 그러나, 현실이 원하는 대답은 모르든지 알든지, 하나를 원합니다. 여러분들은 이 두 개의 대답 때문에 이 순간부터 용의자가 될 겁니다. 정국은 들끓고 있습니다! 이제 정권은 사활을 걸고 '소뿔자르고주인오기전에도망가선생'을 잡아야 합니다.

157

수사관A, 황백호에게 걸어가며.

수사관A 잘 들었나? 자, 이젠 내가 원한 것들을 자네를 통해 얻어야 할 차례군.
황백호 대체, 저를 통해 뭘 얻고 싶습니까?
수사관A 이 대본엔 "소뿔자르고주인오기전에도망가선생"을 연기할 배우가
리허설 도중 피살된 것으로 나오는데… 자네가 죽였나?
황백호 농담하십니까?
수사관A 내가 깜빡 잊었군. 돌아와서 공포를 보여주겠다고 했는데.

수사관A, 황백호에게 걸어가 순간, 조인트를 날리지만, 피하는 황백호.
수사관A, 헛발질하며 링 바닥에 벌렁 나자빠진다.

수사관A 멋져! (드러누워 숨을 들이켜며) 냄새가 달라!

황백호, 얼른 수사관A에게 손을 내밀며.

황백호 (억울한 듯) …그건 설정입니다.
수사관A (황백호의 손을 잡고 일어나며) 자네가 죽였나?
황백호 누굴 말입니까?
수사관A 강신도!

수사관A, 잽싸게 황백호의 멱살을 잡고 엎어치기 하려고 하지만, 스텝이 꼬이며 우스꽝스
럽게 그대로 링 바닥에 주저앉아 버린다.
바닥에 찌부러진 수사관A를 등에 탄 것처럼 된 황백호.

황백호 에이 씨, 현실 속에 진짜 강신도란 배우는 없습니다! 그건 대본 속에

나오는 이름만 있는 역입니다.

수사관A   (수사관K에게, 도움을 청하듯) 자네가… 이 부분을 취조해 보게… 대본대로 말이야.

수사관K   (당황해하며) 제가 왜요?

공연감독   (한심하다는 듯) 그냥, 해드려.

수사관K   연기를 하라면, 할 수는 있지만… (걸어 나오며, 연기 톤으로) 황백호, 강신도를 왜 죽였나? 무엇 때문에.

황백호, 수사관A에게서 일어나며.

황백호   미쳤어요? 강신도는 존재하지 않는 배우잖아요.

수사관K   그렇지 그건 글이지. 그럼, 너의 스승 나진팔은 왜 죽였나?

황백호   (당황) 씹할, 정신 차리세요.

수사관K   정신을 차리고 현실을 말해보지. 너는 누구지?

황백호   나는 황백홉니다.

수사관K   (황백호에게 쪼인트를 날리며) "나는"이 아니고 "저는"이다. 다시 묻겠다. 현실에서 당수도를 배웠지?

황백호   씹할, 좆까라 하세요.

황백호의 멱살을 잡는 수사관K.

수사관K   난 말이야. 정말 이게 궁금했거든. 네가 정말 현실에서도 당수도를 배웠는지….

황백호, 참지 못하고 수사관K를 엎어치기로 매다 꽂는다.
링 위에 드러누워 버리는 수사관K.
황백호, 수사관K를 올라타고 당수를 높이 치켜든다.

황백호   (수사관K에게) 씹할! 나도 그게 궁금하거든! 내가 정말 당수도를 배
        웠는지!

        당수를 내리치지 못하고, 수사관K에게서 일어나는 황백호.
        배우들, 뛰어 들어와 대자로 누워버린 수사관K를 끌고 나간다.

황백호   (수사관A에게) 대본에서도 이렇게 합니다.

        수사관A, 박수를 치며.

수사관A   (황백호에게) 나는 자네가 진정으로, 내가 무얼 원하는지를 알고 있
        다고 생각하네. 나 또한 그렇고 말이야. 무대는 깊은 잠과 같지. 많은
        꿈을 꾸게도 하지만, 그 꿈속에서 길을 잃게도 하지. 어떤가? 내가 자
        네를 제대로 이해했나? 자, 이제 자네와 나는 같은 위선적인 독자로
        써! 나와 같은 자, 형제로서, 진실을 말해보자고. 당수도 배웠지?
황백호   (혼란한 듯) …
수사관A   누구한테 배웠나? 최강석인가?
황백호   최강석? …그런 이름 모릅니다.
수사관A   수사관K가 대본에서 말한 당수도 창시자의 사라짐은 실제로 있는
        일이었다… (공연감독에게) 알고 있었습니까?
공연감독   작품의 소재를 구상하면서 기사를 찾아 읽은 적 있습니다.
수사관A   그 당수도의 창시자 이름은 최강석이고.
황백호   …
공연감독   그렇습니다. 최강석을 저는 나진팔로 고쳐 쓴 겁니다.
수사관A   저 친구를 주인공으로 캐스팅한 이유가 뭡니까?

공연감독   대본에 나오는 대로, 다듬어지지 않은 거칠고 과장된 연기가 필
                요했습니다. 소위 쌈마이….

황백호   (어처구니없다) 그럼, 내가 쌈마이 연기자란 말입니까?

수사관A   쌈마이 연기자가 필요했다? 그러면서도 당수를 잘 쓰고 말이지요.

          수사관A, 황백호에게 달려들며 손을 꺾어 손날을 보려고 한다.
    그러나, 황백호의 저항으로 팔을 꺾지 못하고 되레 팔이 꺾이는 형국이 되는 수사관A.

황백호   정말 왜 이러세요!

수사관A   아아아! 이거 놔.… 놓고 말하자고….

          링 한쪽 구석에 쭈그리고 앉아있던 작가,
           그 옆에 주저앉아 정신을 차린 수사관K에게.

작가   거참, 수사관들은 왜 다들 처음과 캐릭터가 달라지는 거죠? 안쓰럽
          기도 하고….

수사관K   그걸 내가 어떻게 알어!(허리를 붙잡으며) 아, 허리 나간 것 같은데….

수사관A   왜, 내가 당수도 얘기를 하는지 몰라서 그래? 현실에서 당수로 소뿔
          이 잘려져 나가고 있어! 자넨, 일급 용의자야!

           황백호, 수사관A에게서 떨어지며.

황백호   그게 저하고 무슨 연관이 있는데요?

수사관A   (공연감독에게) 실제 인물 최강석은 당수로 소뿔을 정말 잘랐다고
          하더군요. 그럼, 그의 제자도 그것이 가능하지 않을까요?

공연감독   (당황해하며) …뭘 원하시는지는 모르겠지만, 대본에서 당수도의 창

시자인 나진팔에게 베일에 싸인 제자가 있었다는 건, 작가인 제가
지어낸 이야깁니다. 허굽니다.

수사관A　물론, 제가 대본 속의 수사관K처럼 황백호를 당수도의 적통을 이은
제자라고 확신하는 건 아닙니다.

공연감독　(웃으며) 옳으신 소립니다. 대본과 현실은 다르니까요.

수사관A　그러나, 과연 달랐나요?

공연감독　…

수사관A　공연과 현실이 과연 달랐느냐 말입니다. 현실에서 우리 경찰은 오래
전 이유 없이 사라진 당수도의 창시자 최강석의 행방을 쫓고 있습니
다. 여러분들은 공연 속에서 '소뿔자르고주인오기전에도망가선생'
인 당수도의 창시자이자 황백호의 스승 나진팔을 쫓고 있고 말입니
다. 현실과 공연이 다른 건 그 둘의 이름 밖에 없습니다.

공연감독　(참지 못하고) 대체, 저희에게 무얼 원합니까?

수사관K　이 정부는 여러분들에게 요구합니다! 황백호는 그의 스승인 '소뿔자
르고주인오기전에도망가선생'인 나진팔을 무대 위에서 기필코 잡
아야합니다! 그렇지 않으면 이 공연은 여기서 멈춰야 할 겁니다! 물
론 경찰은 현실에서 사라진 이번 사건의 유일한 용의자, 최강석을
잡아야 하구요. 우리 모두 현실과 공연이라는 두 개의 거울 사이에
서 무한 복제되며 전 국민을 능욕하고 있는 '소뿔자르고주인오기전
에도망가선생'을 완전히 지워버려야 합니다. "소뿔자르고주인오기
전에도망가선생"인 나진팔을 무대 위에 등장시키십시오.

황백호　저, 이 공연 못 합니다! 이건 미친 짓입니다! 다들 미쳤다구요!

링을 내려가는 황백호.

수사관A　(황백호에게) 황백호! 자네가 혐의를 벗는 일은 극 속의 황백호가 '소

뿔자르고주인오기전에도망가선생'을 잡아 죽여야 해! 당수로 말이
야!

황백호　얼마든지! 죽여드릴 순 있습니다! 그러나, 진짜로 죽일 수는 없다는
　　　　걸 아셔야 할 겁니다! 현실보다 더 리얼한 이곳에 없는 건 진짜 현실,
　　　　아니겠습니까!

무대를 나가는 황백호.

수사관A　(황백호를 흉내 내며) 이것이 쇠스랑이란 건가? 소처럼 우직하게 밭
　　　　을 갈던 내 어머니, 내 아버지의 갈라 터진 손을 닮은 쇠스랑이란 건
　　　　가! 황백호! 그 분노를 잊지 말게!

공연감독　(난처해하며) '소뿔자르고주인오기전에도망가선생'의 등장은 현실
　　　　적으로… 불가능합니다.

수사관A　왭니까?

공연감독　저희 공연의 설정은 '소뿔자르고주인오기전에도망가선생'역을 맡
　　　　은 강신도가 죽었기 때문에 "소뿔자르고주인오기전에도망가선생"
　　　　은 무대 위에 이름으로만 존재합니다.

수사관A　여기서 강신도 배우를 본 사람이 있습니까?

공연감독　실제로 존재하는 배우가 아닌 강신도를 살리면 이야기의 대부분
　　　　이 바뀌어야 합니다. 그럼, 그의 살해 사건을 담당한 수사관K도 등
　　　　장할 필요가 없고요. 실제로 존재하지 않는 배우를 살리기 위해 실
　　　　제로 존재하는 배우를 죽여야 하는 일이 벌어집니다.

수사관K, 얼른, 수사관A 앞에 달려와 무릎을 꿇으며.

수사관K　살려주십시오. 수사관K는 제가 몇 년 쭉 쉬다가 간만에 몸 좀 푸는

배역이거든요. 소뿔 사건이 터지면서 사돈에 팔촌까지 공연 좀 예매
해 달라고, 하루에도 수십 통씩 전화가 오는데… (울먹이며) 여기서
그만두면… 이거 쪽팔려서… 제가 수사에 협조 잘해 드렸잖아요…
취조하라고 해서 대신 취조도 하고….

배우들, 하나, 둘 무대를 나간다.

수사관A   진짜 우는 거 맞죠?

수사관K   네, 진짜 우는 겁니다. 이것은 진짜 눈물입니다! (더 과장되게 통곡을
          하며 운다)

수사관A   (공연감독에게) 이렇게 합시다. 수사관K를 실제로 존재하지 않는 배
          우 강신도로 만듭시다. 그럼, 배우인 수사관K는 죽지 않는 거고, 존
          재하지 않았던 배우 강신도는 무대에서 존재하게 되는 거죠.

공연감독   (단호하게) 그럼 작품이 훼손됩니다!

수사관K   (공연감독에게 버럭 소리를 지르며) 여기서 멈추는 것보다는 낫겠
          죠!

수사관A   (공연감독을 보며) 멈추는 순간, 냄새가 나겠죠?

수사관K   (감격하며) 정말, 고맙습니다. 진짜, 잘해 보겠습니다.

공연감독   (애꿎게, 배우들을 찾으며) 에이, 씨. 이것들은 다들 어디 간 거야! (무
          대를 나간다)

수사관A   리얼하게, 죽어서 국민들의 한을 풀어주십시오.

수사관K   배우인생 20년! 애국하는 마음으로, 황백호의 당수에 처참하게 죽
          겠습니다!

#9

취조실.

마귀량은 고소장을 보고 있고, 옹양은 취조문을 읽는다.

옹양   무술인들이 구름처럼 몰려들어 자신들이 소뿔을 잘랐다고 성토를 했지만~ 모두 다 해프닝으로 끝나버렸다~ 아이, ~ 우후~ 그 와중에 소뿔을 직접 잘라 보이겠다던 무술연맹 총재가 소뿔에 박혀~ 즉사하는 일도… (갑자기 운다)

반장, 무대로 들어오며.

반장   넌 또 왜 울어!

옹양   다들 미쳤잖아요.

반장   옹양, 니 말대로 다들 미쳤다. 미쳤어! 다들 도살장의 소들처럼 미쳐가고 있어!

마귀량, 손에 든 고소장을 흔들며.

마귀량   (반장에게) 이거 보셨어요? 무술인들이 말이에요… 집단으로 고소장을 제출했어요. 저희가 고문했다고, 목 조르고, 집어던지고, 쇠스랑으로 위협하고, 그 똘아이 새끼 때문에 우리 모두 좆 되게 생겼어요.

반장   황백혼 어딜 간 거야? 왜 요즘 코빼기도 안 보여.

이때 황백호, 객석에서 마이크를 들고 노래 부르며 들어온다.

황백호   송아지~ 송아지 얼룩송아지~ 엄마 소도 얼룩소 엄마 닮았네….

황백호는 얼굴이 더 깨지고 찢어졌다.

어딘가 노랫소리가 우수에 젖어 있다.

황백호, 취조실로 들어와 책상에 다리를 올린다.

반장   대체 어딨다 오는 거야?

황백호   꿈을, 긴 꿈을 꿨습니다.

반장   어디서? 사우나에서?

황백호   옹양, 오늘은 비가 내릴까?

옹양   비는 갑자기 왜요?

황백호   (우수에 젖어) 비가 올 땐 바다는 황량하고 쓸쓸하지.

옹양   저는 황량하고 쓸쓸해도 바다에 가고 싶은걸요.

황백호   철썩~ 철썩~

옹양   아흐~ 아흐~

마귀량   씹할, 놀고들 있네….

황백호   (반장에게) CIA 새끼들이 보낸 보고서를 읽었을 때부터 전, 소뿔을
               손으로 자르는 건 절대 불가능한 일이라고 했습니다.

반장   우리한텐 왜? 누가? 잘랐는지가 중요하지 자를 수 있느냐 없느냐가
               중요한 것은 아니라고 그랬잖아!

황백호   (일어나며) 자를 수 있느냐 없느냐가 중요합니다. 왜냐면 소뿔을 자
               르고 귀신처럼 도망갈 수 있는 사람은 단 한 사람밖에 없으니까요!

반장   그게 누군데?

황백호   (일어나며) 나진팔!

반장   나진팔?

마귀량   그게 무슨 소리야?

황백호   대한민국에서, 아니, 이 세상에서 소뿔을 맨손으로 자를 수 있는 사
               람은 나진팔 뿐입니다.

반장	나진팔?
황백호	나의 스승입니다.

마귀량, 황백호에게 고소장을 집어던지며.

마귀량	이 똘아이 새끼야! 이제 와서 대체 그게 무슨 얘기야!? 니가 똥 싸고 다니는 바람에, 우리 다 옷 벗게 생겼어! (황백호의 멱살을 잡아 흔들며) 너, 대체 뭐하는 새끼야!
황백호	저기, 저기 보이나?
마귀량	그래 보인다! 설치고, 깝죽대고, 똥 싸고 다니는 똘아이 새끼가 보인다!
황백호	아니, 아니. 내 지나간 추억 말일세. 스승 나진팔은 무술계를 돌아다니면서 무술인들과 대결을 벌였지. 나진팔은 자신이 고안해낸 당수도로 무술인을 하나둘 쓰러뜨리기 시작했어. 그런데 스승 나진팔은 도를 넘고 있었어. 항복한 상대를 무자비하게 공격해서 다시 무술을 할 수 없게 병신을 만들었으니까. 제자인 황백호는 스승에게 물었어. "스승님, 왜 항복한 자들을 공격하시는 겁니까?" 스승 나진팔은 자비가 재앙을 낳는다고 했지! 황백호는 무술의 참된 도를 잃고 점점 광분해가는 스승의 곁을 떠나기로 결심하고 스승에게 당수도를 버리겠다고 했지. 스승은 자신을 쓰러뜨리고 떠나라 했고, 황백호는 떠나기 위해 스승과 대결했지. 스승은 내게 말했지. 죽을 수 있을 때 죽어라! 그것이 비참해지지 않는 길이다! 그러나, 죽을 수 있을 때 죽지 마라. 그것이 비극이 되지 않는 길이다.
마귀량	무슨 개소리야!

마귀량의 손을 뿌리치며 링 위로 뛰어 올라가는 황백호.

황백호	내가 죽였다고 생각한 나의 스승 나진팔은 죽지 않았습니다!
반장	자네가, 스승을 죽여? 갈수록 흥미로워지는구먼.
황백호	(격정적으로 링 위를 돌며) …니가 잘났냐? 왜? 대체, 무엇 때문에? 잘 났냐! 나는 어리석게도 실체는 없고 이름만 있는 귀신을 이곳에서 잡 으려 했습니다! 나는 이 시대와 함께 길을 잃었습니다. (무릎을 꿇으 며, 과장되게 울부짖으며) 그리하여! 우리가 가장 아름다웠던 시대 는 비극으로 저물었도다!
마귀량	저 똘아이 새끼, 이젠 완전히 혁대 풀고 미치는구나!
황백호	이제, 그를 잡을 겁니다!
반장	(과장되게, 울부짖으며) 헛소리 다 했나?

이때, 빗소리가 들린다.

사이

황백호, 일어나 링 위에서 내려온다.
경찰 뺏지를 책상 위에 내던지며.

황백호	(옹양에게) 비가 오는구만… 옹양, 이별할 땐 비야.
옹양	경위님은 바람둥인가요?
황백호	말하지 않았나. 나는 이제 사랑보다 정이야.

옹양, 자신의 꽃무늬 스카프를 풀어 황백호의 목에 둘러주며.

옹양	정이 시들해지면 그땐 정보다 사랑이죠.
황백호	대한민국 경찰이 드디어 경찰다운 경찰을 선발하기 시작했구만. 자 넨 아주 젊고, 용감해. 나를 잊어주게.

마귀량   (왠지 코끝이 찡하며) 지랄들 한다.

거세게 쏟아지는 빗소리.

황백호   바다에도 비가 내리겠지.

황백호, 걸어 나간다.
반장, 마귀량, 웅양 우산을 펴든다.

마귀량   똘아이 새끼야! 정말 가는 거냐?
황백호   시인 엘리엇의 황무지를 읽어보게! "4월은 가장 잔인한 달. 죽은 땅
         에서 라일락을 피우며 추억과 욕망을 뒤섞고"

무대 뒤로 걸어 나가는 황백호.
이때, 장미가 반쯤 먹은 핫도그를 들고 울먹이며 무대로 뛰어 들어온다.

장미   오빠!(흐느끼며) 오빠는 터질듯해… 오빠는 내 핫도그야.

황백호, 말없이 핫도그를 한입 베어 물고, 장미를 지나쳐 간다.

장미   안녕, 내 핫도그!

공연감독 무대 위로 들어오면서.

공연감독 (황백호에게) 너, 더 후까시 넣고 연기하란 말이야! 유치찬란하게!

황백호, 말없이 그냥 무대를 나가버린다.

공연감독　야! 저 자식 봐라… 황백호!

수사관A, 무대로 들어오며.

수사관A　황백호! 이젠 '소뿔자르고주인오기전에도망가선생'을 잡으러 가는
　　　　　건가! 리얼해… 저 친구, 상이라도 하나 줘야 되는 거 아니야! 야, 이
　　　　　거 공기가 달라… 리얼해… 현실보다 더 리얼해… (시큰둥한 배우들
　　　　　을 보며) 저도 여러분들한테 이러고 싶지 않습니다… 다들 신문들
　　　　　보셨죠…? 공연에서 "소뿔자르고주인오기전에도망가선생"을 직접
　　　　　잡는다는 기사가 나간 뒤로, 현장에 있는 경찰들은 난리가 났어요.
　　　　　오늘 아침엔 경찰청장님이 전화를 하셔서 격려의 말씀을 다 하시더
　　　　　라구요. "소뿔자르고주인오기전에도망가선생" 그 새끼 꼭 잡아서
　　　　　당수로 대가리를 박살을 내버려! 그것이 국민이 원하는 일이야!" 그
　　　　　래서 꼭 그렇게 하겠다고 했습니다. (흉내 내며) 이젠 사랑보다 정이
　　　　　야!
공연감독　에이, 씨. 자, 다들 마지막 장면 가봅시다! (무대를 나가며) 나진팔, 준
　　　　　비됐지!
수사관K　(목소리) 확실하게 죽을 준비 됐습니다!
수사관A　그럼, 가봅시다!

　　웅장하고 기괴한 음악 소리와 함께 서서히, 무대 뒤쪽으로 우두대왕 상이 떠오른다.
무대 밑에서 떠오르는 우두대왕상을 보고 겁에 질려 뒷걸음질 치다가 주저앉는 수사관A.
　　　　이때, 무대 뒤편으로, 백발의 나진팔이 가면을 쓰고 나타난다.
　　　　　　　　　　나진팔, 크게 웃는다.
　　　　　　그리고 바람처럼 무대를 가로질러 사라진다.
　　　　그와 동시에 우두탈을 쓴 우두들이 부대로 뛰쳐나온다.

도망치듯 무대를 나가는 수사관A.

우두들   <춤과 합창>
음메! 음메! 우리들은 소뿔이 잘려 죽은 원한 맺힌 소대가리들이라네.
죽어서도 소뿔이 없어서 구천을 헤맨다네.
엄마 소도 얼룩소 엄마를 안 닮았네~
우리들의 원한을 없애줄 때까지.
우리들은 미친 소처럼 닥치는 대로 들이박을 것이네.

황백호, 무대 위로 뛰쳐 들어온다.
황백호를 에워싸는 우두탈.

— 액션—

하나, 둘 쓰러지는 우두탈들.
이때, 우두대왕 뒤편으로 우두탈을 쓴 백발의 나진팔이 나타난다.

황백호   (나진팔을 보며) 스승님…?

링 위로 들어서는 나진팔.

나진팔   너는 나를 쓰러뜨리고 나를 떠났다. 그러나 나는 죽지 않았다.
황백호   왭니까? 대체, 왜입니까?… 왜 하필 소뿔입니까?
나진팔   알고 싶으면 다시 한 번 나를 쓰러뜨려라! 나를 쓰러뜨리지 못하면
          너는 영원히 길을 찾지 못할 것이다!

—액션—

나진팔, 성난 황소처럼 황백호에게 돌진한다.

링 위에 쓰러지는 나진팔, 그 위에 올라타 당수를 높이 치켜드는 황백호.

황백호   왜 하필 소뿔입니까?

암전
밝아지면

씩씩거리며 뒷발질을 하는 소의 뿔을(배우들이 분한다) 한 손으로 잡고 당수를 높이 치켜
들고 있는 황백호.
소와 황백호가 정지된 상태에서 내면의 힘을 겨루고 있다.

황백호   나는 이 연극 속에서 길을 잃어버린 게 아니다! 길을 찾고 있는 거다!
          두 개의 뿔 사이에서 길을 찾고 있는 거다!

암전
밝아지면

다시, 나진팔 위에 올라탄 채 당수를 내리치지 못하고 있는 황백호.

황백호   다시 묻겠습니다! 왜! 소뿔입니까?
나진팔   (기괴하게 웃으며) 오늘은 소뿔이지만, 내일은 또 다른 무엇이 되
          지 않겠는가? 그러니, 두려워마라, 이 모든 것은 반복되고 반복되는
          우매한 인간사의 일일뿐이다!
황백호   스승님은 제게 말씀하셨습니다! 죽을 수 있을 때 죽어라! 그것이 비
          참해지지 않는 길이다! 그러나, 죽을 수 있을 때 죽지마라. 그것이 비
          극이 되지 않는 길이다.

172

당수를 풀고 팔을 내리는 황백호.

이때, 무대 위로 뛰쳐나오는 공연감독과 수사관A, 그리고 배우들.

공연감독   황백호! 너, 뭐하는 거야!

수사관A   황백호! 나진팔을 죽여! 당수로 내리치란 말이야!

이때, 나진팔로 분장했을 거라 생각했던 수사관K가 무대 뒤쪽에 헐레벌떡 뛰어 들어오며.

수사관K   정말 죄송하게 됐습니다!

공연감독   (놀라며) 너 뭐야?

수사관K   아니, 그게 아니라, 나가려고 통로 쪽에서 대기하고 있었는데, 순간
          뭐가 확 지나가는 게… 깨어나 보니까…? (나진팔을 본다)

수사관A   저 친구는 나진팔의 역을 하기로 했던 배우 아닙니까?

수사관K   (나진팔을 가리키며) 쟨 누굽니까? (오해하며, 공연감독에게) 씹할, 그
          새 배우를 바꾼 겁니까!

공연감독   내가 물어볼 소리야! 누가 감독 허락도 없이 배우를 바꾼 거야!

        이때 마치, 나진팔이 말하듯 무대 위로 울려 퍼지는 목소리.

목소리   이곳에 갇혀 실체 없는 이름과 싸우는구나! 누구도 본 적이 없는 그
          이름과 싸우는구나! (기괴하게 웃는다)

        소리에 놀라 두려움에 떨며 웅성거리는 배우들.
        "무슨 소리야?" "어디서 나는 소리야?" "뭐야?"

황백호   (나진팔을 보며) 넌, 누구야? 대체, 넌 누구야?

배우들 모두 두려움에 떨며 나진팔을 본다.

황백호, 용기를 내서 나진팔의 탈을 벗기려는 순간 무대 암전된다.

어둠 속에서.

공연감독   뭐야, 왜 이래! 오퍼실! 조명 켜!

다시 조명 들어오면, 링 바닥에 탈만 남아있고 실체는 사라지고 없는 나진팔.

공연감독   (황백호에게 뛰쳐가며) 어떻게 된 거야? …어디로 사라진 거야? 아까, 그건 뭐지?

황백호, 무엇인가를 깨달은 듯 허탈하게.

황백호   실체는 없고 이름만 있는 자!

일어나, 링 위를 걸어 나가는 황백호.

공연감독   황백호, 너, 어디 가는 거야!?

황백호   제가 이 무대 위에서 '소뿔자르고주인오기전에도망가선생'을 수천 번을 아니, 수백만 번을 죽인다고 해서 현실 속의 '소뿔자르고주인오기전에도망가선생'이 죽는 것은 아닐 겁니다! 저는 단지 실체 없는 이름만 죽였을 뿐입니다. 대체, 누가, 왜? …무대 위에서 이런 잡소리 그만해대고… 저는 이제 진짜 귀신을 잡으러 갈 겁니다! 우린, 이 무대에 갇혀 길을 잃은 게 아니라, 현실로 나가는 길을 찾고 있었던 겁니다!

수사관A   황백호, 너 이 자식, 누구 죽는 꼴 보려고 그래! 당장 대본대로 나진팔을 죽여!

황백호   (호탕하게 웃으며) 이곳에 갇혀 실체 없는 이름과 싸웠구나! 누구도
         본 적이 없는 이름과 싸웠구나!

         황백호, 호탕하게 웃으며 객석으로 뛰어 들어가 극장 문을 열고 나가버린다.
         황백호에 의해 활짝 열리는 극장 문.

공연감독   야! 황백호! 너 어디 가는 거야!

         수사관A, 공연감독 손에 들려있는 대본을 빼앗아 마구 넘겨보며.

수사관A   뭡니까! 황백호는 왜 나가는 겁니까? 이것도 대본에 있는 겁니까?
         나 몰래 대본 수정한 겁니까!

수사관A   이것은 제가 경찰청에 보고할 보고섭니다. 정말, 황백호는 모두의 추측처럼 당수도의 창시자 최강석의 제자였을까요? 그를 만나기 전까진 우리는 그냥 각자 상상할 수밖에 없습니다. 지금도 현실에선 소뿔이 잘려져 나가는 일이 벌어지고 있습니다. 도대체 누가, 왜? 이런 짓을 하는 걸까요? 분명한 건 누구도 아직 '소뿔자르고주인오기전에도망가선생'의 얼굴을 본 사람이 없다는 겁니다. 아 참, 그런데, 누군가 귀신처럼 소뿔을 자르고 도망가는 황백호를 봤다는 사람도 있습니다. 이것도 풍문일 뿐이죠. 우린, 다시 한번 여러분들에게 요구합니다! 이 엉뚱하고 유치찬란한 공연에서 "소뿔자르고주인오기전에도망가선생"을 잡으십시오!

공연감독, 무대로 나오며.

공연감독   좋았어! 오늘은 여기까지 합시다. 내일은 두시 콜입니다. 연습에 늦는 사람 없도록 하고! 다들 수고하셨습니다!

수사관A   (공연감독에게) 수고하셨습니다!

배우들, 가방을 챙겨 들고 무대로 나오며.

배우들   수고하셨습니다!

공연감독과 배우들 객석 통로를 지나 모두 극장 밖으로 나간다.

#에필로그

배우들이 모두 극장을 나간 뒤, 한동안 텅 빈 무대를 보고 있던 관객들의 머리 위로 객석 등이 켜지면, 커튼콜도 없이 연극이 끝난 것을 알게 된 관객들은 한동안 어리둥절해 하다가 극장을 나간다. 그러나 관객들이 극장 문을 나서면 지금까지 연기했던 배우들이 로비와 극장 마당 모여 삼삼오오 자유롭게 담소를 나누고 있다. 그들 속에, 황백호도 보인다. 관객들, 끝나지 않은 연극과 현실을 생각하며 집으로 돌아가고 있다.

나의 처용은 밤이면 양들을 사러 마켓에 간다

－ 자신이 죽었는지도 모르고
죽은 뒤에 망상을 겪는 한 사람의 이야기

등장인물

오가리, 남두자, 하구니, 맛탱이
뽕녀, 기타맨, 부기부기(목소리)
빨간구두, 시체녀, 홀랑
상상, 어린오가리, 시체닭이

프롤로그

국립정신병원 환자복을 입은 오가리, 광기에 젖어 노트에 글을 쓰고 있다.

사이

차량 부딪히는 소리, 사이렌 소리.

목소리^여   오늘 새벽 한 시경 과속으로 달리던 택시가 빗길에 미끄러져 가
로수를 들이박는 사고가 발생하였습니다. 이 사고로 운전자는 그 자
리에서 즉사….

암전

#1

공간은 비현실적인 시체 닦이실.

이곳엔 문이 따로 없다. 잔뜩 쌓여 있는 간판이나 현판 등의 잡동사니 쓰레기더미 사이로
배우들이 들어오고 나간다.

(무대는 도시의 상징인 간판과 현판들로 미니어처 시킨 모습일 수도 있다)

시체 닦이대 위엔 죽은 뚱뚱한 시체녀.

간판들 뒤에서 똥을 누며 대마초를 쭉쭉 빨아대고 있는 남두자.

오가리는 간이침대 위에 앉아 있다. 노트에 뭔가를 쓰고 있다.

남두자   끙끙… (뿡 가는지) 아, 씨발… 이거 몇 년 만이냐? 똥구멍이 오므라
들면서 오금이 다 저린다. 역시 똥밭에 굴러도…? (생각이 안 나는지
자신의 머리통을 후려친다)

오가리, 똥냄새가 역한지 코를 비틀어 잡고.

오가리   이승… 꼭 거기서 똥을….

남두자   알어! …똥밭에 굴러도 이승이 좋은 거야.

오가리   그건 어디서 났냐?

남두자   씨까리 형님.

남두자, 바지를 올리고 일어나 간판 뒤에서 나온다.

오가리   뭐?

남두자   학교 빵장이셨던 씨가리 형님께서 주셨다. 출소한다니까, 똥구멍 속
에 감춰뒀던 이걸 꺼내 주시는데… 나 이거, 무릎 꿇고 울면서 두 손

으로 경건하게 받았다.

오가리　　뻐꾸기는 여전하구나.

남두자　　(대마초에 코를 끙끙거리며) 존나 씨까리 형님 똥구멍 냄새나….

　　　　　　　남두자, 낄낄 웃는다.

오가리　　빙신, 웃지 마. 무섭잖아.

남두자　　(빨간구두의 아가씨를 부른다)
　　　　　솔솔솔 오솔길의 빨간구두 아가씨 ~ 똑똑똑 구두소리 어딜 가시나
　　　　　아가씨 잠깐만 내말 좀 들어봐 ~ 아가씨 오예… 나 정말 미치겠어…
　　　　　똑딱 똑딱 똑딱딱

오가리　　여전한데, 그 노래 말이야. 뭐랄까? 너하고 딱 붙는 게, 네가 그 노래
　　　　　부를 때면 어떤 기억이랄까? 어두운 골목길의 기억.

남두자　　좆까고~ (시체녀를 보며) 좋네, 좋아. 쫙 발가벗겨 놓고….

오가리　　난 말이야, 삶과 죽음이 하나라는 생각이 들어… 그 하나가 신의 얼
　　　　　굴이 아닐까라는 생각… (시체녀를 가리키며) 저 뚱녀 말이야. 저 뚱
　　　　　녀의 겨드랑이를 닦아주는데 이런 소리가 들리는 거야. "저는 하늘
　　　　　로 돌아가는데, 당신들은 이곳에 남아 또 얼마나 역겹고 좆같은 일
　　　　　들을 겪을까요."

남두자　　쪼다 같은 새끼, 고작 튀어서 숨은 곳이 시체 닦이실이냐.

오가리　　내가 몇 번을 말해야 알어….

남두자　　난 널 믿었어!… 내가 빵에서 나가면 또라이 오가리 새끼가 한손에는
　　　　　두부를 들고 한손에는 내 이름으로 된 통장을 들고 나를 반겨주겠
　　　　　지! 다시 시작하는 거야. 약도 끊고, 술도 끊고… 그런데 존나 믿었던
　　　　　놈한테 수술 당한거지.

　　　　남두자, 잡동사니 속에서 직사각형의 기다란 간판을 집어 든다.

　　　　　　　　　　　　　　183

오가리, 침대에서 일어나며.

오가리   야, 그건 만지지 마. 다른 거, 다른 거 들어!
남두자   대체 이것들 뭐야?
오가리   넌 말해도 몰라.
남두자   암, 모르겠지. 내가 너에 대해 뭘 알겠냐. 내가 너에 대해서 아는 건
         넌 내 손에 죽을 거란 것밖에 몰라. 뭐로 죽을래?
오가리   법대로 하자.
남두자   법대로? 좋지.

         남두자, "남부지방가정법원" 현판을 집어 든다.
       이때, 간판 "클럽 마켓" 뒤에서 기타맨, 부기부기, 뛰쳐나온다.

         그들의 느닷없는 출몰에 어이없어하는 남두자.
     기타맨은 전기 기타를 어깨에, 부기부기는 작은 젬베를 목에 둘렀다.

기타맨   "엄마, 난 화장실에 불을 질렀어요. 노란 콧수염이 난 깔치가 화장실
         안에서 코가 오뎅만 한 아저씨하고 홍콩 가는 걸 보고야 말았죠. 오
         예~"오늘 밤 안으로 바람난 깔치년을 찾아야 해!
부기부기 공원에 가서 한 대만 빨고 가자.

           그들, 간판 뒤쪽으로 사라진다.
        남두자, 얼른 간판 쪽으로 가서 뒤쪽을 본다.

남두자   뭐야? …씨발, (머리를 긁적이며) 고기(대마초) 좀 먹었다고 벌써 뚜껑
         열린 거야…?

이때, 기다란 현판을 끙끙대며 끌고 들어오는 하구니.

현판은 <가리봉동 선거관리위원회>

(하구니는 여장남자다)

남두자   (하구니를 보며) 저 새끼?

하구니, 오가리를 본다.

오가리   구니. 구니 알잖아?

하구니   (남두자를 보며) 빵에 갔다고 들었는데… 벌써 나왔어, 오빠?

남두자   오빠? …내가 왜 니 오빠야? 재수 없게.

하구니   올라탔으면 다 오빠지….

남두자   (어이없어하며) 뭐?

하구니   (오가리에게) 이거, 받어. 들고 오느라고 엉치뼈 빠지는 줄 알았네. 차
          라리 애 낳는 게 낫겠어.

오가리, 얼른 하구니에게 걸어가 현판을 받아본다.

하구니   어때? 죽이지?

오가리   "가리봉동 선거관리위원회" …이거 너무 약하잖아.

이때 남두자, 오가리에게 얼른 달려가 쓰러뜨리고 팔을 잡아 꺾는다.

남두자   내 돈 내놔! 오천만원!

오가리   줄게… 아… 줄께! 준다니까!

남두자, 오가리의 손에 들려있는 노트를 빼앗아 훑어보다가, 노트로 머리통을 후려치며.

남두자   중학교도 간신히 나온 새끼가… 너하고 나는 인간 말종에 정신병자
         새끼들이야! 하구니 저 새끼도 마찬가지고!

                  하구니는 시체녀에게로 가서.

하구니   …어쩌다 죽었대… 어쩜, 가슴 탱탱한 것 좀 봐.

         하구니, 시체녀를 만지려고 하면, 오가리, 남두자에게 빠져나오며.

오가리   만지지마!
하구니   그거 줬으면 됐지. 뭘 또 바라는 거야?
오가리   약해! 저 정도론 택도 없어!
하구니   …옷 좀 골라볼까.

                  하구니, 잡동사니 쪽으로 들어간다.

남두자   (씩씩거리며) 너 이젠 시체 장사까지 하냐? 저런… (자신의 머리통을
         마구 때린다) 변태! …변태 같은 놈한테 변태 같은 물건이나 처 받으
         면서….

         이때, 흰 가운을 입은 뽕녀가 들어온다. 뽕녀는 약사다.

뽕녀   불쌍한 중생들! 걷어차이고 매질을 당하는 나의 불쌍한 중생들! 극
         락이 멀지 않았다. (시체녀를 보며) 이년은 벌써 극락에 가셨구나.

                  어리둥절해하는 남두자.

남두자　　뭐야? 저년은….

오가리　　(남두자에게) 이 형님께서 괜히 여기 처박혀 있겠냐?

　　　　　뽕녀, 그들을 보고 배시시 웃더니 구석진 의자에 앉는다.

#2

술을 마시고 있는 오가리와 남두자.

남두자　그러니까, 저년이 병원 약을 관리한단 말이지?
오가리　백 프로, 1급수.
남두자　그래서, 너는 저년을 구워삶아 처먹겠다는 거고?

뽕녀, 주머니에서 주사대를 꺼내 팔에 주사기를 꽂는다.

뽕녀　(오가리에게) 중생들, 한잔할래?
남두자　얼씨구!
오가리　레이디 퍼스트!
남두자　…운 좋은 놈은 엎어져도 계집… (자기 머리통을 치며) 하여간 약쟁
　　　이 새끼들이 가면 어딜 가겠냐… (기분이 좋아져서) 약 냄새 쫓아 죽
　　　어 뒈질 곳을 찾아가는 거지.

남두자, 취해 일어나려고 하면 오가리 얼른 잡아 앉히며.

오가리　앉아! …재 괜히 잘못 건드렸다간 쥐 잡겠다고 병원 대청소하는 수가
　　　있거든. 그럼 (소품들 가리키며) 이것들 다 내다 버려야 하는데… 좋
　　　은 게 좋은 거 아니냐.
남두자　오케이. 평화를 위해. 내가 좀 참지.

남두자, 병신처럼 웃으며 앉는다.
이때, 하구니 잡동사니 속에서 옷가지를 꺼내 들고 나오며.

하구니   또라이 같은 년. 뒈져 죽을 거 같은 환자들한테만 투입하라는 약을
           저 혼자 다 처먹고 있으니….

           이때 남두자, 하구니 쪽으로 걸어가 추태를 부리듯이 하구니의 치마를 들춘다.

하구니   (놀라며) 어머, 어머… 뭐야 이 쌍년놈의 새끼!

           낄낄대며 도망가는 남두자.

남두자   저 새끼… 팬티는 아버지 사각팬티를 입었는데…?

           하구니, 도망가는 남두자를 잡아 귀싸대기를 마구 후려갈긴다.

하구니   이 인간 말종 같은 정신병자 새끼! 너 오늘 내 손에 뒈져 봐라.

           오가리, 그들을 뜯어 말리며.

오가리   그만해! 니들은 왜 만나면 서로 못 잡아먹어서 안달들이야! (하구니
           에게) 저리 가서 있어! 안 그러면 앞으로 국물도 없을 줄 알아!

           하구니, 씩씩거리며 맞은편 의자에 가서 앉는다. 하구니, 주머니에서 루즈를 꺼내 입술에
           바른다. 남두자는 바닥에 쓰러져서.

남두자   (주정하듯) 사랑한다… 구니야! (낄낄거린다)
뽕녀   (완전 눈이 풀려서) 니들 말이야. 불쌍한 중생들이야. 부처님도 포기
           한 불쌍한 중생들….
남두자   (비위를 맞추며) 그렸습죠. 우린 불쌍한 중생들입니다… 부처님 대신

저한테도 한대만 자비를 베푸시죠….

뽕녀   넌 중생이 아니고 중놈 같은데….

남두자   빵에서 도 닦다가 와서 그래요.

남두자, 기어서 뽕녀가 있는 곳으로 가려하면,
오가리, 남두자의 뒷덜미를 잡아 자신이 있는 소파로 데려간다.

오가리   제발! 정신 차려!

하구니   (뽕녀를 보며) 말세는 말세다. 어린 게 어른들 앞에서 약이나 처해
        대고.

사이

오가리   돈 얘기는 뭐냐?

남두자   (전혀 기억이 안 난다는 듯) 돈? 무슨 돈?

오가리   그렇지… (흐뭇하게) 넌 그래야 내가 아는 남두자지.

이때, 시체녀에게 걸어가 옷가지를 시체녀 몸에 대보는 하구니. 오가리, 얼른 달려가 하구
니에게서 옷가지를 빼앗으며.

오가리   내가 분명히 말하지만 저걸론 안 돼! (잡동사니들을 가리키며) 너, 내
        가 뭘 바라는지 알잖아! 인간들이 토하고 욕설을 해대고, 사정을 해
        댄 창녀의 얼굴 같은 것들! 그런 진짜 쓰레기를 가져와. 그다음에 옷
        을 입혀주든 니 마음대로 하고.

이때, 남두자는 은근슬쩍 뽕녀 옆으로 가서 앉는다.

하구니   좋아, 그 대신 (남두자를 가리키며) 절대 저 변태 새끼가 이 애 건들지
          못하게 해!
오가리   말하면 잔소리지.
하구니   좋다, 이 하구니가 가지고 온다.

              하구니, 시체녀에게 키스를 한다.

하구니   언니가 빨랑 다녀올게. 많이 춥더라도 기다려.

    오가리, 거칠게 하구니를 떼어내며. <이때, 뽕녀는 남두자에게 약을 한방 놔주고 있다.>

오가리   더 하고 싶으면 진짜를 가지고 와!

              하구니, 구석에 있는 카트 쪽으로 가며.

하구니   (뽕녀에게) 너 조심해, 카트에 확 담아 버릴 수가 있어. 쓰레기 같은 년!
오가리   저년 내가 나중에 종량제 봉투로 싸서 버려 버릴 테니까. 넌 걱정하
          지 말고….
하구니   정말이다, 오빠.

              기괴하게 웃으며 카트를 밀고 나가는 하구니.

뽕녀   미친년.

    완전 맛이 가는 뽕녀, 탁자 위의 카세트를 튼다. 신비롭고 묘한 음악이 나온다.
        뽕녀, 일어나 (제단에서 의식을 집전하는 신녀처럼) 춤을 춘다.
    오가리는 버려진 주사기를 주워들고 자신의 팔뚝에 주삿바늘을 찌른다. 널브러지는 오가

리. 이미 맛이 간 남두자는 꽁지가 도는지.

남두자   …야, 이거… 야, 이거… 이거… 미치겠네… 으에에!

남두자, 일어나 팔짝팔짝 뛰며 춤을 춘다.

남두자   … 이거… 이거… 으에에!
뽕녀   …오늘은 부처님께서 내게 이렇게 말씀하셨어. "내가 가장 어여뻐
           하는 뽕녀야, 너는 사바세계에서 무엇을 하였느냐?" 나는 이렇게 부
           처님이 보시기에 한없이 어여뻐 하시도록 춤을 추며 말했어!
           그게… 내 몸을 꼼짝 못 하게 짓누르고… 가랑이로 막 헤집고 들어
           와서 내 자궁 안에다 다 토해 버렸어요. 밖에는 비가 내리는데… 내
           가 다 낳았어요. 이 쓰레기들을… (남두자와 오가리를 가리키며) 쟤
           도 내가 낳았고 쟤도 내가 낳았어요. 쟤들은 다 내 불쌍한 양 새끼들
           이에요. 이 빌어먹을 양 새끼들을 내가 다 낳았어요… 그러니 내가
           이 불쌍한 양들을 구원할거예요. 이 쓰레기들을, 이 세상 모든 중생
           들을 구원할거야!

오가리, 바닥을 기며 마치 양처럼.

오가리   음메에에~
뽕녀   (환청을 들으며) "뽕녀야, 내가 듣기에 참으로 흡족하구나. 뽕녀야!
           너는 이제 그만 중생들을 구원하고 내게로 돌아와, 내 무릎에 얼굴을
           묻고 쉬어라."

남두자도 바닥을 기며.

남두자   음메메에~

뽕녀   …부처님에게 돌아가기 전에 난 내 불쌍한 양들에게 자비를 베풀고
       싶어… 난 다 주고 싶어!(주사기를 주머니에서 한 뭉치 꺼내 흩뿌리
       며) 불쌍한 중생들의 병을 약으로 고쳐 줄 수 있다면… 난 내 몸이라
       도 내주고 싶어…!

            바닥을 기면서 주사기를 줍는 오가리와 남두자.

오가리   …제발… 자비를… 제발!

            카세트의 음악 소리 점점 커져간다.

#3

현실장면

시체 닦이실.

이 장은 다른 장들과는 다른 죽은 오가리의 현실 장면이다.
이 장은 관객 시점의 장으로, 오가리 시점의 다른 장들과는 다른 좀 더 현실적으로 차가운
이미지다. 때론 보는 관점에 따라 부조리하기도 하다.

흰 천으로 덮인 시체를 시체 닦이대에 싣고 들어오는 간호사 홀랑, 상상.
시체 닦이대를 무대 중앙에 세운다.
홀랑, 상상, 시체 닦이대의 흰 천을 걷어낸다.
오가리가 죽어 누워 있다.
홀랑, 상상, 주머니에서 담배를 꺼내 핀다.

사이

홀랑, 상상, 장난스럽게 오가리의 입에 담배를 물려준다.
서로 쳐다보고 웃는 홀랑, 상상.

#4

남두자는 타들어 가는 담배를 입에 물고 시체 닦이대에 죽은 듯이 누워 있다.

보기엔 죽은 듯이 보이기도 한다.

술과 약에 취한 오가리. 빨간구두, 기타맨, 부기부기, 이들은 옷을 뒤집어 입었다. 시체녀
는 국밥을 먹고 있다.

빨간구두는 남두자의 입에 물린 담배를 뺏어 피며 빨간 구두를 손에 들고 남두자의 주위
를 춤추듯 돌고 있다.

오가리   ···야, 걘 아니야··· 아니라니까. 빙신 새끼야···.

　　　　　그래도 저 새끼 약에 뚜껑 열려서 막 짐승처럼 소리 질러 대면서 뽕
　　　　　녀에게 자비를 베풀어달라고 사정을 하는데··· 저 새끼 약에 엄청 굶
　　　　　은 거지. 그러더니 나중엔 쪼다처럼 막 징징거리는 거야··· 롤렉스!
　　　　　롤렉스!

기타맨   롤렉스? 뭔 좆까시는 롤렉스.

오가리   홍콩, 홍콩 간다고···(갑자기 기타맨에게 술병을 집어 던질 기세로)
　　　　　근데, 저 새끼가 너 지금 좆 까시는 롤렉스라고 했냐?

부기부기   오우, 센데···.

기타맨   좆까시네는 존댓말이야.

오가리   이런, 씨··· 골뱅이나 꼬셔 씹 동냥이나 하는 새끼들이. 너희들 어디
　　　　　서 왔어?

기타맨   어디서 왔는지 알면 내가 너 같은 말종 새끼하고 이런 곳에서 약 때
　　　　　리고 있겠냐.

부기부기   오우! 점점 센데!

오가리   옷도 거꾸로 처 입으신 찐따 분이 말씀 아주 잘하셨네. (병을 들고 일
　　　　　어나려고 하는데 휘청거리며 주저앉는다)

너 오늘 운 좋은지 알어… 이 형님이 약발을 제대로 받았거든.

기타맨　　너 같은 놈은 약발이 받으면 오줌이나 찔찔 싸지만, 우린 약발이 받
으면 영혼 깊은 곳에서 잠든 뮤직이 일어나 소리치지. 분노하라 영감
이여! 분노하라 뽕삘이여! 이 더럽고 좆같은 세상을 증오의 노래로
모조리 불태워버려라!

부기부기　불태우자! 불태우자!

　　　　　기타맨, 부기부기, 일어나서 둥글게 무대를 돌면서.

기타맨　　불태우자! 불태우자!

오가리　　(덩달아 흥분하며) 불태우자! 다 태워버리자! 브라보! 새 세상 만세!

기타맨　　입 닥치고! 이제 우리들의 뽕삘 나는 노래를 들어봐! 슬프고도 아름
다운 이야기를!

　　　　　　　(기타맨과 부기부기의 노래)

한 남자가 술에 취해 도시의 밤거리를 걷고 있어. 도시의 밤거리는 대낮처럼 밝은데. 그 남
자만 어둠 속에 잠겨 있어.

　　　　우린 어제 약을 처먹고 클럽 마켓에 놀러 갔었다네.
　　　　　마켓은 언제나 언니들의 엉덩이로 비좁았다네.
　　　　　마켓은 언니들의 엉덩이로 만든 엉덩이 나라.
　　　　　서로들 비벼대고 껴안고 흥얼거렸네.
　　　　　그러나 오늘도 우리 것의 엉덩이는 없었다네.
　　　　　　발랑 까진 엉덩이 년을 꼬셔서
　　　　　　　뽕 가는 약을 때리고
　　　　　　　노래를 불러야 되는데,
　　　우린 엉덩이들을 다 빼앗기고 죽상이 되어 마켓을 나왔네.

그때 술에 취한 어떤 남자를 마켓 앞에서 만났다네.

그 남자는 매일 밤 마켓을 찾는 주정꾼.

그러나 얼굴은 항상 어둠 속에 쌓여 있어서 우린 그 얼굴을 볼 순 없네.

그 남자, 술에 취해 우리들에게 이런 노래를

불러주었네.

서울 밝은 달밤에

밤늦도록 놀고 지내다가

들어와 자리를 보니

다리가 넷이로구나.

둘은 내 것이지만

둘은 누구의 것인고?

본디 내 것(아내)이다만

빼앗긴 것을 어찌하리.

맛탱이, 시체 닦이실로 뛰어나와 기타맨에게 기타를 빼앗아 마구잡이로 노래를 부른다.

맛탱이   서울 밝은 달밤에

밤늦도록 놀고 지내다가

들어와 자리를 보니

다리가 넷이로구나.

둘은 내 것이지만

둘은 누구의 것인고?

아~ 다 죽여야 하느냐, 용   서해야 하느냐!

기타맨, 부기부기, 빨간구두는 정지된 것처럼 멈춘다.

기타맨의 어깨에 기타를 걸어 주며.

197

오가리　아주 기분 더러워질 타임에 잘 나타나셨군요.

맛탱이　그게 정신과 의사인 저의 의무가 아니겠습니까… 그렇지요, 오가리
　　　　씨는 정상적인 사람들의 수치를 훨씬 웃도는 이야기의 망상에 사로
　　　　잡혀 있습니다. 그것들은 가리씨를 괴롭히고 가리씨의 기분을 우울
　　　　하게 하고 가리씨에게 죄의식을 강요합니다.
　　　　오가리 씨를 괴롭히는 망상은 무엇입니까?

오가리　그러니까, 제가 몇 차례 말씀드렸지만… 밥을 먹다가 길을 걷다가,
　　　　일을 하다가, 씨발, 똥을 눌 때도… 항상 어떤 놈이 어둠 속에서 제게
　　　　이렇게 말합니다.
　　　　"가리야 용서하지마라! 가리야, 죽여라!"
　　　　그 소리를 들으면 알 수 없는 분노가 치밀면서 막 대가리 속에서 제
　　　　멋대로 된 생각이 들쑤시고 일어나는데….

　　　　　　　　　　　괴로워하는 오가리.

맛탱이　(흥분하며) 들쑤시고 일어난 망상들이 머릿속에서 제멋대로 얽히고
　　　　설키고, 소리는 점점 더 크게 들리고, 소리는 오가리씨의 목을 조여
　　　　오고… 드디어 오가리씨는 자기 자신이 누군지를 잃어버리고, 분노
　　　　가 치밀면서!

오가리　(소리 지른다) 다 죽여 버릴 거야!

맛탱이　결론부터 말씀드리죠. 드디어 저는 오가리씨가 듣는다는 그 목소리
　　　　의 상징적 의미를 한 인물로 구체화 시켰습니다.
　　　　(탈을 꺼내 보여준다) 이 사람을 아십니까?

　　　　　　　오가리, 탈의 기괴한 얼굴을 보고 놀란다.

오가리　씹할… 제가 그렇게 못생긴 놈을 어떻게 압니까?

맛탱이	…처용이라는 인물입니다. 고려 충렬왕 때 승려 일연이 쓴 삼국유사라는 책에 나오는 신화적 인물이지요. 이 못생긴 신화 속의 인물이 오가리씨의 영혼에 들어가 오가리씨에게 망상을 일으키게 하고 오가리씨에게 고통을 준다는 것을 제가 밝혀낼 겁니다. 신화와 현대의학의 소통이랄까요! 이제부터 오가리씨는 대한민국 역사상 첫 번째 처용 컴플렉스 환자로 명명될 겁니다.
오가리	첫 번째 처용…? 제가, 이 오가리가, 맛탱이가 간 의사 선생님 때문에 드디어 첫 번째를 다 해보는군요. 뭐든 1등은 좋은 거죠? 선생님.
맛탱이	의미 있는 일이죠.
오가리	의미? 제가 선생님께 고분고분하게 존댓말을 쓰니까… 선생님 주둥이가 아주 신이 나신 것 같습니다. 제가, 오가리 역사상 첫 번째로 용서해드릴 테니까, 꺼져주세요! 첫 번째로 뒈지기 전에!
맛탱이	(시계를 보며) 이런, 시간이 다 됐군요.

맛탱이, 주머니에서 노트를 꺼내 오가리에게 던지며.

맛탱이	망상이 떠오를 때마다 이 노트에다 망상을 적으세요. 그것만이 오가리씨가 누군지를 알게 해줄 겁니다.

헐레벌떡 뛰어나가는 맛탱이.
다시 움직이는 기타맨, 부기부기, 빨간구두.

빨간구두	(남두자를 보며) 이 진상은 죽은 거야? 왜 이러고 있는 거야?
오가리	왜? 땡기냐? …저 새끼 그게 아주 끝내주거든. 같이 회사 택시를 몰던데, 하루걸러 계집애를 바꿔가면서 종일 떡만 치는데… 저 새끼, 집 나온 지 이주일 만인가? 지 부인이 궁금하더라나. 그래서 지나가는 용 대가리를 잡아타고 구름을 허벌나게 헤치고 집으로 날아갔는

데… 이런, 씨… 생각만 해도 벌써 꼴린다.

오가리, 빨간구두를 잡아 세우고 빨간구두의 치마를 들추고 성행위를 해댄다.

오가리	이런 씨, 대문을 열고 들어갔는데 웬 남자의 구두가 있더라나.
빨간구두	그래서?
오가리	(빨간구두의 목을 보며)… 그 상처는 뭐야?
빨간구두	(기괴하게 흐느낀다)
오가리	…구두는 왜 손에 들고 다니는 거야?
기타맨	빙신아, 명품 구두라잖아.
오가리	어디, 형님 떡 치는데….
부기부기	오우~ 센데!
오가리	오우… 니미, 못 볼 걸 보고 만 거지. 두 연놈들이 벌거벗고 수박을 처먹고 있더란다. 그런데 남자 새끼 엉덩이 쪽으로 시꺼먼 꼬리가 나 있는데… 그 꼬리가 앉아서 수박 처먹고 있는지 마누라의 구멍 속으로 쏘옥쏘옥 들락날락 들락날락….(웃는다)
시체녀	(밥맛이 떨어지는지) 에이씨, 밥맛 떨어지게….(일어나려고 한다)
오가리	앉아! 뒈진 년이 밥맛은… 니들 지금부터 잘 들어! 아주 중요한 이야기니까! 저 새끼 마누라는 그 새끼의 꼬리가 들락날락할 때마다 신음을 질러대면서 검은 수박씨를 퉤퉤 뱉어내더래… 그런데 저 새끼 물건은 이런 좆같은 상황에도 막 부풀어 오르면서 바지 자크를 뚫고 일어섰다는 거야! 저 새끼가 참지 못하고 "개새끼들아 니들 지금 뭣들 하는 거야!" 소리를 지르자… 그 남자 새끼가 돌아보더래. 그런데 그게 자기 얼굴이라는 거야. 좆같이 못생긴 자기 얼굴하고 똑같더래. 바로 그 순간 저 빙신새끼 자기가 뒈진 게 아닌가 무서워지더라는 거야. 그래 집을 뛰쳐나오면

서 "나는 도망가는 게 아니다! 나는 내 부인을 용서해서다!"라고 지
껄여댔다는데… 그 뒤로 집 나온 지 얼마나 됐는지는 저 새끼도 모
르고….

기타맨   (오가리한테) "나는 도망가는 게 아니다! 나는 내 부인을 용서해서
          다!" 와우! 뽕삘나게, 비겁하고도 슬픈 얘기네.

빨간구두   불쌍하네… 죽으면 시간관념이 없다던데….

이때, 무대 저편에 한 아이가 나타난다.
아이는 오가리의 눈에만 환영으로 보인다. 두려운 듯 아이를 보는 오가리.
아이 사라진다.
빨간구두, 팔목의 롤렉스시계를 풀어서 남두자의 손목에 채워 주며.

빨간구두   내가 젤 아끼는 롤렉슨데….

기타맨   너 그거 짝퉁이잖아?

빨간구두   짝퉁이 어때서? 세상에 가짜 아닌 것들 있으면 나와 보라 그래.

부기부기   근데 그 얘기 우리 노래 가사하고 느낌이 비슷한데… 그 얘기 누구
          한테 들었어?

오가리   (거만하게) 나한테, 이 오가리한테… 이 오가리님은 뭐든 다 알거든!

이때, 남두자 벌떡 일어나며.

남두자   내가 뒈지긴 왜 뒈져? (오가리를 가리키며) 저 새낀 과대망상증 환자
          야! 씨발, 믿을 놈의 말을 믿어야지.

#5

무대 밝아진다.

모두 사라지고 약을 때리고 술을 마시는 오가리와 남두자.

남두자   재수 없게 내가 죽어서 (시체 닦이대를 가리키며) 저기에 드러누워 있
        는 거야. 니 새끼는 그 빨간구둔가 뭔가 하는 년과 노래하는 양아치
        새끼하고 약 때리고 있고… 내 꿈이니까 망정이지 안 그랬으면 모조
        리 죽여버렸을 거야…!
        (약에 뚜껑이 열리는지) 야, 이거 니미, 욕밖에 안 나온다.
오가리   죽이냐?
남두자   죽인다… 내가 예전처럼 빨아줄까? …괜찮아, 뭐라도 해주고 싶어
        서 그래… 사양하지 마… 난 깨면 아무것도 기억 못 하니까….

남두자, 오가리에게 달려들어 오가리의 발을 붙잡고 핥아대기 시작한다.

오가리   저리 안 가…!
남두자   (장난스럽게) 뭐든 시켜… 난 니 좋이니까… 어때? …좋지… 내 똥구
        멍도 줄까? …뭐든 다 주고 싶다… 날 버리고 토낀 널 용서한다는 거
        야… 용서하려면 그 정도는 해야지….

오가리, 남두자의 얼굴을 발로 밀어내며.

오가리   또라이 새끼… 기어….
남두자   오케발이, 기어보지 뭐… (양처럼 네발로 기어 다닌다) 음메에에~ 내
        가 정말 양이 된 것 같아… 이거 봐라… 내 몸에 하얀 양털….

오가리   (의미심장하게 뭔가를 되살려주듯이) 왜 하필 양들이지?

남두자   (눈빛이 변하며) 양들은 목을 따야 제 맛이야… 우리 언제 한번 또 딸
          까? 니가 말 만해!

              오가리, 남두자, 서로 다른 의미로 낄낄 웃는다.
          그러다 오가리, 느닷없이 남두자에게 달려가 쓰러뜨리고 목을 조르며.

오가리   너 내가 여기에 있는 거 어떻게 알았어? 누가 말해줬어?

남두자   켁켁… 네가… 항상… 말해주잖아.

오가리   내가 언제?

남두자   (숨넘어가며) …홀랑 상상! …홀랑 상상!

      오가리, 홀랑 상상이라는 소리에 정신이 돌아온 듯, 남두자를 풀어주며 소파에 앉는다.

오가리   그건 내가 정말 그날… 봤다니까… (눈빛이 살짝 바뀌며) 비가 오는
          데… 존나게 밟았지… 빙신 쪼다 같은 새끼들 다 죽여 버리겠어…!
          그런데 뭔가 더럽게 묵직한 게 차를 들이박는 거야….

남두자   다들 좆나게 약을 해댈 때잖아. 밟아야 하니까… 한 푼이라도 더 벌
          려면 눈깔에 불이 들어오도록 약을 빨아야지… 세상은 둥근데… 우
          리는 막다른 길로 달려야 하니까. 해가 뜰 때까지 막다른 길로 달리
          고 달리고….

오가리   어디서 형님이 얘기하시는데 썰을 풀고 그러시나….

남두자   아 미안, 쏘리쏘리.

오가리   이런 좆됐다, 하고 차에서 내렸는데… 젊은 계집애 한명은 팔이 뒤
          로 꺾여가지고 가로수 아래 처박혀 있고 다른 계집애는 목이 뒤로 꺾
          인 채 허공에 떠 있는 거야… 이런 씨발… 약을 너무 처해댄 거지.

남두자   그리고 차로 친 개들이 너한테 무슨 말인가를 지껄여 됐을 테고.

팔이 기역으로 꺾인 홀랑, 목이 뒤로 꺾인 상상, 시체 닦이실로 들어온다.

우스꽝스럽고 기괴한 이미지. (오가리에게는 구원의 이미지다)

오가리, 무릎을 꿇는다.

홀랑   괜찮아요! 오가리님… 우린 괜찮아요. 우린 이 세상을 구원하기 위
          해 내려온 신들이랍니다. 그런데 이 세상은 구원할 가치가 없는 것
          같군요.

상상   오늘 우리가 오가리님에게 사명을 내려주겠어요. 도시와 도시, 거리
          와 거리를 돌아다니면서 가장 오가리님 같은 것들을 모으세요. 쓰레
          기들을요. 그것들이 다 모이면 매일 홀랑상상, 홀랑상상 주문을 외
          우세요.

홀랑   그럼 어느 날 저희가 도둑처럼 오가리님을 찾아와 이 도시를 불태우
          고 세상을 다시 세울 거랍니다

          홀랑, 상상, 날갯짓과 함께 "홀랑 상상" 소리 내며 나간다.

오가리   "홀랑 상상!" 엄청난 불빛을 내뿜으면서… 그분들이 "홀랑상상!"
          "홀랑상상!" 하늘로 날아가는 거야. 그런데 갑자기 나도 모르게 설움
          이 밀려들면서 이런 생각이 드는 거야… (소리 지르며) 저년들 저렇
          게 그냥 보내면 안 되는데…!

          다시 오가리의 눈에 홀랑, 상상이 날아 들어온다.

오가리   오셨군요… 이 오가리를 위해 오셨군요.

          오가리를 덮치는 홀랑, 상상.

오가리는 홀랑, 상상과 소파 뒤로 가서 뒤엉켜 뒹군다.

남두자   빙신 새끼야. 내가 그때 니 옆 좌석에 있었잖아… 대가리는 깨져가
지고 피를 철철 흘리면서 홀랑상상 홀랑상상거리더니….
그 홀랑 상상인가 하는 년들은 알콜약물중독치료센터 간호사들이
었잖아! 빙신새끼, 기저귀 차고 그년들 앞에서 재롱떨더니…
뒈질 순간에 헛것을 본 거지. 그리고 너 중독센터에 있을 때 툭하면
다 불태워버린다고 병원 화장실에 불 지르고 그랬잖아.

소파 뒤, 오가리, 소리 지른다.

오가리   그래! 난 다 불태워버리고 싶어! 이 화장실 같은 세상 몽땅 태워버릴
거야! 그래, 내 마지막은 그렇게 끝낼 거야! 불로 모조리 때워버리고
깨끗하게 사라지는 거야!
남두자   그만둬! 새끼야! 똥마렵잖아!

남두자, 자신의 팔목에 채워진 롤렉스 시계를 본다.

남두자   이거 뭐야? 이런 좆같이, (오가리에게) 이게 뭐냐고? …딸딸이 그만
치고, 이 개새끼야… 이 시계 뭐냐고!?

오가리, 소파 뒤에서 일어나며.

오가리   뭐긴…? 몇 번을 말해야 알겠어! 망상, 망상! 뒤죽박죽돼버린 내 머
리통 속 망상! 내 목을 틀어쥐고 흔들어대는 그 빌어먹을 목소리 때
문에 존나 술 처마시고 작대기(약)를 찔러 대서 뭐가 진짜고 뭐가 가
짠지 모르게 된 내 머리통 속 망상! 왜, 뭔가 느껴지냐? (휘청거리며

일어나 술병을 집어 든다)

남두자, 시계를 풀려고 하나 시계가 풀리지 않는다.

남두자   (놀라) 이런 씨… 이거 왜 안 풀리는 거야…?
오가리   빨간구두 그년이 선물한 시계니까… 왜 그년이 시계를 너한테 줬
         을까…?

오가리, 남두자에게 휘청거리며 걸어간다. 장난스럽게 남두자의 손목을 잡고 탁자에 올
려놓는 오가리.

남두자   …뭐하는 거야!?
오가리   내가 시계를 풀어줄게!
남두자   저리 안 가!

남두자, 오가리의 얼굴을 발로 민다. 둘이 뒤엉킨다.

오가리   내가 풀어준다니까!

오가리 술병으로 남두자의 팔목을 내리친다. 남두자의 비명.
이때, 시체녀가 들어온다.

오가리   넌 죽은 년이 왜 어딜 갔다 오는 거야!
시체녀   (울상을 지으며) 배가 고파서 그래요. 뭐 먹을 거 없어요?

#6

현실장면

시체 닦이대에 죽어 누워 있는 오가리.

시체 닦이가 들어온다. 한 손엔 조그마한 상을 들고 다른 손엔 바구니 같은 것을 들었다. 시체 닦이, 시체 닦이대 앞에 상을 펴고, 바구니에서 향로를 꺼내 올려놓는다. 향을 피운다. 그리고 바구니에서 검은 씨가 또렷하게 박힌 붉은 수박 반쪽을 꺼내 올려놓는다. 바구니에서 카세트를 꺼내 튼다. 염불 소리가 흘러나온다.

시체 닦이, 오가리를 향해 절을 올린다.

염불 소리가 점점 커진다.

묘한 음악 소리.

약에 취해 주사기를 흩뿌리며 춤을 추고 있는 뽕녀. 남두자와 오가리는 음메~ 거리며 눈
먼 양들처럼 바닥을 기면서 뽕녀가 뿌린 주사기를 줍는다.

뽕녀   ···아니란다! 아니란다! ···노을이 빨간 극락 문턱까지 갔었는데··· 부
처님께선 문도 안 열어주시고 "뽕녀야, 다시 돌아가라! 가서, 절을
짓고도 남을 더 큰 자비를 베풀고 오거라." ···이게 대체 몇 번째니!
불렀다가 돌아가라 하고! ···불렀다가 돌아가라 하고! 절? 이번엔 절
이라니!

오가리   (주사기를 주워들며) ···이걸론 부족합니다. 더 큰 자비를 베풀어주
세요.

뽕녀   ···더 큰 자비? 더 큰 자비!

남두자   ···약물창고!

울부짖으며 뽕녀에게로 기어가는 오가리와 남두자.

오가리   더 큰 자비를!

남두자   큰 자비를, 더 큰 자비를!

나가버리는 뽕녀.

남두자   (뽕녀 뒤에 대고) 야! 약물창고!

#8

팔목에 붕대를 감은 오가리. 시체녀를 닦는다. 맛탱이는 처용의 탈을 들고 노트를 보고 있다.

오가리   (맛탱이를 가리키며) 저 자식 말이야. 알콜약물중독치료센터에서 만난 저 자식을 난 맛탱이라고 부르지. 망상이 떠오를 때마다 노트에 망상을 적으라고 했는데… 쓴 걸 내가 읽어봐도 난 인간말종인 게 분명하거든… 그런데 말이야 난 이제 내 망상을 좋아하게 됐다고 해야 하나… 망상이 바로 나야! (시체녀의 배를 때리면 시체녀, 돌아눕는다.)
…얘기하나 해 줄까? 아주 기똥찬 하루다. 남두자와 하구니를 처음 만난 곳이 화장실이었어. 씨발, 오줌을 누고 거울을 보는데… 좆나 재수 없게 생긴 새끼들이 날 노려보고 있지 않겠어. 그 자식들이 남두자와 하구니야… 손을 발발 떨고, 얼굴을 씰룩거리고 지 대가리를 손바닥으로 후려치고 있는 놈들이 내 친구들이란 말이지… 가랑이 좀 벌려봐! 벌려보라구. 너의 가장 더럽고 냄새나는 데를 향기롭고 성스러운 곳이 되도록 닦아줄 테니까. (갑자기 돌변하면서) 모든 게 여기서 엉켜버린 거야! 가랑이에서! 가랑이에서 엉켜버린 거야! 어쨌든 넌 하늘나라로 돌아가는 거야. 하구니가 이쁜 옷을 입혀주고 네 앞에서 참회의 눈물을 흘리면 넌 천사처럼 날아서 하늘로 돌아가는 거지. 이 슬픈 땅을 벗어나서 훨훨 나는 거야. 훨훨—

맛탱이   가리씨의 노트 속엔 가리씨의 아버지가 외국인이라고 되어 있던데… 어머니는 한국 여자고 말입니다… 이 부분이 아주 흥미롭더군요. 동해 용왕의 아들 처용도 신라의 여자를 아내로 맞이했죠. 처용 신화와 맞물리는 카테고리, 아주 훌륭해요.

오가리   카테고리? 넌 유식한 척 말하는 변태 새끼일 뿐이야!

남의 대가리 속을 샅샅이 뒤져서 네 대가리 속에 들어있는 것들과 억지로 끼어 맞춰 놓는 창녀가 빨아대는 술병의 주둥이만도 못한 새끼지.

맛탱이 　어머니는 어떤 분이셨습니까?

　　　　오가리, 어머니란 말에 술병을 거칠게 들이킨다.

맛탱이 　처용 신화로 짐작하기론….
오가리 　…닥쳐! …한 마디만 더 했다간 주둥이를 찢어버릴 거야…! (감정이 격해지며) 난 엄마가 없어! 엄마가 없어!

　　　　긴 사이

맛탱이 　모든 인간은 엄마가 있는 법입니다.
오가리 　난 없다고 말했잖아…!
맛탱이 　그럼, 그만할까요?
오가리 　아니야, 듣고 싶다면 말해주지. 너를 좋아해서가 아니야. 네가 내 얘기를 들으면 인간 중에서도 엄마가 없는 인간이 있다는 걸 받아들일 테니까.
　　　　한 아이가 있었지. 그 아이의 아버지는 자신을 버린 아내를 찾아다녔어. 아이도 아버지의 손에 이끌려 어쩔 수 없이 엄마를 찾아다녔어. 술집과 여관, 나이트클럽, 썩어문드러진 도시의 골목골목을 술에 취한 아버지를 따라 아이는 얼굴도 기억나지 않는 엄마를 찾아다녔어… 엄마를 찾아 죽일 생각이었다면 차라리 썩은 도시를 통째로 불태워 버리는 게 빨랐을 거야. (미친 듯이 웃는다)
　　　　세월이 흘렀어. 그런데도 아이와 아버지는 엄마를 찾아 도시의 골목과 골목을 떠돌고 있었지.

밤거리의 무수한 간판들. 아이의 눈엔 그게 다 엄마의 얼굴로 보였어! 그 얼굴들은 굴러다니고 또 굴러다니면서 점점 커져갔어. 커져가던 얼굴들이 아이를 덮치고 아이의 목을 조르고 아이의 입을 틀어막았어. 아이는 살기 위해 손톱으로 얼굴들을 할퀴어댔어. 욕을 하고 발버둥 치면서! 그러니… 어떻게 아이가 엄마를 증오하지 않을 수 있었겠어. 그렇게 세월은 또 흘러갔어… 아이의 아버지는 밤마다 술에 취해 노래를 부르고 아이는 춤을 췄어! 울면서 춤을 췄어!(미친 듯이 웃는다)

그리고 어느 날 아이의 아버지는 뒈진거지. 하지만 아주 훌륭했어. 아이의 아버지는 제사상 위의 돼지머리처럼 웃고 있었으니까… 그 얼굴은 이렇게 말하고 있었어. "어쩌겠냐. 가리야. 기왕 이렇게 된 거 어쩌겠냐. 용서해라"니미… 감동적이지.

맛탱이   아버지는 왜 죽었죠?

오가리   왜라니?(거만하게) 내가, 내가 죽였으니까!

맛탱이   (담담하게) 훌륭하군요. 오가리씨는 지금 망상 속에서 드디어 아버지를 죽였군요.

오가리   암, 훌륭하지. 이 오가리는 쪼다 같은 아버지를 죽일 만큼 강하니까! 위대하고 훌륭한 거야!

맛탱이   (박수를 치며) 그럼 그다음 이야기를 들려주시겠습니까?

오가리, 술병을 따서 마신다.

오가리   (시체녀 쪽을 가리키며) …저기 저곳에, 저년처럼 홀딱 벗고 죽어 누워 있는 아버지를 보는데… 바로 그때… 아주 더러운 일이 벌어졌지,(한곳을 가리키며) 그날 처음으로 그 개자식이 나타난 거야. 저기 저곳에 말이야. 그 개자식의 얼굴은 어둠 속에 싸여 있었는데… 어둠 속에 싸여 있는데도 그렇게 무서운 얼굴은 처음 봤거든….

난 도망치듯 그곳을 뛰쳐나왔어… 그 뒤로… 그 개자식은 계속 나를 따라다녔지….

맛탱이 그 얼굴이 뭐라고 하던가요?

오가리 "가리, 용서하지 마라! 가리야 죽여라!"

맛탱이 아주 일관 되는군요…. 좋습니다. 오늘은 여기까지 하지요… (노트를 덮는다) 아, 술이나 약에 취하면 그 얼굴이 보이던가요? 아니면 그 얼굴을 잊기 위해 술이나 약에 취하는 건가요?

오가리, 맛탱이에게 달려가 맛탱이의 목을 조르며.

오가리 (맛탱이한테) 넌 어느 쪽이었으면 좋겠냐? 분명히 해두자! 이 개자식아! 너도 내 망상이야! (시체녀를 보며) 저년도….

맛탱이 (켁켁거리다 빠져나오며) 이런, 시간이 다 됐군요.

허겁지겁 뛰쳐나가는 맛탱이.

오가리 난 약이 필요해!

9

시체녀, 객석을 보며 독백한다.

시체녀   저는 시체녀에요. 비가 오던 날 밤 난 택시를 잡아타고 집으로 돌
아가고 있었어요. 도로 위로 불빛들이 마스카라처럼 번져있었죠. 택
시 아저씨는 알아들을 수 없는 소리로 혼자 계속 떠들어대고 있었어
요… 아저씨 저는 손님 아닌가요? 저 지금 배고파서 많이 예민하거
든요. 더러워서 차를 사던지 해야지… 비는 더 많이 내렸어요. 아저
씨는 자신의 머리통을 마구 손바닥으로 후려치더니 저에게 이렇게
소리를 질러댔어요.
이봐, 뚱땡이, 내 친구가 뚱땡이 맘에 든다고 하는데 어때?
괜찮으면 인사나 나누지 그래?
아저씨하고 저는 단 둘 뿐이었는데… 난 그때서야 백미러를 통해 아
저씨의 얼굴을 또렷이 볼 수 있었죠. 아저씨의 얼굴은 어둠 속에 묻
혀 있었는데….

시체녀, 비명을 지른다.

#10

술을 마시고 있는 오가리와 남두자.

남두자　그건 생각나냐? 센터에서 말이야. 완전 알콜 중독에 약물까지 찌들
　　　어가지고 손 벌벌 떨면서 지 얼굴에 파리가 앉았다고 지 얼굴을 하
　　　루 종일 후려치던 하구니 새끼. 그 새끼, 툭하면 발가벗고 자지를 덜
　　　렁거리며 복도를 뛰어다녔잖아. 그 새끼가 왜 보지가 되고 싶어 하
　　　는 진 모르겠지만… 시체들한테 옷 입힌다고… 니미, 그게 말이 되
　　　냐? …하여간 약쟁이들 정신세계는 돼지우리 같다니까… 십분만 같
　　　이 있어도 코가 썩어요, 코가 썩….

오가리　너 언제 처음 나를 봤지?

남두자　몰라….

사이

남두자, 시체녀의 쪽으로 걸어가 시체녀의 얼굴을 본다.

남두자　이년 말이야. 자꾸 봐서 그런지 어디선가 본 것 같은 게… 아주 기분
　　　더러운데… 이년 모가지에 상처 좀 봐… 아주 제대로 칼로… (머리
　　　통을 때리면서) 그건 그렇고 왜 이년은 여기에 계속 있는 거냐?

오가리　너 여기 왜 왔어?

남두자　무슨 말이야?

오가리　여길 어떻게 찾았지?

남두자　네가 항상 내게 말해주잖아.

오가리　언제?

남두자　새끼, 왜 또 근질근질하냐.

오가리	나를 언제 어디서 만났냐고?
남두자	센터.
오가리	하구니는?
남두자	그 자식도 센터에서 만났잖아.
오가리	센터 어디서?

남두자, 생각을 해보려고 하지만 생각이 나질 않는다.

남두자	아, 개새끼… 그러잖아도 요즘 대가리가 안 돌아가 죽겠는데… 너 수작 부리지 마.
오가리	…우린 말이야. 원장실에서 만났어.
남두자	그래, 원장실에서 만났지… 원장님 바지를 잡고 눈물 흘려대면서 "제발 이곳을 나가게 해 주세요" 오줌을 질질 싸면서 말이야.

남두자, 오가리를 쳐다보고 웃는다.

남두자	그만하자고. 기억은 괴로운 거니까.
오가리	그게 니 기억이냐, 내 기억이냐?

이때, 뽕녀 목탁을 두드리며 들어온다.

뽕녀	마하반야~ 부처님께서 오늘도 내게 나타나시어 "뽕녀야, 너는 내가 말한 절을 짓고도 남을 큰 자비를 베풀었느냐?" 하시기에 나는 오늘 드디어 깨달았도다. (웃는다)… 나, 이제 이곳을 떠나기 전에 너희에게 내가 줄 수 있는 가장 큰 자비를 베풀려고 하니, 너희는 내 발아래 무릎을 꿇고, 이 큰 자비를 두 손으로 경건하게 받아라.

뽕녀, 주머니에서 열쇠를 꺼낸다.

오가리와 남두자, 열쇠를 보곤 뽕녀에게 무릎으로 걸어가며.

남두자   (애원하며) 더 큰 자비를!

오가리   (애원하며) 자비를! 열쇠를! 열쇠를!

뽕녀   이것은 열쇠가 아니고, 이 뽕녀가 너희에게 지어주는 절이니라. 이 절은 세세토록 마르지 않을 약물이니, 너희는 기뻐하며 춤을 춰라.

오가리, 남두자 일어나 진심으로 기뻐하며 춤을 춘다. 남두자, 열쇠를 빼앗으려고 순간 뽕녀를 덮친다.

그런데 뽕녀, 기괴하게 깔깔 웃으며 도망간다.

남두자   왜 또 그러십니까?

남두자와 오가리, 뽕녀를 쫓는다. 애타게 만들며 도망가는 뽕녀.

남두자   (애원하며) 이리 오시지요, 씨….

남두자, 뽕녀를 잡아 열쇠를 빼앗으려하면. 뽕녀, 목탁으로 남두자의 머리통을 내리친다.

머리통을 붙들고 나뒹구는 남두자.

오가리   (애원하며) 이왕 주실 거 꼭 이럴 필요는 없잖습니까.

뽕녀   내 마지막으로 너희에게 물어 볼 것이 있다.

오가리   ……

뽕녀   내가 너희 같은 쓰레기를 낳았니?

오가리   네… 저희를 낳았습니다.

뽕녀   어디서 낳았니?

오가리   (밖을 가리키며) 저 밖… 도시… 쓰레기 더미… 냄새나는… 사창
        가… 악취 나는 하수구….

뽕녀   내가 낳은 게 맞구나! 그럼 엄마라고 해봐! 이 엄마는 하수구란다!
        이 엄마는 창녀란다… 어서! …그래야 , 내가 극락세상에서 부처님
        에게 더 큰 사랑을 받지 않겠니.

                    오가리, 엄마라는 말에 멈칫한다.

오가리   …집어쳐! 미친년아! 열쇠 이리 내놔!

남두자   …엄마… 엄마… 음메에에 ~ 더 큰 자비를….

                    남두자, 바닥에 머리통을 처박고.

오가리   (남두자한테) 그만둬 빙신아!

뽕녀   난 이젠… 하늘로 돌아가서는 약도 끊고, 술도 끊고… 그곳에서 내
        너희들을 내 자식들처럼 굽어보며 슬퍼하리라.

                    뽕녀, 열쇠를 던져버린다.
         이때, 시체녀가 일어나 바닥에 열쇠를 얼른 집어삼키고 다시 눕는다.

뽕녀   부처님께서 이번에도 말을 바꾸시면, 이 뽕녀는 종교를 바꿔야겠
        구나.

                    깔깔 웃으며 나가는 뽕녀.

오가리   (남두자에게) 빙신아, 엄살 그만 떨고 일어나!

남두자   (일어나며) 저… 저년 말이야. 저년 우리 중독센터에 있을 때… 기억

이 나는 것도 같은데….

오가리 　가서 뚱땡이 입이나 열어봐. 뽕녀가 뚱땡이 입에 큰 자비를 베푸시
　　　　고 가셨다.

남두자 　?

　　　　　남두자, 얼른 시체녀 쪽으로 뛰어가 시체녀의 입을 열어본다.

남두자 　… 뭘 베푼 거야?

　　　　　오가리, 시체녀 쪽으로 가 입안을 이리저리 살펴보며.

오가리 　이런, 씨… 이년이 열쇠를 먹어버린 거 같다… (시체녀의 목을 조르
　　　　며) 뱉어내! 이년아!

남두자 　이 새끼, 미쳤어! …죽은 년이 어떻게 열쇠를 먹어! 네가 숨겼지!

　　　　　남두자, 오가리를 쓰러뜨리며 목을 조른다.

남두자 　열쇠 내놔!

오가리 　…저… 저년… 저년 뱃속을… 열어보면 되잖아.

남두자 　… 그럼, 네가 열어봐!

　　　　　남두자, 서랍으로 가 칼을 찾는다.

남두자 　…그년이 준 열쇠가 약물함 창고 열쇠 맞겠지? 뽕쟁이년들 말은 믿
　　　　을 수가 없어서… 누구라도 나한테 장난치다 걸리면 다 죽여 버릴
　　　　거야! 난 무시당하고 못 사니까… (자신의 머리통을 때리면서)… 내
　　　　가 지금 뭐하고 있는 거지? 뽕녀, 그년이 왔다간 거 같은데….

218

오가리   (한심하다는 듯) 그렇지, 넌 그래야 내가 아는 남두자지….
남두자   (뚱녀를 보며) 저년은 왜 저렇게 입을 벌리고 있는 거야?

남두자, 시체녀 쪽으로 가며.

남두자   난 말이야, 꼭 한번쯤은 죽은 년 입에 오줌을 갈겨보고 싶었거든….

남두자, 의자 가져다 휘청대며 올라선다.

오가리   (당황해하며) 야! 너 뭐하는 거야!
남두자   하고 싶은 일.

이때, 하구니가 카트를 밀고 들어온다. 카트 안에는 천으로 덮인 무엇인가가 들어 있다.
남두자, 바지를 내린다. 하구니, 남두자를 보며.

하구니   저 정신병자 새끼! 너 지금 뭐하는 거야!

하구니, 남두자에게 달려든다. 남두자, 하구니를 보고 혼비백산 휘청거리며 도망간다. 하
구니, 도망가는 남두자를 잡아 쓰러뜨리고 남두자의 물건을 입으로 물어버린다.
남두자의 비명소리. 오가리, 하구니를 말리며.

오가리   니가 참아! …이 새끼 생전 가야 목욕 한 번 안 하는 거 알지?

하구니, 역겨운지 침을 뱉으며 일어선다.

하구니   더러운 새끼!

하구니, 씩씩 거리며 시체녀에게 가서 시체녀의 뺨에 얼굴을 부빈다.

하구니   (시체녀에게) 내가 잘못했어. 저 짐승들한테 너를 맡기고 가는 게 아
            닌데… (오가리에게) 오빠 정말 이따위로 하면 국물도 없어!
남두자   (오가리에게) 빙신아 됐다고 그래… 내가 가져다줄게! 이 남두자가
            가져다줄게!

                남두자, 사타구니를 움켜잡고 절뚝이며 나간다.

오가리   (남두자한테) 어디 가는 거야?
남두자   쓰레기 가지러!

                그런데, 남두자, 시체 닦이실 안만 빙빙 돈다.
                하구니와 오가리, 남두자를 한심하게 본다.

하구니   오빠… 정말 저 진상 어떻게 할 거야?
오가리   (남두자한테) 빙신아, 저리가 앉아 있어.

오가리가 손짓으로 방향을 가리키자 남두자, 거부할 수 없는 것처럼 의자에 가서 앉으며.

남두자   (머리통을 쥐어뜯으며) …씨까리 형님! 왜 저는 가리가 시키는 대로
            만 해야 합니까!
오가리   (하구니에게) 봤지? 쟤 불쌍한 놈이야… 약 때문에 머리털도 다 빠진
            놈이 이젠 혼자선 길도 못 찾잖아.

                하구니, 기분이 좋아졌는지 기괴하게 웃는다.

하구니   쟤에 비하면 난 정말 이뻐.
오가리   (비위를 맞추며) 넌 얼굴보다 마음이 더 이뻐.
하구니   난 다 이뻐.

                          오가리, 카트를 보며.

오가리   뭘 대단한 걸 가져온 것 같은데?

                      하구니, 기괴하게 웃으며.

하구니   기대해도 좋아!
오가리   무척 기대 되는데….

  오가리, 카트를 덮은 천을 걷는다. 카트 안엔 처용(인형)이 죽은 듯이 고개를 떨구고 앉아
                          있다.
      처용은 발가벗은 채다. 성기가 유달리 상징적으로 크다.
          처용의 얼굴을 보며 표정이 굳는 오가리.

오가리   (하구니에게) 너, 이 새끼 뭘 주워온 거야!
남두자   변태 새끼, 한 건 크게 했구나.

#11

오가리는 술에 취해 있다. 남두자는 간판 뒤에서 똥을 누고 있다.
하구니, 처용(처용 인형)에 옷을 입히며. 전래동화 읽어주듯 혼자 말하고 있다.

하구니   이 사람은 왕자님이야. 바다 건너 먼 곳에서 왔다고 그랬어. 아주 먼
곳 말이야. 헤엄을 쳐서 오기에는 너무 물이 차고 깊어서 배를 타고
왔대. 그곳은 우리들이 가본 적도 생각한 적도 없는 곳인데, 거기 사
람들은 우리들과 먹는 음식도 다르고 입는 옷도 다르대. 사람들끼리
서로 욕도 하지 않고, 원망도 하지 않고, 서로 좋아만 한다고 했어. 그
런데, 이곳에서 한국 여자하고 결혼을 했는데 부인이 집을 나갔대…
그래서 밤마다 부인을 찾아 밤거리를 헤매며 괴로워 술을 마시고 춤
을 춘다고 했어… 술에 취해 길거리에 쓰러져 있던 이 사람은 내가
자기 부인인 줄 알고 나를 부둥켜안고 울면서 이렇게 말했어. (서투
른 말로 흉내 내며) "용서할 테니까 가자. 용서할 테니까 가자. 당신
얼굴이 많이 무서워졌네. 집에 가자." 그리곤 내 품에서 잠이 들었어.

남두자, 간판 뒤에서 엉덩이를 흔들며 노래를 부른다.

남두자   솔솔솔 오솔길에~ 못생긴 아저씨… ~똑똑똑 구두소리 똥 싸러 가
시나~ 아저씨 잠깐만 내 말 좀 들어봐 ~ 오예….

냄새가 역한지 코를 비틀어 잡고 하구니.

하구니   (오가리한테) 오빠, 왜 저 자식이 툭하면 똥을 아무 데나 누고 똥 얘기
만 하는지 알아?
오가리   더러운 소리 하지 말고 너 그거 당장 버리고 와!

하구니   그때 화장실에서 저 자식이 나왔잖아. 지 바지에 똥을 싸면서… 지
         머리통을 마구 때리고 있었잖아. 저 새끼 때문에 엄마 방은 똥냄새로
         가득차고….
오가리   …니미, 무슨 소리야?
하구니   저 새끼 똥 얘기.
오가리   …재수 없게 생긴 거나 당장 버리고 오라니까!
하구니   피한다고 똥 냄새가 없어지겠어.

                    하구니, 일어나 그냥 나간다.

오가리   어디 가는 거야!?
하구니   저 사람 신발 구하러. 신발이 있어야 고향으로 갈 거 아니야.

                    기괴하게 웃으며 나가는 하구니.
        하구니가 나가면 남두자, 이때다 하고 시체녀에게 가 바지를 내리며 의자에 올라가.

남두자   (오가리에게) 어이, 쪼다 양반 이년 주둥아리 좀 벌려주지.

                    시체녀 벌떡 일어나.

시체녀   (주먹을 휘두르며) 안 돼요! 그것만은 절대 안 돼요!
남두자   어쭈, 이년 봐라. 뒈진 년이… 야 이거, 약발이 아주 무협진데….
시체녀   왜 하필 저예요. (인형을 가리키며) 저 사람도 있잖아요.
남두자   네 눈엔 저게 사람으로 보이냐?
시체녀   (입안에서 열쇠를 뱉어내며) 이거 드릴게요. (훌쩍이며) 전 정말 가리
         는 게 없지만 오줌은….
남두자   (얼른 열쇠를 주우며) 이거 뭐야? …대체 이 상황을 어떻게 받아들여

야 하는 거야… 좋아, 우선은 땡큐다!

시체녀   줬으니까, 빨랑 내려가요.

        남두자, 오가리가 듣지 못하게 얼른 시체녀의 입을 막는다.

남두자   오케이!

    남두자, 오가리의 눈치를 살피며 열쇠를 바지 주머니에 넣고 아무 일 없다는 듯.

남두자   (처용을 보며) …그것도 나쁘지 않지… 난 졸라 못 생긴 놈들을 보면
            이유 없이 막 화가 나고… 오줌을 갈겨 주고 싶거든….

            남두자, 처용에게 걸어간다.

오가리   그만둬, 빙신아!

남두자   이 새끼 가까이서 보니까. 진짜 화가 막 나는데….

            남두자, 바지를 내린다.

오가리   그만두란 말이야!

오가리, 남두자를 덮친다. "그만두라고 했지!" 남두자, 오가리를 밀치고 오가리의 목을 조
르며.

남두자   천하의 오가리님께서 저 못 생긴 놈을 보시더니… 왜 오줌 마려운
            놈처럼 잔뜩 쫄아 계시나? 왜, 너도 저 새끼 얼굴에 오줌을 갈기고 싶
            냐? 넌 못 할 걸… 내가 비밀하나 말해줄까? …너하고 나, 하구니…

224

우린….

이때, 쓰레기 잡동사니 속에서 맛탱이가 허겁지겁 뛰어나와 술병을 집어 들고 남두자의
머리통을 후려친다.
쓰러지는 남두자.

맛탱이   이런, 제가 좀 늦을 뻔했군요. 어디 봅시다… (처용과 노트를 번갈아
보며) 오가리씨, 드디어 망상의 근원에 구체적으로 접근한 것 같군
요. 게다가 이렇게 멋진 상징물까지 스스로 만들어 내시다니. 정말
놀랬습니다. 이런 창의적인 자발성, 앞으로 올 모든 처용콤플렉스
환자들의 귀감이 될 것입니다. 훌륭하십니다.

이때, 남두자, 일어나려고 한다. 맛탱이가 손짓하자,
간호사 1, 2 (훌랑 상상) 뛰어 들어와 남두자를 발로 밟아버린다.
시체녀도 일어나 남두자를 발로 짓밟는다.

맛탱이   (오가리를 보며, 겸연쩍게) 정신과에서 종종 있는 아주 오래된 치료
방법이죠. 도망가지 못하게 신발을 숨겨!

#12

—이 장은 굿판 같은 장면으로 연출되었으면 한다. —

<처용 인형은 맛탱이가 조정한다. 처용의 목소리도 맛탱이가 낸다.>

남두자는 시체 닦이대에 죽은 듯이 누워 있고, 빨간구두는 남두자 주위를 춤추듯 돌고 있다. 무대 중앙 의자엔 붉은 천을 뒤집어쓰고 앉아 있는 오가리.

오가리 양옆에 홀랑, 상상, 서 있다.

소파엔 처용 인형과 뽕녀가 앉아 있다.

기타맨과 부기부기는 무대 한쪽 적당한 곳에 서서, 마치 공연을 하듯이 폼을 잡고 있다. 하구니는 카트를 밀며 시체 닦이실을 도시처럼 돌아다닌다.

맛탱이   존경하는 오가리씨. 전 깨달았습니다. 오가리씨에겐 그 어떠한 것도 확실한 것이 없다는 사실을. 오가리씨는 망상 속에서 길을 잃었습니다. 그래서 길을 찾기 위해 또 다른 망상을 불러일으킵니다. 오가리씨는 자신이 아버지를 죽였다고 말했습니다. 아버지를 죽였다는 오가리씨의 망상은 어머니를 죽인 것에 대한 또 다른 해석입니다. 어쨌든 망상 속이든 현실 속이든 아버지를 죽이고 나서 오가리씨는 어둠에 싸인 어떤 남자의 얼굴을 보았다고 했습니다. 죽은 아버지는 오가리씨에게 "가리야, 어쩌겠니, 용서해라" 했지만, 어둠에 싸인 그 남자는 오가리씨에게 "가리야, 용서하지 마라" 했습니다. 과연 그 목소리의 주인공은 누구일까요? 바로 지금부터 우리는 그 얼굴을 확인해야 합니다. 어둠 속에 싸인 그 얼굴을, 저 멀고도 먼 신화의 세계 속에서 말입니다.

기타맨, 부기부기, 노래를 부르며 앞으로 나선다.

기타맨　(객석을 향해) 지금부터 너희들은 입 닥치고 우리들의 노래를 들어야 할 거야. 때는 좆 돼버린 신라 제49대 헌강왕 때의 일이지. (기타를 치며) 헌강왕은 오뎅이 먹고 싶었는지 울산 개운포에 놀러 갔었다네.

이때 갑자기 구름과 안개가 길을 가로막았다네. 어쨌거나 코가 대자쯤 늘어진 헌강왕은 안개와 구름이 사라지길 바라며 소녀들에게 안개와 구름을 향해 부채질을 하라고 했네. 그런데 안개와 구름이 걷히지 않자 헌강왕은 눈알이 붉은 신하에게 물어봤다네.

이게 무슨 애매한 일이냐? 동해의 용왕이 화가 났기 때문입니다.

눈알이 붉은 쥐새끼는 입에서 나오는 대로 지껄여 댔네.

헌강왕은 동해 용왕을 위해 한 시간 만에 날림으로 절을 지어줬네.

빨간구두, 자신의 손에 들려 있는 빨간 구두를 남두자의 발에 신겨주며.

빨간구두　아저씨, 화장실에 갈 땐 슬릿빠! 한 타임에 이만 원, 두 타임엔 삼만 원! 긴 밤은 꼴리는 대로!

기타맨　용왕은 기분이 좋아, 왕 앞에 나타나 춤을 추고 노래를 불렀네.

헌강왕도 기분이 좋아 함께 춤을 추었다네.

용왕은 기분이 더 좋아 일곱 번째 지 아들을 주었다네.

그 이름은 처용!

맛탱이, 처용을 움직이며 처용의 목소리를 낸다.

처용　내 이름은 처용이에요. 저 멀리 바다 건너에서 왔어요. 아버지 이름은 몰라요. 일곱 형제 중 막내에요.

처용, 뽕녀의 품에 안긴다.

뽕녀, 처용의 팔뚝에 주사바늘을 꽂는다.

처용   처용은 여자가 좋아요.

홀랑   헌강왕은 우럭처럼 생긴 처용을 경주로 데려와 경주 제일의 색골녀
             를 골라 장가보내줬어요.

뽕녀   (처용 부인 역으로 색골녀스럽게) 오! 이런 불쌍한 우럭 새끼. 바다 건
             너오느라고 비늘이 젖은 것 좀 봐. 네 나라가 어디에 있던 이제부터
             내가 네 나라가 되어줄게. 처용 한잔줄게. 이리 오렴. 한잔하고 외로
             움을 씻으렴.

상상   그러나 물속에서만 산 처용은 육지에 적응 못 하고 밤마다 혼자 거
             리를 배회했어요.

기타맨   그날 밤! 처용이 밤늦도록 거리를 배회하다가 집으로 들어간 그 날!
             다리가 넷이로구나. 둘은 내 것이지만 둘은 누구의 것인고?
             본디 내 것이다만 빼앗긴 것을 어찌하리."

처용, 약발이 받는지 일어나서 처용무를 춘다. <이 장면은 맛탱이가 처용 인형에서 머리
부분만 빼서 그 탈을 쓰고 춤을 춘다.>

처용   내 부인은 처용한테서 비린내가 난대요. 그래서 싫대요.

뽕녀   니가 비린내만 났겠니….

처용   그렇지만 전 다 용서해요. 처용은 춤을 추면서 다 용서해요. 비겁하
             지만 힘이 없는 걸 어쩌겠어요. 고향은 너무 멀고 이곳에 붙어살려
             면 술이나 먹고 춤이나 출 수밖에요. 그러니 다 용서해요.

배우들 처용을 따라 처용무를 춘다.
시체녀, 밖에서 걸어 들어오며.
<시체녀는 무대 안쪽 적당한 자리에 있는 것도 괜찮다.>

시체녀   가슴 아프네… 근데 노래가 너무 길다. 당신들이 찾는 얼굴은 언
         제 나오는 거예요? 배고파 죽겠는데.

              시체녀, 시무룩하게 다시 무대 밖으로 나간다.

기타맨   입 닥치고 계속 우리 노래를 들어봐. 이런 황당무계한 이야기를 노
         래로 부르는 나는 기타맨. 그 옆에서 북 치는 나는 부기부기.
         때는 천둥 꽝꽝 비가 오는 밤이었어. 클럽에서 약 처먹고 계집 둘을
         옆에 끼고 택시를 탔는데 완전 골이 빠지게 약을 처먹은 택시기사가
         이렇게 얘기하네.
         "이봐 친구 옆자리의 내 친구도 두 깔치들 맘에 든다고 하는데."
         약이 골을 때렸지만 눈을 부릅뜨고 택시 기사 얼굴 봤네.
         아~ 백미러에 엄청나게 큰 얼굴이 시꺼멓게 웃고 있었네.

              괴로워 소리를 지르는 오가리.

오가리   으아아아아아아아아아아아악…!

              시체녀, 헐레벌떡 뛰어나오며.

시체녀   드디어 나온 건가요? 빨랑 말해봐요 처용씨, 아까 뭐라고 그랬잖
         아요?
처용   나는 다 용서해요! 너희들도 다 용서하세요.
오가리   용서하지 마라! 죽여라!
처용   나는 다 용서해요!
오가리   용서하지 마라! 죽여라!

처용   나는 다 용서해요! 너희들도 용서하세요!

오가리   죽여라! 용서하지 마라!

처용   (소리 지르며) 너는 누구냐?

           이때, 오가리 자신의 얼굴을 덮었던 천을 걷어내고
           난동을 부리듯이 소리 지른다. <오가리는 얼굴에 검은 스타킹을 썼다>

오가리   나는 너의 아들이다! 처용의 아들이다! 용서하지 마라! 죽여라!

           맛탱이, 처용탈(대가리)을 벗어 바닥에 내던지며.

맛탱이   드디어! 오가리씨의 망상 속에서 검은 목소리가 정체를 드러내는
           군요!

           스타킹을 찢어 얼굴을 드러내며 소리 지르는 오가리!
           처용 대가리를 집어 들고 바닥에 마구 내리치는 오가리!

오가리   (절규하며) 그래, 나는 너의 아들이다! 용서하지 마라! 죽여라! 죽여라!

맛탱이   바로 저것입니다. 저것이 검은 처용입니다. 처용의 아들, 오가리입
           니다.

13

염불 소리.

오가리의 몸뚱이를 닦고 있는 시체 닦이.

오가리를 뒤집는 시체 닦이.

오가리의 등판에 기괴한 검은 얼굴의 문신이(처용을 닮은) 그려져 있다.

문신을 보고 살짝 놀라는 시체 닦이.

마치 문신을 지우려는 듯 등판을 닦는 시체 닦이.

사이

밖이 시끄럽다. 오가리를 다시 뒤집고 밖으로 나가는 시체 닦이.

#14

처용(인형)이 바닥에 널브러져 있다. 목이 빠져 있다.
시체녀를 닦고 있는 오가리, 그 옆에 노트를 보고 있는 맛탱이.

오가리   어차피 가망 없는 짓이야… 맛탱이, 네 말대로 그 새끼 얼굴이 내 얼
굴이라고 인정해도 이 망상이 끝나는 것도 아니고… 더 골 때리는 것
은 내게 용서하지 말라고 분노를 부채질하는 놈들이, (객석을 가리
키며) 저기, 저기 그러니까 자꾸 불어난다는 거야. 온통 세상이 그 새
끼 얼굴로 가득 차서….
(시체녀에게) 겨드랑이 벌려! 이거 무슨 냄새야… (겨드랑이를 냄새
를 맡으며) 뒈진 년도 이렇게 암내를 풍기는데, 그 새끼는 냄새 한번
풍기지 않고 내 대가리 속에 가득 찬다는 거야… 그러니까, 내 대가
리는 뇌로 만들어져 있지 않고 그놈으로 만들어져 있다는 거지….

맛탱이   …오가리씨가 아버지를 죽이는 장면은 아주 훌륭하고 상징적이었
습니다.

오가리   내가 아버지의 대가리를 부숴 죽였는데! …그게 아주 훌륭하고 상징
적이었단 말이지?

술병을 찾아 술을 들이 마시는 오가리.

오가리   …세상은 이 오가리한테 그런 것밖에 준 게 없어! (흐느끼며) 난 똥
통 속에 구더기 같은 거야.

시체녀, 일어나 흐느끼는 오가리를 안아주려고 하면.

오가리   저리 안 가! 돼지 같은 년아!

상처받고 우울하게 걸어 나가는 시체녀.

맛탱이   (시체녀를 보며) 안타깝군요. 분수를 모르는 행동이 망신을 낳았군요.
오가리   너도 망신당하기 전에 조심해.
맛탱이   이제 오가리씨한테 "죽여라! 용서하지 마라!" 충동질하는 망상 속의
         인물이 누구인가가 밝혀졌으므로, (흥분하며) 이제부터 중요한 것은
         오가리씨가 그 목소리를 듣고 오가리씨 자신도 모르게 어떠한 일들
         을 저질렀느냐는 것입니다. (흥분하며) 충동과 그로 인한 파괴!
오가리   너는 그 주둥이로 니가 지금 나한테 어떤 충동질을 하고 있는지 잘
         모르는 것 같은데… 좋아, 좋아! 이제부터 내가 진짜 내 얘길 해주
         지… 다 듣고 나면 면도칼로 귀를 도려내고 싶을걸… 내가 무슨 짓
         을 하고 다녔냐 하면….
맛탱이   (말을 끊으며) 잠깐만요… 이 노트에 "우리는 밤마다 양들을 사러 마
         켓에 간다"라는 문장이 있던데… 마켓 정도는 알겠습니다만, 여기
         서 양들은 무얼 의미합니까?
오가리   양들? …(거만하게) 맛탱이가 이번에야말로 질문다운 질문을 하는
         군. 양들이란 말이야….
맛탱이   …이런, 안타깝게도 시간이 다 되었군요….

         맛탱이, 헐레벌떡 도망치듯 뛰쳐나간다.

오가리   이 개자식아! 분명히 해두자. 너도 내 망상이야! 내가 너를 그냥 둘 것
         같아!

         오가리, 분을 참지 못해 씩씩거린다.
         이때, 밖에서 들려오는 뽕녀의 비명소리.

빨간 구두를 신은 남두자, 들어온다. 손엔 피 묻은 칼을 들었다.

남두자　내가 목을 땄어! …아주 기분 죽이는데….

오가리에게 걸어가서 칼을 오가리의 손에 쥐여준다.

오가리　…(칼을 보며) 이거 뭐야?
남두자　…그년이 가짜 열쇠를 가지고 장난을 쳤지 뭐야! 내가 말했지. 날 무
　　　시하면 다 죽여 버린다고… 니 새끼도 나를 무시하면 그렇게 될 줄
　　　알아!

남두자, 낄낄거리며 술을 마신다.

오가리　씨발… 어쨌거나, 멈추긴 틀린 거야.

#15

처용 인형은 목이 빠져 바닥에 널브러져 있고, 시체녀는 누워 있다.

오가리와 남두자는 약에 취해 몸도 못 가눈다.

남두자는 빨간구두가 신겨준 구두를 벗으려고 하나 구두는 벗겨지지 않는다.

남두자   아! 생각났다… 이 롤렉스 시계하고 빨간 구두 말이야… 그 좆같은
         년 거잖아. 좆나 술에 꼴아서 택시를 탔잖아, 이년이… 술에 꼴아가
         지고 팬티에 오줌을 질질 싸면서… 아저씨 구파발! 구파발!

오가리   구파발은 안 가… 고파발은 가고… (낄낄거린다)

                        사이

오가리   우린 밤마다 택시를 몰고 돌아다녔잖아… 기억나. 내가 세상은 마켓
         같은 곳이라고 한 말… 세상은 마켓 같은 곳이야. 술이 필요하면 술
         을 살 수 있고, 씹이 필요하면 씹을 살 수 있고, 약이 필요하면 약을
         살 수 있고….

남두자   오케이! 받아들이지.

오가리   그런데…, 우리 것이 없어. 세상엔 마켓처럼 모든 게 다 있는데 우
         리 것이 없어! 밤마다 차를 몰고 이 좆같이 큰 마켓을 샅샅이 돌아다
         녀도 우리 게 하나도 없어! 돈 많고 많이 배우신 좆같은 새끼들이 다
         빼앗아가고, 다 훔쳐가고, 다 가져가버려서, 쪼다 같은 우리들한테
         아무것도 없는 거야. 그래도… 우린 밤마다 우리 것을 사러 마켓을
         돌아다녔잖아.

남두자   그래! 부우웅! 우린 정말 열심히 돌아다녔어. 밤마다 니 새끼가 지껄
         여대는 개소리를 들으며 우린 우리들만의 쇼핑을 했지.

오가리   그래, 너랑 나랑…. 아, 하구니 새끼도 있구나… 우린 우리 게 없으니

까 남의 것을 훔치고 샀지.

남두자   닥치는 대로 훔치고 묻고 훔치고 묻고… 그땐 경기 좋았는데….
(빨간 구두를 신고 노래하며 춤춘다)
솔솔솔 오솔길의 빨간 구두 아가씨~ 똑똑똑 구두소리 어딜 가시나
아가씨 잠깐만 내 말 좀 들어봐~ 오예… 나 정말 미치겠어… 똑딱 똑
딱 똑딱딱… 오가리 인간말종 같은 새끼… 니가 아무리 인간말종이
라지만 니가 죽인 년이 선물한 구두를 신고 춤을 추고 싶냐?

남두자   이것은 춤이 아니고 해탈이다. 이것은 노래가 아니고 깨달음이다.
근데… (자기 머리통을 치며) 사다가 다 어디다 묻었더라…?

오가리, 휘청거리며 일어나 잡동사니에서 삽자루를 꺼내 들고.
무릎을 꿇고 귀를 바닥에 댄다.

오가리   여기다 묻었잖아. (삽자루를 남두자에게 건네주며) 파봐~! 파는 일은
니가 했잖아!

남두자   오케이지.

남두자는 바닥을 판다.

오가리   그래… 우린 항상 여기에… 묻고 나서 오줌을 갈기고… 침을 뱉었지
… 하늘엔 별도 별도 많은데….
(갑자기 흐느끼며) 왜 나는 너희들을 용서 못 하고 죽여야 하느냐 …!
왜 너희들은 나한테 죽임을 당하고도 나를 용서한다고 말하느냐!
나의 얼굴은 이렇게 괴물이 되어 늙어 가는데 왜 너희들의 얼굴은
나보다 더 추하게 썩어 가느냐! 내가 너희들을 죽인 것이 너희들이
나를 죽인 것보다 왜 더 선량하냐. 하늘엔 별도 별도 많은데… 왜 하
필 너희들이었느냐!

시체녀, 일어나서 서럽게 운다.

오가리   (시체녀에게) …뒈진 년이 눈물은… 울지마! …재수 없게.

시체녀   배가 고파서 그래요.

남두자   …니 새끼 입에서 오랜만에 인간 같은 소리가 나오는 거 보니까 너
         도 뒈질 때가 됐나 보다. 그래도 그 말은 왠지 시적인데… 아주 듣기
         에 좋같아….

오가리   그만 파 빙신아! (처용을 가리키며) 저 새끼 어떻게 할 거야? 어떻게
         할 거냐고!

         남두자, 생각났다는 듯이 자신의 머리통을 마구 후려치며.

남두자   …아니, 아니… 그래, 넌 어떻게 할 거냐가 아니고 "어떻게 하면 좋
         지?"라고 말해야지… 그래, 넌 그렇게 말해야 해. 그때도 그랬으니
         까.

오가리   무슨 말을 하는 거야?

남두자   기억 안 나? 엄마 집에서. 화장실에서 방금 나온 나한테 손을 발발 떨
         면서 그렇게 말했잖아. (울먹이며) "어떻게 하면 좋지…?"

오가리   (생각이 괴로운 듯)… 엄마 집?

남두자   그때 말이야. 하구니 새끼도 있었던 거 같은데… 그래 하구니 새끼
         는 방바닥의 피를 닦고 있었지. 원래 걸레는 개 담당이잖아.

         오가리에게만 보이는 <환영 장면>

         어둠 속에 어떤 여자가 쓰러져 있고
         피로 흥건하게 젖은 바닥을 하구니가 걸레질하고 있다.

무대 한쪽, 아이가 바지에 오줌을 싸면서 울고 있다.

<환영 사라진다>

두려움에 굳어 있는 오가리.

남두자   (목 없는 처용인형을 끌어내며) 뭐해, 빙신아 하구니 새끼 오기 전
         에 묻어야 될 거 아니야!

         남두자, 자신이 삽으로 팠던 곳에 처용을 묻으려 하는 시늉을 할 때
         이때, 하구니가 처용의 신발을 손에 들고 온다.

남두자   (놀라며) …구니!

#16

하구니는 처용의 부러진 목을 맞추고, 신발을 신겨 준다.
그 모습을 보며 술을 마시고 있는 오가리와 남두자.

남두자   (하구니를 경계하며) 저 새끼, 대가리가 돌아버린 거 같은데… 죽일
        듯 덤빌지 알았는데… 우리가 지 왕자님….

오가리   닥쳐, 빙신아.

하구니, 처용을 쓰다듬으며.

하구니   이 사람이 나한테 말하고 있어. 이제 자신은 자신이 왔던 곳으로 돌
        아간다고. 바다를 건너고 노을을 지나 자신의 고향으로 말이야. 이곳
        에서 너무 많이 울고 너무 많이 아파서 고향에 가서는 울지도 아
        프지도 않을 거래. 이 사람은 또 이렇게 내게 말하고 있어. 이곳은 사
        람이 살기에 너무 아픈 곳이래. 그래서 이곳 사람들은 밤마다 술에
        취해 서로 고함을 질러대고 피를 흘리며 싸우는 거래. 그래서 자신
        은 이곳 사람들이 자신한테 했던 모든 나쁜 짓을 다 용서해준대. 너
        무 불쌍해서… 다 용서해준대. 너희들이 한 짓도 모두 용서한대. 너
        희들은 그중에서 가장 불쌍한 놈들이니까.

사이

남두자   아무리 주둥아리를 닥치고 있으려고 해도… 개새끼야! 주접 그만
        떨고. 너 그거 어디서 주워 왔어?

사이

239

남두자	어디서 주위왔냐고?
하구니	…너희들이 알려줬잖아.
남두자	뭐? 알려줘? …이 새끼 지금 말하는 거 들었지? 우리가 알려줬단다. 씨발, 우리도 모르는 걸 우리가 알려줬단다. 넌 어떻게 생각해?
오가리	…그렇지… 왜 나는 한 번도 너희들을 의심해보지 않은 걸까? 이 천하의 오가리가 말씀이야.
남두자	뭔 개뼈다귀 같은 소리야?
오가리	너도 내가 여기 있는 걸 알려줬다고 했지? 항상, 항상… 내가 말이야.
남두자	(자랑스럽게) …난 항상 네가 알려줘… 니가 어디 있든, 네가 뭘 원하는지를… (정신을 차리고) 무슨 소리야…?
오가리	(하구니에게) 넌 왜 저걸 저 지경으로 만들어 놨는데도 화를 내지 않는 거지?
하구니	…내가 할 일이 생겼잖아. 우린 항상 그래왔잖아.
남두자	저 새끼 뭐라고 씨부렁거리는 거야?
하구니	…누군간 참회를 해야지… (오가리에게) 그게 네가 나한테 바라는 일이잖아. (잡동사니를 가리키며) 저 쓰레기들을 모으는 것도 그렇고. 난 네가 바라는 일만 해. 저 멍청한 자식과는 정반대의 일을 하지만… 우린 다 너를 위해 있는 거야.
남두자	(술을 들이마시며) 주둥이 닥쳐! 아버지 사각팬티나 입고 다니는 변태 새끼가… 참회? 뭘 참회해! 그 더러운 쌍판으로 뭘 참회해!

오가리, 남두자 쪽으로 걸어가 남두자의 얼굴을 손으로 잡으며.

오가리	너 누구지? 어디서 왔어?
남두자	이거 왜 이러시나…?
오가리	너 누구야?

남두자	내가 누구냐고? (자신의 머리통을 마구 때리며) 내가 누굴까? 내가 누군데 지금 너희 개좆같은 새끼들한테 이런 수모를 당하고 있는 걸까?
하구니	저 병신 새낀, 항상 저렇게 말했잖아. 내가 누굴까? 지 머리통을 때리면서….
오가리	(하구니에게) 넌 닥치고 있어! (남두자에게) 너 누구야!?
남두자	그래, 넌 뭔가 좆같이 일이 얽히면 내게 니 쌍판을 들이대며 물어봤잖아. "너 누구지? 너 어디서 왔어?" 그럼, 넌 누군데?… 아! 그 위대하시고 훌륭하신 오가리님이시구나.
오가리	너, 나를 어디서 처음 만났어?
남두자	…우리가 어디서 처음 만났을까? 빵에서… 그래, 소년원에서 우리가 처음 만났지. (하구니를 가리키며) 저 비린내 나는 새끼하고 우린 한 방에 있었잖아! 씨까리 형님이 우리를 때리다 때리다 지쳐 주무시면 우린 나란히 한 이불을 덮고 울면서 잠들었잖아… (머리통을 때리며)… 씨발, 그게 처음은 만난 건 아니지… 더 처음이 있으니까.
오가리	…그렇지, 소년원. (하구니에게) 그리고 또 어디지? 그리고 또 어디냐고!
하구니	병원. 알콜 약물중독센터! 정신병원! 다 기억해. 난 다 기억한다고… 그런데 너희들은 너희가 기억하고 싶은 거만 기억하잖아!

혼란한 오가리.

남두자	소년원, 정신병원… 아주 좆같은 곳에서만 만났구나. 인간말종들만 가는 곳에서 말이야. (오버하며) 아! 슬프구나. 아! 어떻게 인생이 이렇게 좆같이 슬프게 됐을까요. 오가리님?
오가리	또! 또 어디? 개새끼들아? 또? 어디서 만났어? 이가 득실득실한 사

241

창가! 지린내로 절은 공원! 짐승 내장 썩는 냄새를 풍기는 술집! 역전!
법원! 유치장! …그래!

오가리, 잡동사니 쪽으로 뛰어가 현판들을 마구 집어던지며.

오가리   (잡동사니를 가리키며) 이것들! 이 쓰레기들 속에서 우린 항상 같이
          있었어! …왜? 왜? 항상 같이 있었을까?

남두자   나도 그걸 알고 싶다. 내가 왜 너와 항상 같이 있었는지… 그리고 저
          슬레빠 같은 새끼는 왜 항상 우리들 주변을 얼쩡거리는지… (머리통
          을 때리며) 왜! 왜! …그래, 넌 저 새끼 말처럼 우리가 필요했던 거야.
          우리를 이용한 거지.

오가리   난 한 번도 너희들을 필요로 한 적 없어.

남두자   아주 듣던 중 제일 좆같은 소리구먼. (오가리에게) 난 네가 시키는 일
          은 다 했어! 목을 따라면 목을 땄고… 이 개자식아! 그런데 한 번도 날
          필요로 하지 않았다고?

간판을 집어 드는 남두자.

오가리   넌 나한테 그걸 집어 던지지 못할걸!

남두자   왜 내가 이걸 못 집어던지는데?

오가리   내가 던지지 못하게 하니까!

서로 노려보는 오가리와 남두자. 남두자, 씩씩거리다가 간판을 내려놓는다.

남두자   씨팔… 니미, 이건 좆같은 일이야. 아주 막다른 길이지….

오가리   …좋아, 아주 좋아… 이제 뭔가 확실해지는데… 니들은 말이야… 이
          개자식들! 우리 이렇게 항상, 이렇게 셋이서 살았던 거지. 하나처럼,

하나가 셋처럼, 이 오가리가 너희면서, 너희가 이 오가리인 거야! 빌어먹을 이건 저주야! 세상이 왜 나한테 이런 저주를 퍼붓는 거야!

하구니   …그날 나는 피를 닦으려고 노력했어… 근데 (남두자를 가리키며) 저자식이 내 손의 칼을 빼앗아 아직 숨이 덜 끊어진 목을 찔렀어. 목에선 검은 수박씨들이 쏟아져 나왔지… 수박씨들은 붉은 핏속에서 푸른 싹을 틔우기 시작했어. 파랗고 둥근 수박들이 방안 가득 열렸어.

오가리   아냐! 그건 다 내가 지어낸 망상이야! …니들도 내가 만든 망상이고… 이건 다 망상이야! 난 망상 속에서 길을 잃었어!

하구니   (혼자 주절거린다) 파랗고 둥근 수박들이 방에 가득 열렸어! 파랗고 둥근 수박들이! 열리고 또 열리고….

           하구니, 웃는다. 귀를 막고 괴로워하는 오가리.

남두자   남두자이면서 하구니씨인 좆도 오가리씨! 너무 괴로워 마세요. 오늘 제가 저 새끼를 내 손으로 손수 죽여 드릴 테니.

           남두자, 서랍을 뒤진다.

남두자   (느긋하게) 칼이 어디 있더라.

오가리   그만둬!

남두자   그만두라고! 그럼 네가 그만둬야지. (낄낄 웃는다)

하구니   이제 그만 너도 인정해.

오가리   좆같은 새끼야, 뭘 인정해!

하구니   우리가 죽었다는 걸. (기괴하게 웃는다)

오가리   (당황스럽다) …뭐? 우리가 죽어?

           남두자, 서랍에서 칼을 찾아들고.

남두자   그렇지, 이젠 인정해야지. 네가 죽는 걸 말이야!

          남두자, 하구니에게 걸어간다. 남두자를 막아서는 오가리.

오가리   그만둬! 우리 여기까진 아니잖아!

          남두자, 말리는 오가리를 주먹으로 친다. 바닥에 나뒹구는 오가리.

남두자   "여기까진 아니잖아" 좆같은 새끼! 주둥이만 살아가지고….

          남두자, 하구니에게 걸어가 멱살을 움켜잡는다.
          하구니, 체념하듯 반항하지 않는다.

남두자   …그렇지. 넌 반항하면 안 되는 거야. 난 칼을 들고 있으니까.
하구니   너는 나를 이렇게 몇 번을 죽였을까?
남두자   뭐…?
하구니   너는 나를 몇 번을 죽였을까? 몇 번을 죽이고 묻고 다시 만나고 그랬
          을까? 또 다시 만나면 "오빠, 빵에 갔다고 들었는데, 벌써 나왔어" 할
          까?
남두자   …좆같은 소리 집어치우고, 지옥으로나 꺼져버려!

          남두자, 그대로 하구니를 목을 찔러버린다.
          하구니 쓰러진다.

          사이

남두자   (멍청하게) 내가 목을 땄어… 기분 아주 죽여주는데.

＊＊＊＊＊＊＊＊＊남두자, 오가리에게 칼을 쥐어준다.

남두자   우린 더 잘 할 수 있을 거야. 뭐든 말이야. 술도 뒈지도록 처마시고, 작대기(약)도 뚜껑이 열릴 때까지 찔러대고… 그러니까 뭐든 다… 저 새끼가 없으니까 우린 좀 더 즐거워질 거야.

＊＊＊＊＊＊＊＊남두자, 쓰러진 하구니 쪽으로 다시 걸어간다.

남두자   "솔솔솔 오솔길의 사각팬티 하구니~ 하구니, 잠깐만 내말 좀 들어봐
        ~ 하구니, 오예."

＊＊＊＊＊＊남두자, 바지를 벗고 하구니 얼굴에 똥을 누려고 한다.
＊＊＊＊오가리, 남두자에게 걸어가 칼로 남두자의 목을 찔러버린다.
＊＊＊＊＊＊＊＊＊＊＊＊쓰러지는 남두자.

오가리   네가 없다면 난 더 즐거워질 거야!

＊＊＊＊＊＊＊불길한 듯 처용 인형을 쳐다보는 오가리.

#17

택시를 몰고 가는 오가리. 혼자 떠들어대고 있다.

오가리 아저씨 왼쪽으로 돌아주세요. 아저씨 오른쪽 골목이요.„아저씨 빨리 못가요? 택시가 버스보다 느리면 어떻게 해요… 아저씨 말이 안 통하네… 아저씨 술 드셨어요? 아저씨, 아저씨! …니미, 오빠라고 말하면 오죽 좋아. 난 말이야, 주둥아리 닥치고 있는 연놈들이 좋거든. 내가 더 떠들어 댈 수 있으니까… 내가 더 재밌고 슬픈 얘기를 알고 있거든. 이 오가리님의 얘기 말이야! …옛날 한 옛날에 오가리라는 아이가 있었어요. 오가리는 아주 착한 아이였는데… 빌어먹을… 아이는 울면서 춤을 추고 아버지는 술에 취해 노래를 불렀지… 그런데… 거리의 사람들은 아이와 아버지를 벌레 보듯 피했어. 낯짝을 붉히며, 침을 뱉고, 욕을 해대고, 비웃으며 도망치듯 지나쳐갔지… 이 거지 같은 세상에서 더 거지같이 된 아이와 아버지는 두들겨 맞고! 찢고, 뭉개지고! …밤이면 웃음소리가 피처럼 흘러내리는 이 좆같이 아름다운 도시에서 아이와 아버지만 웃지 못하고 쓰레기더미에서 잠을 잤지… 오가리는 아주 착한 아이였는데… 아이에게서 아버지와 엄마를 빼앗은 건 너희들이야! 너희 좆같은 새끼들이지! …이거, 약발이 제대로 올라오는데….

택시 뒷좌석 한쪽이 밝아지면 남두자가 앉아 있다.

남두자 아, 씨… 이거 몇 년 만이냐? 똥구멍이 오므라들면서 오금이 다 저린다. 역시 똥 밭에 굴러도…? (생각이 안 나는지 자신의 머리통을 후려친다)

남두자 옆이 밝아지면 하구니가 앉아 있다.

하구니	빵에 갔다고 들었는데 벌써 나왔어 오빠?

오가리, 택시의 속도를 올린다. 굉음에 가까운 차 소리.

오가리	구니, 넌 알고 있지. 우리가 어디로 가고 있는지?
하구니	막다른 길로 가고 있는 거겠지.
오가리	그래. 막다른 길에서 오늘 밤 끝장을 보자! 다 불태워버리자! 이 빌어먹을 도시를 다 불태워 버리는 거야! 가리야! 용서하지 말자! 죽여 버리자!
남두자	(여자 목소리로) 아저씨, 고구마 깎는 소리 집어치우시고, 센터 직원들이 쫓아오기 전에 존나게 밟아주세요.
오가리	저는 이제 하늘로 돌아가는데, 당신들은 이곳에 남아 또 얼마나 역겹고 좆같은 일들을 겪을까요. 씨… (갑자기 흐느끼며) 니미, 하늘에서도 역겹고 좆같은 일을 겪으면 어떻게 하나…?
남두자	걱정하지 마, 거기서도 술 먹고 약 때리면 돼. 구니는 우리들을 대신해서 참회하고 말이야.

오가리, 속도를 높인다.
이때, 달리는 택시 앞으로 뛰어드는 아이.
놀라는 오가리. 급브레이크 밟는 소리.

암전과 동시에 차량 부딪히는 소리.

목소리여	오늘 새벽 한 시경 과속으로 달리던 택시가 빗길에 미끄러져 가로수를 들이박는 사고가 발생하였습니다. 이 사고로 운전자는 그 자리에서 즉사….

#18

현실 장면

국립정신병원 글자가 확연하게 찍힌 환자복을 입은 기타맨, 부기부기, 빨간구두, 뿅녀, 시체녀가 간호사인 홀랑, 상상, 뒤를 따라 들어온다. 그들은 망상 속의 캐릭터보다 정신병자다. 손에는 각자가 전달할 선물들을 들었다. 이 인물들은 들어올 때부터 한눈에 중증 정신병자라는 것을 알 수 있게 행동해야한다.

홀랑   자… 여러분! 여기 보세요. (천을 벗긴다. 오가리 얼굴이 드러난다) … 우리의 형제였던 오가리씨가 하늘나라로 가셨답니다. 부디 행복한 곳으로 가시라고 여러분들께서 가져오신 선물을 드리세요.

각자, 자신들이 들고 왔던 물건들을 오가리의 머리맡이나, 손에 쥐어준다.

상상   자, 그럼 마지막으로 오가리씨가 생전에 가장 사랑했던 노래를 불러 드릴까요?

일동, 노래 부른다.

"솔솔솔 오솔길의 빨간구두 아가씨~ 똑똑똑 구두소리 어딜 가시나
아가씨 잠깐만 내 말 좀 들어봐~ 아가씨 오예…"

노래가 시끄러워지자 간호사 홀랑, 상상, 환자들을 데리고 밖으로 나간다.
이때, 부러진 안경을 쓰고 들어오는 맛탱이.
망상 노트를 집어 들고 어눌하게 읽으며,

맛탱이   …오가리씨는… 정상적인 사람들의 수치를… 훨씬 웃도는 이야기

248

의 망상에… 사로잡혀 있습니다… 그것들은 가리씨를 괴롭히고…
가리씨의 기분을 우울하게 하고 오가리씨에게… 죄의식을 강요합
니다. 오가리 씨를… 괴롭히는 망상은… 무엇입니까? 이런, 시간이
다 되었군요.

맛탱이, 노트를 오가리 배 위에 올려놓는다.
맛탱이, 제사상 위의 수박을 보더니 집어 들고 먹기 시작한다.
검은 수박씨를 바닥에 퉤퉤 뱉으며 나가는 맛탱이.

오가리만 시체실에 남는다.
서서히 어두워진다.

긴 사이

어둠 속에서 누군가 시체실로 들어온다. 아이다.
아이, 오가리에게로 걸어가 망상 노트를 집어 든다. 성냥을 꺼내 망상 노트에 성냥불을 붙
인다.
불타는 망상 노트.
아이, 잡동사니 쪽으로 가 불타는 망상 노트를 던진다. 현판 등이 천천히 타오르다 맹렬하
게 불탄다. 마치, 도시가 불타오르는 것 같다. 어떤 목소리가 들린다.

목소리   (노래하듯이) 오가리의 아버지는 용 대가리를 잡아타고 집으로 가셨
지… 파란 줄에 검은 줄이 선명한 수박을 사 들고. 그런데, 니미, 못
볼 것을 보고 말았어. 어머니의 거기에 시꺼멓게 생긴 놈이 꼬리를
처넣고 있었던 거지. 아버지는 그놈에게 둥근 수박을 바치며 이렇게
말했어!
"이 여자는 내 부인입니다, 이 여자는 내 아내입니다. 롤렉스를 드릴
까요, 구두를 드릴까요."

아버지는 그놈의 꼬리를 손으로 잡고 울었어. 그런데 그 자식이 꼬리로 아버지의 눈을 찔러 버리는 거야. 아버지는 아무것도 볼 수가 없었지. 세상이 깜깜해진 아버지는 매일 술만 드셨어. 그러다 가끔 자다 말고 일어나 가리에게 물어보곤 했어.

"가리야, 불쌍한 내 가리야, 어쩌면 좋니, 너라면 어쩌겠니."

아버지는 밤마다 거리로 나와 술을 드시고 노래를 부르며 춤을 추셨지. 그리고 오물들이 썩어가는 하수구에 얼굴을 처박고 돌아가셨어. 오가리는 죽은 아버지를 위해 둥근 수박을 되찾아 주기로 했어. 엄마와 그놈이 있는 집으로 달려갔지. 밤거리를 달려가는데 그 목소리가 들려왔어.

아이	가리야, 용서하지 마, 용서하지 마, 죽여야 돼. 가리야 용서하지 마!
목소리	소리가 얼굴을 할퀴어댔어. 가리의 얼굴에 피가 번지는데… 가리는 엄마를 찌르고 또 찔렀어. 엄마를 찌르고 또 찔렀어. 찌르고 또 찔렀어….

검은 처용의 가면을 쓴 배우들이 불타는 잡동사니 속에서 뛰쳐나와 아이와 오가리를 둘러싸고 격렬히 춤을 춘다.

암전

색다른 이야기 읽기 취미를 가진 사람들에게

등장인물

춘복
송자
이모
이모부
달수
청년
검은남자
영희
천사1,2,3
흰가운

이 작품 속 주인공 춘복은 사지가 뒤틀린 뇌성마비 환자처럼 보인다. 그러나 춘복은 뇌성마비 환자는 아니다. 보기에 따라서 그렇게 보일 뿐이다. 춘복의 대사는 뇌성마비 환자 특유의 연기와 화술을 고려하지 않았다. 일부, 지문으로 기술된 연기와 화술은 이행되어야 하고, 그 밖에 굳이 지문으로 기술되지 않은 연기와 화술은 극적 필요에 따라 자유롭게 변화시키길 바란다. 단, 상대 배우는 그것을 인지하고 행동해서는 안 된다.
이러한 연기와 화술의 변화는 이 작품이 가지는 현실과 환상의 형식과 밀접한 관계를 가진다.

때 - 어느 시간
장소 - 춘복의 옥탑방

특별할 것이 없는 책상과 소파와 냉장고, 때 절은 낡은 침대가 좁은 방 안을 차지하고 있고, 침대 머리맡엔 오래된 카세트라디오가 놓여져 있다.
무대 뒤편으론 화장실로 통하는 문과 서울 시내가 내려다보이는 창문이 보인다.
그리고 무대 오른쪽으로는 현관문이 있다.

프롤로그

동화책들이 방바닥에 어지럽게 널려 있고
춘복은 책상에 앉아 연필로 공책에 글을 쓰고 있다.
<이때, 춘복은 정상인처럼 행동하고 말을 한다>

춘복, 자신의 글을 읽는다.

춘복

저 아이가 저렇게 침을 흘리는 건 사랑받고자 하는 몸부림이죠.
사랑받고자 할 땐 뭔가 흘리잖아요. 눈물을 흘리든지, 웃음을 흘리든지,
아니면 피를 흘리든지. 저 아이는 비극을 연출할 필요가 없어요, 전혀.
저 아이 자체가 이미 비극이니까요. 저 아이가 가슴을 찢고 울부짖어도 안되는
게 있는데 그게 바로 해피엔딩이란 거예요.
신은 항상 마지막에 찾아오시는데, 저 아이에겐 신을 기다릴 만한
시간이 없어요.
(별안간 소리 지른다) 아니야! 아니야! 춘복 넌 그러면 안 돼!
춘복, 넌 세상이 뭐래도 해피엔딩의 동화를 써야 해!
신이 아무리 늦게 오시더라도 춘복 넌 신을 기다려야 해!

책상에 얼굴을 처박고 훌쩍이는 춘복.
이때, 몇 번의 초인종 소리.
춘복, 현관문 쪽을 본다. 서서히 사지가 뒤틀리며 얼굴이 일그러지는 춘복.

제1장

현관문 앞엔 송자가 가방을 들고 서 있다.
사십 중, 후반으로 보이는 송자.

송자
(춘복에게)
…방춘복씨 맞죠?

춘복, 일그러진 얼굴로 침을 흘리며 힘겹게 말을 한다.

춘복
내… 이름은… 방춘복씨.

자신의 말이 웃긴지 얼굴을 일그러뜨리며 웃는 춘복.

춘복
…춘복씨… 웃음은… 백만불짜리.

송자
…?

께름칙하다는 듯이 방 안을 살피며 안으로 들어서는 송자.

송자
들어가도 되죠?

춘복
이미… 들어오셨잖아요….

계속 징그럽게 침을 흘리며 웃는 춘복. 송자, 살짝 불쾌하지만 참으며.

송자

다행이네. 생각했던것 보다는 심하지 않아 보여서.

춘복

(웃음을 그치며)

그쪽도요.

송자, 가방을 내려놓고 창문 쪽으로 걸어가서 서울 시내를 내려다본다.

송자

서울에… 이렇게 높은 곳에 집이 있는 줄 몰랐어요.

춘복

춘복씨는… 탑에… 갇혀 살아요.

송자

탑이요…?

춘복

마법에 걸린… 왕자가 갇혀 사는

성탑 말이에요.

송자

(바닥에 널린 동화책을 집어 들며)

…성탑이 아니라 옥탑이겠죠.

춘복

동화책이에요.

"마녀가 빗자루를 타고 성당 위를 날아가고 있습니다" 마녀는… 우리 이모예요.

그런데 성당 위를 날아가다가… 마리아가… 되어버렸어요.

송자

(시큰둥하게)

왜요?

춘복

십자가에 부딪쳤거든요. 그 뒤로 자기가 마리안 줄 알아요.

송자

재밌네.

춘복

재밌죠? 이 얘긴, 사실은 제가 쓰고··· 있는 동화예요.

그런데 비극이죠.

송자

(시큰둥하게)

비극으로 끝나는 동화도 있나?

춘복

모든 비극은 동화처럼 끝나요.

사이.

송자

(실없는 소리처럼)

그 마녀는 성당의 십자가가 아니라 마리아상에 부딪쳤을 거예요.

오다 보니까 성당의 마리아상에 금이 가 있던데요.

춘복

그건 제가 부활절···날 밤에 돌멩이를 던졌기 때문일 거예요···

마녀하고는 상관없어요.

송자

몸이 좀 불편할 뿐이지, 정상인들보다··· 말씀도 잘하시고 재밌네요.

춘복

(웃으며)

몸이 불편해서… 말씀을 잘하시는 거죠.

송자

방춘복씨…

제가 여기에 왜 온지 알죠?

춘복

임송자씨.

송자

…임송자…?

춘복

당신은 임송자야.

송자

내 이름은 박수미예요. 박수미.

춘복

(우울하게)

상관없어요. 당신은 나의 임송자니까.

송자

(어처구니없어 하며)

대체,… 임송자가 누구예요?

춘복

당신이요.

송자

전, 박수미예요.

춘복

땡!

송자

정말 당황스럽군요.

몸이 불편하다고 해서 정상적인 사람들과는 다를 줄 알았는데….

춘복

속이 상하고 입이 타시죠?

이럴 땐 울 엄마는 주둥이가 탄다고 말했는데…

(일어서면서) 뭐 마실 거라도 드릴까요?

송자

아니. 됐어요.

춘복

(단호하게)

마셔요.

(주방으로 가며) 아무리 해피엔딩으로 써 보려고 해도 잘 안 돼요.

동화 말이에요.

춘복, 냉장고에서 주스를 꺼내 힘겹게 컵에 따른다.

송자

설마, 동화작가는 아니실 테고.

춘복

설마가 사람 잡아요.

뒤틀린 팔 때문에 바닥에 주스를 쏟는 춘복.

춘복

(쑥스럽게 웃으며)

이런 일이… 오랜만이라서… 긴장해서 그래요… 됐다.

춘복, 송자에게 컵을 건넨다.

송자

아니요, 괜찮아요.

춘복

아무도 인정하지 않은 동화작가를 위해! 팔 떨어지겠다.

송자, 할 수 없이 받아든다.

춘복

(혼자 낄낄거리며)

…그거… 마시면 잠이 드는 독 주슨데….

송자

…?

춘복

농… 농담이에요.

송자

(곤혹스럽게)

…그러니까 이런 말을 어떻게 꺼내야 할지 잘 모르겠지만….

춘복

고맙다고 말해야죠. 그래야 나도 보람도 있고.

송자

(대충)

고마워요.

춘복

고마우면 제 부탁 하나 들어줘요.

송자

…?방춘복…. 제가 왜 여기에 온지 아시잖아요.

춘복

아니까, 부탁하는 거예요.

송자

방춘복씨, 저는요….

(가방에서 서류를 꺼낸다) 이게 뭔지 아시죠?

결과가 나쁘게 나오지 않았어요. 모든 게 좋아질 수 있다는 거예요.

동화처럼 말이에요. (상기되며) 가시덤불 같은 숲에 희망의 길이 생기고…

그래요. 모든 게 이젠 다 잘 풀릴 거예요.

춘복

축하… 그러니까… 제 부탁 들어주세요.

들어주실 거죠. (손으로 입을 닦으며) 아, 침 떨어진다.

송자

(어처구니없어 하며)

뭔데요?

춘복

한 대만 때려주세요.

송자

(당황하며)

뭐요?

춘복

제 뺨을 한 대만 때려줘요.

송자

미쳤어요?

춘복

누가요. 누가 미쳐요? 제 뺨을 때릴 송자씨가 미쳐요. 아니면 제가…

송자

말장난 그만하고, 저 시간 없어요.

춘복

저도 시간 없어요… 딱 한 대면 되요.

제가 송자씨를 때리겠다는 게 아니잖아요.

송자

난 송자가 아니고, 박수미야!

261

송자, 춘복을 노려본다.

춘복

(천진하게)

때리고 싶지 않아요? 벌레처럼 징그러운 제 얼굴을 이대로 둘 거예요?
남의 집에 왔다면 뭐라도 해줘야 되는 거 아니에요? 아님, 저 절대 안 할 거예요.

송자

…

춘복, 일그러진 얼굴을 송자에게 들이밀며.

춘복

자, 어서! 때려주세요! 부탁입니다.

송자

(참지 못하며)

대체, 왜… 때려 달라는 거야?

춘복

그건 나중에 아주 나중에 우리들의 이야기가 끝날 즘 알려드릴게요.
자, 어서! 아님 제가 때릴 거예요.

그 둘, 서로 노려본다. 춘복, 송자에게 위협적으로 다가선다.
송자, 순간 자신도 모르게 춘복의 뺨을 때린다.
자신의 행동에 당황해하는 송자.

춘복

(웃으며)

좋아요. 아주 잘 때렸어요. 기분이 좋아요.

송자

뭐? 너 변태야?

춘복

(사지를 과장되게 뒤틀며)

전 애벌레예요.

주름이 쭈글쭈글하고 몸이 뒤틀린 애벌레… 한 대만 더 때려 주실래요?

그럼 전 성충으로 변태될 거예요. 아님, 송자씨도 저처럼 저주에 걸리…

송자, 참지 못하고 또 춘복의 뺨을 때린다.

송자

벌레 같은 새끼! 입만 까져가지고.

춘복

(웃으며)

춘복의 입은 백만 불짜리. 송자, 미소는 이백만 불짜리.

송자, 다시 춘복의 뺨을 때린다.

송자

난 너 같은 인간들을 잘 알아! 어디 계속 비웃어봐!

춘복

좋아요! 아주 좋아요!

춘복, 망아지처럼 "히이힝"거리며 방 안을 뛰어다닌다.

송자, 그런 춘복을 노려보다가 가방을 챙겨들고 나간다.

춘복, 송자가 뛰쳐나간 현관문 쪽을 보며.

춘복

우리 같은… 하찮은 인간이… 뭘 어쩔 수 있겠어요.
신이 비극을 원하는데…

춘복, 책상으로 가 공책에 글을 쓴다.
무대, 흐릿하게 어두워지고 춘복, 낮게 울부짖는다.

제2장

<동화 장면>

이 장면은 춘복이 쓰는 동화 속 장면이다. 춘복은, 춘복 자신이 쓰는 동화 속
인물이다. 공간은 춘복의 옥탑방이며, 이 장면이 무대에서 구현될 때는
현실과 동화의 장면이 모호하게 뒤섞였으면 한다.
춘복은 제1장 끝과 같이 책상에 앉아 낮게 울부짖고 있다.

무대 밝아지면

마녀들이 들고 다니는 빗자루를 들고 화장실에서 나오는 이모.
이모, 춘복의 머리통 위에 빗자루를 올려놓으며.

이모
그만 그치지 못하겠니?
그쳐! 망아지 새끼도 아니고 침까지 모자라 눈물까지 흘리다니…

춘복, 의자에서 일어나 얼른 이모의 발을 손으로 붙들며
발등에 키스를 퍼붓는다.

춘복
마리아님!
이 춘복은 무한한 고통 속에서 한 줄기 빛을 찾아…
이모
닥쳐! 난 요즘 말 많은 것들은 딱 질색이다.
그리고 집안 꼴이 이게 뭐니?

아무리 몸뚱어리가 불편하다고 하지만 이건 아예 돼지우리구나.

춘복

(홀쩍이며)

송자는 다시 돌아올까요?

이모

그거야 내가 어찌 알겠니…

그나저나 초면에 다짜고짜 뺨을 때려 달라니.

네놈의 정신이 어떻게 된 게 아닌 이상 그게 말이 되니.

대체 그 여자한테 뭘 알고 싶었던 거냐? 이 예의 없는 돼지 새끼야!

이모, 빗자루로 춘복의 머리통을 마구 쓸어댄다.

춘복

(울부짖으며)

전 비극이 좋아요.

이모

지금 네놈의 운명을 네놈 입으로 좋다고 말하는 거냐?

춘복

아니요. 제 운명은 끔찍이 싫어요.

원망해요! 이 운명을!

이모

원망해라.

원망에서 증오가 나오고 증오에서 복수가 싹틀 때까지 원망하고 원망해라!

너 같은 놈들은 그 길밖에 길이 없다.

춘복

왜 마리아님은 제게 사랑과 평화를 얘기해주시지 않는 거죠?

이모

넌 내 자궁에서 신의 아들이 태어나길 바라는구나.

어떻게 인간의 아들을 낳은 내가… 끔찍하구나.

춘복

그 말이 아니잖아요. 제 질문은.

이모

침! 더러운 침을 그만 흘리지 못하겠니!

얼굴을 펴라!

이모, 춘복의 얼굴을 두 손으로 잡아 편다.

비명을 질러대는 춘복.

이모

너, 그리고 나를 마리아라고 부르지 말라고 그랬지!

춘복

아아… 마리아!… 이모! 이모!

이때, 이모부 방 안으로 들어오면서.

이모부

그런다고 돌아간 얼굴이 펴지나. 차라리 다리미로 밀어버리지 그래.

…빌어먹을, 당췌 굴뚝을 찾을 수가 없으니….

이모

그놈의 굴뚝! 굴뚝! 없는 굴뚝은 찾아서 뭐하시려고?

얼른, 이모부 뒤로 가 숨는 춘복.

이모부

내 뒤에 숨는다고 네가 보이지 않는 것은 아니다.

단지 보이지 않는다고 생각하는 건 너의 얄팍한 생각일 뿐이지.

춘복

그래도 춘복은 숨을 곳이 필요해요.

이모, 방바닥을 쓸면서.

이모

그 말도 일리가 있더구나. 그 여자 말이다. 송자라고 했던가?
내가 성당의 성모 마리아 상에 부딪쳤다는 말 말이다. 그런 것도 같구나.
생각해 보니까 뾰족한 코에 부딪쳤던 거 같아.
(자신의 얼굴을 가리키며) 봐라, 내 코 보이지? 내 코가 이렇게
납작하지는 않았었잖니.
성모 마리아의 뾰족한 코에 부딪혀 이렇게 된 거 같다.

이모부

그러게, 내가 그놈의 빗자루 좀 바꾸라고 말하지 않았소.
털이 다 빠져서 바닥도 쓸지 못하잖소.

춘복

송자는 다시 돌아올까요?

이모부

(춘복을 보며)

송자가 누구냐? 꼴에 그 얼굴로 여자까지 사귀냐?
그건 죄악이야. 신이 너에게 그런 흉측스러운 얼굴을 줬다면
그에 따른 고통도 줬을 거다.
그 고통만을 순수하게 받아들이며 살아야지.

춘복

그럴 순 없어요.
이 춘복은 절대 인정할 수 없어요.

이모부

그건 네 생각이고. 너 말고는 다 인정한다.

268

이모

(이모부에게)

저 애한테는 정말 마녀가 필요할지 모르겠네요.

이모부

그건 또 무슨 소리요?

이모

저 애가 인정하지 않는 건

저 애 스스로 뭔가를 이미 확신하고 있기 때문일 거예요.

이모부

빌어먹을!

(춘복에게)

너 대체, 어떤 생각으로 우리가 생각하지 못하는 생각을 확신하고 있는 거냐?

춘복

그런 거 없어요.

이모

없긴 왜 없어! 네 주둥이로 말해!

춘복

(주저하다)

…그러니까, 전 마법에 걸린 거예요.

이모부

마법?

(이모를 보며)

이 자식이 대체 무슨 말을 하는 거요?

이모

닥치고, 저 애 말을 끝까지 들어봐요.

춘복

제가 이렇게 된 건 어느 날 마녀가 나타나서 내게 마법을 건 거예요.

이모부

(이모를 보며) 마녀?

(춘복에게) 좋다, 그럼 왜 마녀가 너한테 마법을 걸었을까?

춘복

세상을 대신해서 속죄양이 된 거죠?

이모부

(이모에게)

속죄양?… 이 자식이 대체 뭐라는 거요?

이모

속죄양이라잖아요. 속죄양 몰라요?

다른 사람들을 대신해서 죗값을 받는 뭐, 그런 거요.

(춘복에게) 난 절대 그 마녀가 아니다.

이모부

(춘복을 보며) 그러니까 네가 다른 사람들의 죄를 대신해서…

그러니까, 쉽게 말해… 왕자가 두꺼비가 된 얘기를 하는 거냐?

춘복

딩동댕!

이모부, 춘복의 뺨을 갈긴다.

뺨을 어루만지며 울상이 된 채 한쪽 구석으로 가 쭈그려 앉는 춘복.

이모부

미친 새끼! 네가 왕자면 나는 왕이다.

세상 잡놈들을 다 내 정액으로 만들었다.

이모

자궁 없이도 그게 가능했을까요?

이모부

당신은 내 정액 없이도 아들놈을 낳았잖소.

이모

닥치지 못해요.

이모부

그래서, 그 마법을 풀어줄 누군가가 오기를 기다리고 있단 말이겠구나.

춘복

네.

이모부

그게 누구냐?

네 모양이 이 꼴이니, 아무리 넉넉하게 맘을 쓴다고 해도 공주는 아니겠고.

춘복

선한 자요.

이모부

선… 선한 자?(이모에게)

대체 이 자식이 언제부터 이렇게 된 거요?

이모, 빗자루질을 하며.

이모

(이모부에게) …저리 비켜봐요!

이놈의 빗자루가 털갈이를 하나? 왜 자꾸 털이 빠져. 비싸게 산 건데.

두 번 탔는데 이 모양이면 차라리 앞으로는 자전거를 타고 다니는 게 낫겠어요.

이모부

당신을 견딜 만한 자전거가 있을까?

차라리 없는 굴뚝을 찾는 게 더 빠르지.

이모

이참에 한번 물어봅시다.

왜 자꾸 굴뚝을 찾아요. 요즘 서울 시내에 굴뚝 있는 집이 어딨다고.

이모부

나만의 사명감이요. 숭고한 책임감이라고 말해야 하나…

서울이 온통 불바다잖소… 남대문도 불타고, 밤마다 켜지는 촛불들도 그렇고…
두고 보시오.
곧 있어, 저 조그마한 촛불들이 거대한 불이 돼서 이 서울을 다 태워버릴
거란 말이요.
그러기 전에 누군가는 연기가 빠져나갈 구멍을 찾아야 하지 않겠느냐 말이지.
그게 굴뚝인데…
(춘복을 일으켜 세우며)
춘복 너는 내 말을 이해할 거다.

춘복

아니요. 무슨 말인지 모르겠어요.

이모부

(춘복의 뺨을 갈기며)
모르면 맞아야지.

이모

맞아도 모르면요?

이모부

가망이 없는 거지.

이때, 냉장고 안에서 장발의 청년 나온다.
춘복은 책상으로 가 글을 쓴다.

이모

(청년을 보며)
너 이 자식, 내가 냉장고 안에 들어가지 말라고 했지!

청년

(게으르게 하품을 하며)
누군 들어가고 싶어서 들어갑니까. 방이 없으니까 그러는 거 아니에요.
얼마나 냉장고 안이 추운지 아세요?

이모부

저거, 저거, 아들놈이라고 하나 있는 놈이,

허구한 날 냉장고 안에 처박혀 잠이나 자고…

청년

냉장고 안이 얼마나 추운지 아세요.

손발에 성에가 끼는데… 그래도 저는 참고 또 참고…

제가 왜 참는지 아십니까? 복습니다! 복수!

이모부

복수?!

청년

저 냉장고 안에서 저는 말입니다.

저를 냉장고 안에 밀어 넣은, 이 세상에 대한, 치 떨리는 복수심을

키우는 거란 말입니다!

이모

열사 났네! 열사 났어!

청년

(이모부에게)

그리고 아저씨는 제 일에 상관 마세요.

이모부

아저씨…? (욱하며) 저놈의 새끼, 저거….

이모

너 이 자식, 아무리 그래도 그렇지, 네 아버지한테 아저씨가 뭐야!

(빗자루로 청년의 등짝을 후려치며)

청년

…아니, 저, 아저씨가 저 생기는 데 정액 보태준 적 있어요!

에이, 씨. 춥고 더러운 세상, 불이라도 확 질러버려야지!

이모부

질러라! 이 자식아! 어디 한번 질러!

청년

누가 지르라면 못 지를까 봐서 그래요. 저 냉장고 안에 있으면요.

하루에도 수백 번씩!

확 다 불질러버리고 싶은 욕망이… 에이 씨! 노인네들하고 말을 말아야지…

(춘복을 보며)

춘복씨는 제 마음 이해하죠?

이모

사촌형한테 춘복씨가 뭐야!

춘복

제발 조용히들 하세요! 전 글을 써야 한다고요!

청년

춘복씨는 요즘 갈수록 연기가 늘어요.

(춘복처럼 얼굴을 일그러뜨리며) 니미, 나는 수억을 준다고 해도 못하겠네.

이모부

(이모에게)

당신은 대체 뭐하는 거요?

저런 사람 같지 않은 놈한테 마법은 안 걸고!

이모

그게 자식새끼한테 할 짓이에요.

청년

아저씨, 이게 사는 거면 저는 이미 마법에 걸린 겁니다.

니미, 알고나 말씀하세요!

이모부

니미? 뭐, 저 새끼! 저거!

춘복

(괴로워하며)

우리 모두에겐 더 늦기 전에 선한 자가 필요해요!

청년

춘복씨, 우리한테 필요한 건 한 통의 휘발륩니다! 불에 태워버리면 다 끝이에요!

그게 마법에서 풀려나는 일이란 말입니다!

이모부

저 새끼, 저거 주둥이만 까져가지고…

너, 이 새끼 불만 질러봐!

이모

보기 좋겠네. 아들은 불지르고, 애비는 굴뚝 찾고!

이때, 밖에서 송자와 달수의 목소리가 들린다.

이모부와 이모, 밖을 살피며 얼른 화장실 안으로 들어간다.

청년도 얼른 냉장고 문을 열고 냉장고 안으로 들어간다.

<춘복이 쓰는 동화 속 장면에서 현실 장면으로 무대는 전환된다>

달수(목소리)

그 자식이 그랬단 말이죠…?

송자(목소리)

몇 번을 말해요!

들어가서 직접 물어보세요!

달수와 송자, 거실로 들어온다. 춘복, 그들을 본다.

달수

(춘복에게)

너 이 여자가 왜 너를 찾아왔는지 알지?

춘복

쪼금요.

송자

아까 나한테 하던 거와는 완전 다르네.

춘복

무서워서가 아니고 더러워서 그래요.

송자

정말 어이가 없다.

춘복

나도 어이가 없어요. 그렇다고 같이 오면 어떻게 해요.

달수

너 말이야, 내가 깐죽거리는 말투 고치라고 했어, 안 했어?

춘복

너나 고치세요.

달수

뭐? 이 새끼가 뒈질려고.

달수, 주먹을 들며 때리려 하자, 얼른, 아이처럼 소파 뒤로 숨는 춘복.

춘복

(히쭉 웃으며)

농담.

달수

(참으며)

너 누가 봐도 많이 아픈 거 알거든. 그렇다고 정신이 아픈 건 아니잖아.
그리고 분명히 네가 먼저 부탁했어. 내 눈 똑바로 쳐다보고 대답해!

춘복

(눈을 피하며)

…그래, 내가 다 부탁했어.

달수

하여간, 너 나중에 딴소리하면 죽을 줄 알어!

춘복

(송자를 보며)

치사하게…

달수

새끼야, 그건 이 자매님이 치사한 게 아니야!

네가 예의가 없는 거지. 처음 본 자매님한테 때려 달라는 게 말이 돼. 너 변태야!

춘복

달수씨, 성당에서 처음 만났을 때는 되게 상냥하고 친절했었는데, 왜…

달수

왜 변했냐고? 너 때문에 변했어. 너를 통해서 나는 신을 잃어버린 거야.

춘복

우리 집에 신 많은데, 하나 신고 가.

달수

이 새끼가, 또 말장난!

어처구니없어하며 그들을 보던 송자, 소파에 앉으며.

송자

정확히 짚고 넘어가자고요. 전 그쪽이 필요해서 온 거고…

공짜로 하는 것도 아니지만 되도록 서로 불편한 것 없이 잘해봤으면 해요.

달수

자매님 말씀이 무슨 뜻인지 알지?

춘복

내 생각도 그래.

달수

(송자에게)

이 자식 조심하세요.

277

정상인보다 더 위험한 놈이니까요. 저 원래 막말하는 그런 놈 아닙니다.

송자

저도 원래 이런 사람 아니에요.

춘복

나는 원래부터 이런데.

달수

(버럭 소리 지르며)

그래서 내가 너 때문에 신을 잃어버린 거야!

춘복

잃어버린 게 아니라 잊어버린 거겠지.

달수

(송자에게)

제가 이런 말씀 드리기 뭐하지만 제 여동생이 저놈하고 꼬라지가 비슷해요.

(사지를 뒤틀어 보이며) 이래요, 이래.

성당에서 둘이 어울려 다니더니, 저 자식이 지가 동화를 쓴다느니 어쩌구

저쩌구 이빨을 까댔나봐요. 그 뒤로 동생 년이 뻔질나게 이 집을 들락거리더니….

송자

그런 얘기까지 듣고 싶지 않고요.

언제쯤 할 건가요?

달수

너 언제 할 거야?

춘복

내가 쓰는 동화가 있거든, 그거 마치고.

달수, 일어나 책상 쪽으로 가 춘복의 공책을 집어 들고 찢어버리려 하며.

달수

동화는… 정신병자 같은 글이나 써대는 놈이…

확 찢어버리던지 해야지….

사지를 뒤틀며, 미친 듯이 짐승처럼 비명을 질러대는 춘복.

당황하는 달수와 송자.

달수, 얼른 공책을 책상 위에 내려놓는다. 비명을 멈추는 춘복.

달수

알았어… 알았어… 이거 참, (송자에게) 보셨죠? 쉬운 게 아니에요.

인생 막장이죠.

(춘복에게)

언제 할 거야. 언제냐니까?

춘복

구상 중이야.

달수, 참지 못하고 춘복을 덮친다.

춘복을 마구 패는 달수.

달수

이 개새끼! 넌, 사람도 아니야. 악마야! 악마!

담배를 꺼내 물어 피우는 송자.

달수, 그런 송자를 보더니, 얼른 주머니에서 라이터를 꺼내 불을 붙여주며.

달수

저 원래 이런 사람 아닙니다. 저 새낄 식구처럼 생각하고…

송자

(춘복에게)

야, 너! 내가 왜 온지 알지? 네 콩팥 사러 왔어. 네 신장 떼러 왔단 말이야!

웅크리고 앉으며 춘복.

춘복

반말하지 마.

달수

(송자에게)

좀 세십니다.

송자

나도 오래 기다릴 수는 없는 거고…

(가방에서 돈을 꺼내 춘복에게 내밀며)

약속한 돈이야. 잔금은 수술 뒤에 줄게.

춘복

반말… 하지 마!

송자

너한텐 해도 돼!

달수

하세요, 저 새끼한텐 반말해도 돼요.

(돈을 가로채며) 그리고 이건, 저한테 와야 되는 돈이거든요.

돈을 대충 세어보는 달수.

달수

수표는 문제없겠죠?

송자

서명해 드려요?

달수

그럴 거까진 없고요… (춘복에게) 이걸로 신께서도 널 용서하실 거다.

춘복

내가 안 했어!

달수

뭐? 이 개새끼가… (춘복에게 달려가 발로 짓밟으며) 그럼 내 여동생이
동정녀 마리아냐.

한번 물어보자. 몸도 제대로 가누지 못하는 연놈들이 그게 가능하디. 뒤틀리고
일그러진 얼굴을 보고도 서로 그게 가능하디. 이 짐승새끼야!

송자

(달수에게 자신도 모르게 소리 지른다)

당신, 이제가!

달수, 살짝 무안해하다가.

달수

빨리 하세요. 저 새끼 콩팥 뗀 돈 받아서…
너무 늦어서 애도 못 뗀답니다. 어쨌거나 애는 낳게 하고 입양 보낼 겁니다.
동생 년은 평생 수용하는 요양소가 있는데… 그 돈이면 얼추 맞을 거 같아요.
저도 이러고 싶어서 이러는 거 아닙니다. 방법이 없어요.

송자

누구나 다 방법이 없어요.
그러니까 서로 이해하지도 이해를 구하지도 말자구요.

달수, 나가려다.

달수

그리고 저 자식하고 너무 오래 있지 마세요. 저 자식 저거, 사지 뒤틀린 거
말이에요.

그거 쇼에요. 변태 새끼. 아니 멀쩡하던 사람이 어떻게 저렇게 됩니까?

송자

무슨 말이에요?

달수

저 새긴 처음부터 저런 빙신 찐따는 아니었단 말입니다. 지 엄마 살아있을 때만
해도 말이죠.

제가 그건 보장하죠. 이런 말을 보장이라고 말해야 하나.

하여간, 저 새끼 지 엄마 죽은 후부터 저런다는 겁니다. 8년 됐나?

뭐 정신적 충격이라나. 니미, 그럼 엄마 죽은 놈들은 다 빙신 찐따가 돼야겠네.

아무튼 너무 시간 끌지 마세요. 저 흉악한 새끼 속에 뭐가 들었는지

아무도 모르니까요.

나중에 후회하지 마시고.

나가는 달수.

사이

송자, 들고 있던 담배를 끄려고 재떨이를 찾으며.

송자

(춘복에게)

재떨이 없어?

춘복

난 담배 안 피워.

송자

아까 그 말 무슨 말이야?

춘복

반말하지 마!

송자

왜 또 때려달라고 해보지.

춘복

(말을 돌리며)

무슨 말?

송자

네가 정상이었다고 했잖아.

사이

춘복

난 마법에 걸린 거야.

송자

(어처구니없어하며)

마법…? 언제부터?

춘복

그걸 왜 알고 싶은 거지? 넌 내 신장만 떼가면 되잖아.

사이

송자

좋아, 나한테 나쁠 거 없는 일이니까. (자조하며) 하긴 그래봤자.

너는 정상이 아닌 건 분명해. 몸이 뒤틀렸던 정신이 뒤틀렸던 그게 나하고 무슨

상관이야.

송자, 바닥에서 동화책을 집어 들고 그 위에 비벼 끈다.

얼른, 송자에게로 가, 동화책을 뺏는 춘복.

춘복

넌 독사야!

송자

그래, 난 독사다.

넌 옥탑방에 사는 두더지고.

춘복

난 너에 대해 알고 있어.

송자

(당황해하며)

뭐…? 뭘?

춘복

넌 원래 천사였는데… 마법에 걸려서 독사가 된 거야.

송자

사양하겠어. 난 독사야.

내가 물면 다들 죽거든. 너도 물리지 않도록 조심하는 게 좋을 거야.

갑자기, 참았던 울음을 터뜨리는 송자.

당황하는 춘복, 창 쪽으로 걸어가 서울 시내를 보면서.

춘복

우리 모둔 마법에 걸린 거야.

그런데 난 믿어. 우릴 마법에서 풀려나게 할 선한 자가 올 거란 걸.

송자, 애써 울음을 지우며.

송자

선한 자?

춘복

세상에서 가장 착한 사람 말이야.

송자

그럼, 신은 아니겠군.

어떡하지… 선한 자가 너한테 찾아왔어야 되는데 악한 자가 찾아왔으니까 말이야.

그런데 아무리 선한 자라고 해도, (방안을 둘러보며) 이곳을 보면, 들어오고 싶지 않을 거야.

춘복

그 애를 구해주고 싶었거든. 그 애의 마법을 풀어주고 싶었어.

그런데, 난 그 애가 기다리던 선한 자가 아니야.

홀쩍이며 우는 춘복.

송자

나 오늘 너하고 두 번째 보는 거야.

나한테 신파 떨 생각 하지 마. 언제쯤 할까?

춘복

동화를 끝내야 하거든. 넌 이런 내 사정을 이해해줘야 해.

송자

(단호하게)

언제쯤 할 거냐고?

춘복

난 동화를….

송자

난 가능하면 오늘 당장이라도 했으면 좋겠는데… 그건 내 바람이고…

준비를 좀 해야 하거든… 걱정 마, 수술은 내가 하는 게 아니니까.

그들이 올 거야.

춘복

난, 동화를 끝내야 한다고!

송자

정말 자신이 동화작가라고 생각하는 건 아니지?

춘복

난 동화작가가 아니라 동화야. 내가 동화 속 인물이라고.

송자

(어처구니없어하며)

…그럼, 작가는 누구지?

춘복

나. 너도 될 수 있고, 하지만 지금은 나야.

송자

좋아, 동화를 끝내는 데 얼마나 시간을 주면 될까?

춘복

작품은 시간으로 쓸 수 있는 게 아냐.

송자

3일 줄게.

춘복

그건 신이라도 불가능해. 신은 이 세상을 만드는 데 7일 걸렸어.

송자

넌 신보다 뛰어나서 3일이면 충분할 거야.

춘복

우리 엄마하고 똑같은 소리를 하는구나.

송자

임송자가 너의 죽은 엄마 이름이지. 대충 다 알고 왔어.

너는 어쩔 수 없는 벽 앞에 어쩔 수 없이 서 있는 거야.

내가 무슨 말 하는지 알겠어? 어쩔 수 없다고.

그냥 그 벽 앞에서 무릎 꿇고 기다려. 이건 현실이지 동화가 아니야.

춘복

엄마도 그런 말을 했어.

아버지가 돌아가시자 엄마는 나를 품에 안고 지옥이 뭔지 보여줬어.
매일 나를 안고 울었어. 엄마를 저주하고 나를 저주하고 우리 모두를 저주하고.
난 그런 엄마를 위해 동화를 썼어. 아무도 엄마를 위해 동화를 써주지 않으니까
말이야.

나는 이렇게 여기 앉아서 동화를 쓰고 엄마는 거기 그렇게 앉아서 내가
들려주는 동화 속으로 뒤뚱거리며 걸어들어 오셨지. 마법아 풀려라! 그러니까
이건 춘복의 동화야.

송자

그만해! 듣고 싶지 않아.

…3일 동안 이곳에 있을 거야. 너의 건강 상태도 체크해야 하고…
수술을 준비해야 하거든. 이런 일 나도 하고 싶어서 하는 거 아냐.
도망갈 수 없기 때문에 할 수 없이 하는 거야. 그렇지만 넌 이 집에서
도망갈 수도 있거든.

춘복

난 갈 데가 없어.

송자

보호수용소 같은 곳으로 가겠지.

춘복

내가 왜 도망가? 여긴 내 집이야.

송자

네 집이니까, 네가 이곳에서 사라지면 찾기 힘들 거야.
(말장난처럼) 난 저 밖은 잘 알아도 이 안은 잘 모르거든.

춘복

나쁜 년!

송자

나도 이러고 싶어서 이러는 거 아니야… 3일도 많아.
지금 당장이라도 네 배를 가르고 신장을 떼어가고 싶어.

춘복

그렇게는 못할걸!

송자

왜, 왜 못한다고 생각해?

춘복

내가 그 전에 혀 깨물고 죽어 버릴 테니까.

송자

넌 항상 혀를 깨물고 있잖아.

춘복

나쁜 년!

송자

그래 난 나쁜 년이야! 그래도 난 너의 신장이 필요해! 알겠어!
죽어가는 내 아들한텐 신장이 필요하다고!

송자, 몸을 웅크리며 괴로워한다.
춘복, 침대 머리맡 카세트라디오 쪽으로 걸어가며.

춘복

동화를 쓰기 위해선 귀를 먼저 열어둬야 해.
세상의 소리를 들어야 하지. 음악처럼 세상의 소리가 들려오면 난 동화를
쓸 수 있어.

카세트라디오를 켜는 춘복.
라디오 뉴스 소리.
"어제 새벽, 고시원에서 일어난 불로…"

제3장

<동화 장면>

책상에 앉아 공책에 글을 쓰고 있는 춘복.
방 안을 살피며, 서류철에 이것저것 체크하는 천사들.
천사들, 춘복의 뒤편으로 몰래 가서 춘복이 쓰고 있는 글을 읽는다.

천사1

…춘복은… 뒤틀린… 다리를 끌며… 지붕 위로 올라가 서울 시내를
내려다 봤어요….
서울 시내는 온통 검은 연기로 뒤덮여 있었어요.

춘복

저리 좀 가주시겠어요. 집중 안 돼요. 여자 분들이라서….

이때, 이모가 빗자루를 타고 뛰어 들어온다.
그러나 뛰는 걸 멈추지 못하며 방 안을 빙빙 돈다.
빗자루 꽁지는 불에 그슬렸다.

이모

비켜, 비키라니까… 빗자루가 멈추질 않아!

춘복, 이모에게 살짝 발을 건다. 바닥에 나뒹구는 이모.
천사들, 화들짝 놀라 방 한쪽으로 얼른 피한다.

춘복

(천사들에게)
걱정 말아요. 이모는 마녀니까요.

마녀는 동화가 끝날 때까지는 죽지 않을 거니까요.

이모, 힘겹게 일어나며.

이모
빌어먹을, 새것으로 사던지 해야지 원… (천사들을 보며) 저 아가씨들은
다 뭐냐?
주민자치센터에서 나왔니? 사회복지사들 말이다. 신참들 같은데…
그런데, 왜들 요즘 것들 같지 않게 생긴 게 부족해들 보이냐?

춘복
저 분들은 천사예요.

이모
천사? 너 이제는 미치기까지 했구나. 저것들이 천사면 난 마녀다!

천사1
(경계하며)
우리가 볼 땐 당신은 마녀가 맞아요.

천사3
그러니까 우린 천사가 맞는 거구요.

이모
(춘복에게)
저것들이 무슨 말을 하는 거냐?

춘복
이모가 마녀란 걸 인정하고 있는 거예요.

천사2
(생뚱맞게)
난 인정 못 해. 빗자루를 타고 다닌다고 다 마녀는 아니잖아.
우리들 천사들 중에 빗자루를 타고 다니던 천사도 있었잖아.

천사1

(천사2에게)

지금 그런 얘기가 아니잖아.

이모

(천사2에게)

나도 그쪽 얘기는 아닌 것 같구려.

(춘복에게) 넌 대체, 행동을 어떻게 했길래, 천사들이 이 집 안에

다 들어오게 한 거니.

그들이 뭘 해줄 수 있다고… 내가 집으로 오다가 어떤 일을 겪은 줄 아니?

서울이 온통 불바다야… (불에 그슬린 빗자루를 보여주며) 이것 봐라.

집으로 오는데, 글쎄 불이 났지 뭐냐. 경찰들이 에워싸고…

컨테이너 박스에 갇혀 시민도 죽고 경찰도 타죽고…

그 위로 날다가 빗자루가 다 탈 뻔했단다. 요새 서울이 온통 불바다다. 불!

춘복, 창문 쪽으로 걸어가며.

춘복

그건 제 동화에 나오는 얘기예요. 다 제 잘못이에요.

이모

미친놈, 그러니까 누가 그런 동화를 쓰라고 그러디.

천사2

(이모의 불탄 빗자루를 만져보며)

왜 하필 불난 곳 위로 날았어요? 돌아가면 되잖아요.

이모

뭘, 모르는 소리 하지 말아요. 공중에도 다 약속된 길이 있다우.

비행기가 나는 길, 새가 나는 길, 구름이 지나가는 길, 바람이 부는 길,

우리 마녀들이 빗자루 타고 지나가는 길. 당신들 천사들한텐 길이 없소?

천사3

우린 그냥 공중을 걸어서 이곳에 왔는걸요.

이모

내 그럴 줄 알았어. 착한 척하는 것들이 준법정신이 더 없다니까.
절대선은 절대악이요. 명심해요.

이때, 이모부가 뛰어 들어온다. 온통 재를 뒤집어쓰고 들어온다.

이모부

(천사들을 보며)

이 아가씨들은 뭐요?

이모

왜 또, 계집들을 보니까 구미가 당기우?

이모부

(창밖을 쳐다보는 춘복을 보며)

저놈의 자식은 왜 또 저러고 있는 거요?

춘복

당분간 말 시키지 마세요.

이 춘복은 무한한 고통 속에서 운명을 느끼고 있으니까요.

이모부

그래, 그럼 많이 고통받아라. 고통은 다 추억이 된다.

(천사들을 보며)

전, 저 아이에게 좀 더 많은 보조금이 나왔으면 좋겠소.

천사1

저흰 천사예요.

이모부

누구나 다 천사죠. 우리 춘복이한테 돈을 주는 사람들은 다 천삽니다.
내 꼴을 좀 봐요… 내가 어디서 오는 줄 아시오. 서울 시내에서 굴뚝을
찾고 다니는데…
연기를 내뿜는 굴뚝 말이요. 오늘도 불이 났지 뭐요.

근데 굴뚝이 없으니까, 연기가 빠져나가질 못하고 서울 시내를 꽉 뒤덮는 거요.

내가 굴뚝을 찾았더라면 그렇게 많은 사람들은 죽지 않았을 텐데…

이모

당신도 그 자리에 있었수?

이모부

(허탈하게 소파에 앉으며)

혼자 힘으론 안 돼요.

(천사들에게) 어때, 아가씨들이 나와 함께 굴뚝 찾는 일을 하지 않겠소?

천사1

저흰 춘복씨의 기도를 듣고 하늘에서 내려온 천사들이에요.

이모부

(춘복에게)

기도?… 뭐냐 그러니까,

이 아가씨들이 네가 말하던 선한 잔지 하던 분들이냐?

춘복

아직까진 몰라요.

저도 선한 자를 만나본 적이 없으니까요.

이모

(빗자루로 바닥을 쓸며)

정말 아가씨들도 답답하구려. 입으로만 천사 천사 떠들면 뭐해요.

춘복을 위해서 해줄 수 있는 결정적인 뭔가가 있어야 할 거 아니우.

천사1

좋아요, 보여 드리죠.

천사들, 춘복에게로 가 둥글게 모인다.

천사1,2,3

(경건하게 노래한다)

"당신은 사랑받기 위해 태어난 사람 당신의 삶 속에서 그 사랑 받고 있지요…."

이모부

(시큰둥하게)

나하고 굴뚝이나 찾자니까.

춘복

제 생일은 지났어요!

변함이 없는 춘복.

천사들 느닷없이 하얀 천사복을 벗는다.

옷을 벗으면 미니스커트에 야하고 화려한 반짝이 옷이 드러난다. 술집 여자들

같기도 한 느낌.

천사들 방 밖으로 나가더니, 밖에서 노래방 기계를 끌고 들어온다.

천사들 가방에서 마이크와 탬버린을 꺼낸다.

기계를 켜고 흥겨운 뽕짝을 트는 천사들. 일순 룸살롱이나 노래방이

된 듯한 무대.

천사1, 마이크를 잡고 노래를 부르고 천사3은 춤을 춘다.

천사2는 춘복의 얼굴을 손으로 꼬집듯 잡고 억지로 펴며.

천사2

이 오빠! 분위기 모르네! 오빠, 얼굴 쫙 펴고! 스마일!

춘복

아아!

천사1

오빠, 인생 뭐 있어! 한 곡 쫙 찢어봐!

(춘복에게 마이크를 넘긴다)

춘복, 마이크를 받고 얼결에 노래를 부른다.

사지를 뒤틀며 괴성인지 노래인지 모를 소리를 질러대는 춘복.

방 안을 돌아다니며 광란으로 춤을 추는 천사들.

이때, 냉장고 문을 열고 뛰쳐나와 춘복의 마이크를 빼앗아 들고 노래를 부르는 청년.

화끈하게 노는 청년의 모습에 열광하는 천사들.

한순간 분위기에서 소외된 춘복, 시무룩하게 책상 위로 돌아가 앉으며 다시 글을 쓴다.

이모부

(청년을 보며)

저놈 봐라, 저거, 노는 데 완전 이골이 났구만.

야, 자식아! 당장, 그만두지 못해!

이모

영락없이 기집들하고 노는 게 지 애비구만.

이모부

대체 당신은 어느 놈하고 붙어먹었길래 저런 망나니 같은 놈을 낳은 거요!

이모

저게 처음부터 망나니었수. 멀쩡하게 대학 졸업하고, 사지 멀쩡한데 취업을 못하니까,

거 뭐냐?… 재크와 콩나무에 나오는 재크처럼 물건 훔칠 배짱도 없고,

그렇다고… 마녀 아들 체면에 백설 공주네 집 성벽 쌓는 일도 못하고…

청년

(마이크를 폼 나게 잡고)

오늘도 하루 종일 냉장고 속에서 잠들어 있었습니다.

춥고 고단하고 시린 잠을 자면서, 왜 나만 죽어라고 잠을 자야 하는가! 왜 나는 사지 육신 멀쩡한데, 춘복씨네 집에 그것도 냉장고에 얹혀살아야 하는가! 내가 자식인 걸 부정하는 애비와 마녀데도 내게 축복의 마법 한번 불러주지 않는 에미를 위해, 그리고 이 사회를 위해 내가 무엇을 해야 하는가!

(천사들을 껴안으며)

아가씨들 전화번호 좀 물어도 될까?

천사1, 2, 3

묻지 마! 묻지 마!

청년

그렇습니다. 묻지 마입니다!

저는 이제 냉장고 안에서 나와 이 뜨거운 가슴으로

세상을 모조리 다 불태워 버릴 겁니다!

이모부, 참지 못하고 이모의 빗자루를 빼앗아 들고 청년에게 달려든다.

청년을 마구 패는 이모부. 놀라 한구석으로 물러나는 천사들.

이모부

…더 괴물이 되기 전에… 뒈져라! 이 새끼야!

그게 젊은 놈이 할 소리냐! 뒈져! 뒈져버려!

청년

…아!…아!

소파 뒤로 도망가서 죽은 듯이 쓰러지는 청년.

이모부, 빗자루를 집어던지며.

이모부

젊은 놈이, 사지 멀쩡할 때 뭐라도 할 생각은 안 하고,

묻지 마! 하려면 묻고 해! 물을 용기도 없는 놈이!

이모

(쓰러진 청년을 보며)

야, 이놈아! 일어나.

이모부

당신이 자꾸 저 자식을 감싸고 도니까, 저 자식이 패륜아가 된 거 아니요!

296

이모

대체, 어디를 어떻게 때린 거예요!

마녀 빗자루로 잘못 맞으면 평생 다리병신이 되는 수가 있는데.

이모부

저 자식은 이미 빙신 아니요. 안 그러냐? 춘복아!

춘복

(시큰둥하게)

몰라요.

이모부

거봐, 정 많고 솔직한 춘복이도 모른다잖소. 틀렸다는 얘기요.

그 뭐냐, 선한 자가 와도 저 자식은 구원할 수 없다는 말이오.

이때, 우울하게 일어나는 청년.

청년

구원 따위는 바라지도 않아요. 선한 자가 오기 전에 결판을 볼 겁니다.

냉장고 안이 춥기만 한 줄 아십니까. 코가 썩어요. 가난 냄새 때문에 말입니다.

다리를 절뚝이며 냉장고 안으로 들어가는 청년.

사이

이모, 다시 빗자루질을 하며.

이모

(혀를 차며)

쯔쯧… 노래방 도우미도 아니고… 천사란 것들도 별거 아니네.

천사2

(이모에게)

혹, 그쪽이 춘복씨에게 마법을 건 거 아니에요?

동화를 보면 마녀들이 왕자한테 마법을 걸어서 왕자를 두꺼비나 흉측한 괴물로

만들고는 하잖아요.

천사3

그러고 보니까. 그렇네.

그쪽 마녀께서 마법을 걸었으니까 풀어주시면 되겠네요.

이모

왕자? 춘복이가 왕자란 소리요? 차라리 두꺼비를 왕자로 만들었다고 하지 그래.

(빗자루를 집어던지며)

그리고 이것들이 보자 보자 하니까, 나를 어떻게 보고… 난 말이우.

춘복을 통해 얻을 게 아무것도 없는 사람이우.

내가 이런 말까지 해야 하나…

이모부

해요. 누명을 벗으려면 치욕도 필요한 거요.

이모

…난, 난 빗자루 타는 짓밖에 못 해요.

백설공주를 죽이지 못했기 때문에 마녀협회에서 강퇴를 당했다우.

오죽하면 춘복이네 화장실에 세 들어 살겠소.

이모부

나도 같이 산다우. 아까 그놈은 말이요.

이모부, 냉장고 쪽으로 가서 냉장고 문을 연다.

몸을 웅크리고 자고 있는 청년.

이모부

이것 봐요… 이 빌어먹을 새끼는 이 냉장고 속에 산다우.

(청년에게) 안 나와 새끼야!

청년

(눈을 감은 채) 거, 잠 좀 잡시다.

이모부

당장 안 나와!

냉장고 속에서 청년을 끌어내려 하는 이모부.

완강히 버티는 청년.

이모부

나와!

청년

내 방에 들어오기만 해봐요!

이모

아니, 당신 왜 자꾸 애를 못 잡아먹어서 안달이유?

그들, 소란스럽게 옥신각신할 때,

천사1, 생각났다는 듯이, 서류철을 꺼내들며 춘복에게.

천사1

그건 그렇고, 여기다 사인 좀 해주세요.

저흰 분명히 왔다 간 거니까.

이모, 사인이라는 말에 얼른 천사1에게서 서류철을 빼앗아 읽으며,

이모

이거 뭐야?… 아니, 뭘 해준 게 있다고 사인까지 받는대?

천사2

(이모에게서 서류철을 빼앗으며)

그냥 다 형식적인 거예요.

저희도 위에 돌아가서 할 말은 있어야 하잖아요.

이모부, 냉장고 문을 신경질적으로 닫으며 천사2에게로 가서

서류철을 빼앗으며.

이모부

당신들 주민자치센터에서 나온 복지사들 맞지?

이거, 어디서 나를 속이려고 해.

당신들 저 애한테 나온 보조금 빼돌리려고 사인해 달라는 거 아니야!

(서류를 보며) 뭐야? 이거 영어로 돼 있잖아!

천사3, 이모부에게서 서류철을 빼앗으며,

천사3

저흰 천사라니까요! 엔젤! 영어도 모르면서! 이리 줘요!

이모

(생각이 났다는 듯이)

가만, 그게 어떤 동화였지? 가난한 아이한테 나온 보조금 빼돌린 동화가?

여기 어디에 있었는데… 요즘 세상은 알고도 당한다니까.

바닥에 흩어진 동화책들을 뒤적이는 이모.

춘복

(괴로운 듯)

제발, 모두 나가 주세요! 전 동화를 써야 해요.

시간이 얼마 없어요!

천사1

그래도, 우리 이렇게 춘복씨 덕분에 가난한 동네 구경도 하고.

천사2

(이모를 비웃으며)

백설공주에 나오는 마녀도 봤으니까.

천사3

(은밀하게)

뭐라도 해주자, 이거지?

천사1,2,3 다짜고짜 춘복을 화장실로 끌고 들어간다.

춘복

이거 봐요. 난 동화를 써야 한다니까요.

이모부

(구미를 당겨 하며)

아가씨들, 나한테도 좀 해주면 안 될까?

이모

(동화책으로 이모부의 등짝을 때리며)

뭘 해줘요? 뭘!

설마, 당신, 굴뚝 찾고 다닌다면서 예전처럼 또 계집들 찾아다니는 거 아니우?

이모부

(도망가며)

에이씨, 내가 말을 말아야지.

이모

(쫓아가며)

어딜 도망가요!

이때, 화장실 안에서 춘복의 옷을 벗기려는 천사들의 시끄러운 소리 들린다.

천사1

(목소리)

부끄러워하지 말아요!

춘복

(목소리)

제발, 전 동화를 써야 해요!

제4장

책상에 앉아 춘복의 공책을 읽고 있는 송자.

<공책 속 글들이 현실과 겹쳐 무대 위에서 구현된다>

화장실 안에서 들려오는 춘복과 천사들의 시끄러운 소리들.

춘복
(목소리)

간지러워요, 이거 놔요.

천사1
(목소리)

우리가 목욕시켜드리겠다니까요.

춘복
(목소리)

제발, 이러지 말아요.

천사2
(목소리)

어유, 이 냄새.

천사3
(짜증내며)

얼마나 목욕을 안 한 거예요. 까마귀가 따로 없네.

춘복
(억울하다)

아침에, 목욕했어요!

천사1
우리들 앞에서 거짓말하지 말아요.

글을 읽으며 동화 속 상황이 재밌다는 듯, 웃는 송자.

이때, 춘복 화장실에서 샤워를 끝내고 나온다.

<동화 장면은 사라지고 현실 장면만 무대 위에 구현된다>

송자, 얼른 공책을 책상 위에 내려놓는다.

춘복

난 도망가지 않아.

송자

나도 알어.

춘복

그런데 왜 지키고 있는 거야?

송자

상상하지 말라고.

춘복

뭘?

송자

도망가는 거.

춘복

송자씨는 너무 잔인하게 말해.

재밌지도 않고.

송자

난 네 엄마가 아니야.

춘복

엄마하고 난 이 방 안에 이렇게 항상 둘이 있었어.

지금은 우리 둘이 있으니까, 당신은 나의 송자씨야.

사이.

송자

둘이서 얼마나, 오래 이 집에서 살았던 거야?

춘복

옛날, 옛날 한 옛날부터…

춘복, 침대로 가 눕는다.

송자

…옛날 옛날 한 옛날…? 모든 동화는 다 그렇게 시작되지.

너하고 나하고 지금 이렇게 같이 있는 것도 나중엔 옛날 옛날 한 옛날이 되겠지.

다 지나간 일 말이야.

(체온계를 가방에서 꺼내 춘복에게로 가 춘복의 입에 물려준다)

네가 쓰는 글을 봤어.

화장실에 마녀 부부가 산다는 건 재밌기는 해.

우리 아들한테 들려주면 재밌어 할 거야.

우쭐한 춘복, 기분이 좋은지 사지를 뒤틀며 웃는다.

송자

웃지 마, 체온계 빠져.

춘복

가서 냉장고 문을 열어봐.

송자

?

춘복

열어봐.

송자

(어이없어 하며)

웃기지 마.

춘복

상상하지 말라고 그러는 거야.

송자

내가 뭘 상상하는데?

춘복

그건 송자씨가 더 잘 알잖아.

송자, 어처구니없어 하면서도 자신도 모르게 냉장고를 본다.

송자

너 말이야. 아니야. 좋아.

난 너하고 잘 지내고 싶어. 무슨 말인지 알지?

춘복

오케이.

송자, 냉장고 쪽으로 걸어간다. 잠시 주저하다가 송자, 냉장고 문을 연다.

냉장고 안엔 아무것도 없다. 송자, 자신의 행동이 어처구니없는지 피식 웃으며

냉장고 문을 닫는다.

춘복

봤어?

송자

봤어. 마녀의 백수 아들이 하얗게 성에를 뒤집어쓰고,

코를 골면서, 자고 있는데.

춘복

송자씨 눈에도 보이는구나.

송자

다시 말해두는데, 난 너하고 잘 지내고 싶어.

춘복

이틀 남았어.

송자

우린 이틀 동안 잘 지낼 거야.
그리고 난 떠나고 너는 계속 이곳에 있는 거야. 아무런 일도 없었던 듯
모두가 잊으면 돼.

춘복

내가 떠나고, 송자씨가 남는 거야.

송자

…? 좋아, 내가 남고 네가 떠나는 걸로 해.
그 대신 아무런 일도 없었던 듯 잊는 거야.

송자, 춘복의 입에서 체온계를 빼 눈금을 본다.

송자

내 아들이 너 때문에 산다면 넌 내 아들의 선한 자가 될 거야.
난 평생 널 그렇게 기억할 거고, 아니지, 난 그 기억마저 잊을 거야. 어쨌든, 그럼
넌 네가 원하는 해피엔딩의 동화를 쓰게 된 거야.

눈을 감고 잠이 드는 춘복.

사이.

송자, 춘복의 평온한 얼굴을 잠시 말없이 본다.
일순 조용해지는 방 안. 송자, 그 고요가 께름칙한지 방 안을 둘러본다.

송자, 일어나 춘복이가 틀었던 카세트라디오에서 테이프를 꺼내 본다.

송자

빙글빙글. 정말 오래된 노래네.
(춘복을 보며 실없이)
너와 나도 빙글빙글 돌다가 만난 건가?
(안쓰럽게) 그런데, 넌 무얼 위해 희생하는 거지?

카세트라디오에 다시 테이프를 넣고, 책상으로 가서 춘복의 동화를 읽는 송자.

<동화 장면>

이때, 냉장고 문을 열고 나오는 청년.
춘복의 동화를 읽고 있던 송자, 인기척에 놀라 청년을 본다.

송자

당신… 당신 누구죠…?

청년

춘복씨는 참 팔자도 좋아. 항상 여자들이 끊이질 않으니.

송자

당신, 지금 냉장고에서 나온 건가요?

청년

아까 냉장고 안을 들여다볼 때 봤잖아요. 잠깐 나왔어요.
하루 종일 냉장고 안에서 구부정하게 있었더니, 추운 건 둘째치고라도 허리가
결려서… (국민체조를 한다)…하낫, 둘…

이 상황을 어떻게 받아들여야 할지 어리둥절해 하는 송자.

청년

…그건 그렇고, 아줌마가, 춘복씨 장기 떼러 온 분이에요. 그렇게 안 보이는데…
춘복씨가 말은 안 해도… 전, 저 안에서 다 듣고 있거든요.

놀란 송자, 어머머거리며 잠든 춘복을 흔들어 깨운다.
죽은 듯이 잠들어 있는 춘복.

청년

(송자를 보며)

춘복이라고 불러 봐요. 사람을 깨우는 데 어머머가 뭐야.
이름 좀 불러주면 얼마나 좋아. 오랜만에 집구석이 조용하니 좋네.
제가 무서워요? 사람 장기 떼어가는 사람보다 무서울까. 아까 글 읽었잖아요.
저, 냉장고 속에 사는 청년이 접니다.

송자

지금, 그걸 나한테 믿으라구.

청년

속고만 사셨나? 그리고 왜 초면에 반말이에요. 안에서 들으니까,
춘복씨한테도 처음부터 그냥 말 까대고…
돈이면 다 되는 세상 같죠. 지들끼리 돈으로 남의 장기 사고팔고…
하긴, 옛날 동화들이 다 그로테스크하고 그래요… 발목을 톱으로 썰고,
산 사람을 젓갈로 담그고 불에 구워먹고… 그러고 보면 옛날 어린애들은
참 담력도 좋았던 것 같아요.
요즘 애들은 너무 나약해요. 부족한 게 없어서 그런가? 춘복씨요,
달수 그 자식한테, 아니다, 뭐… 동화가 다 그렇지, 주인공들이 억울하게
누명 쓰고, 사기 당하고,
이런 얘기까지 내가 해야 되나. 무슨 말인지 아시죠? 석유통이 어딨더라…

청년, 석유통을 찾으려고 밖으로 나가려다가,

청년

아줌마한테도 냉장고 냄새 나요! 뭐든 적당해야 냄새가 안 나는 법인데…

그리고 춘복이라고 좀 불러줘요. 다정하니 얼마나 좋아.

(과장되고 다정하게) 춘복아.

밖으로 나가는 청년.

이 상황을 어떻게 받아들여야 하는지 얼떨떨해 하던 송자, 얼른, 책상으로

돌아가 공책을 다시 읽는다.

송자

이걸, 나한테 믿으라고…

이때, 춘복이 잠꼬대처럼 소리를 지른다.

춘복

…난 키스만 했어. 키스만 했다고!

<다시, 현실로 구현되는 무대>

춘복의 동화를 읽고 있던 송자, 춘복을 본다.

춘복, 잠에서 깬다.

송자

…괜찮아?

공책을 들고 춘복 쪽으로 가는 송자.

송자

(공책을 춘복에게 보여주며)

이거 말이야… 여기, 여기서 송자가 나지?

춘복

(웃으며)

송자씨도 이제 내 동화 속으로 들어온 거야.

송자

?

침대에서 일어나 화장실로 들어가는 춘복.

송자

(화장실 안에 대고)

…이런 글은 동화가 아니야. 말해두지만 난 너하고 잘 지내고 싶어.

춘복

(목소리)

나하고 잘 지내려면 송자씨도 다 봐야 해.

송자

뭘?

춘복

(목소리)

모든 것, 이 성탑 안에 갇혀 있는 모든 것.

송자

여긴 성탑이 아니라 옥탑이야!

춘복

(목소리)

…난 키스만 했다고…

송자

…?

춘복

(목소리)

…마법을 풀어야 하니까…난 키스만 했다고.

송자

…?(공책을 뒤적이며)

그래, 넌 키스만 했단 말이지.

송자, 공책의 어떤 부분을 찾아 읽는다.

송자

뇌성마비 환자인 영희가 춘복의 집에 놀러 왔다.

춘복이는 방바닥에 어지럽게 널려 있는 동화책들을 주워들며 말한다.

숙녀분이 왔는데, 어질러져서 미안.

영희가 얼굴을 붉히며 부끄럽게 말한다.

괜… 찮아요, 춘복씨.

(춘복의 어눌한 말투를 흉내 내며)

앉아.

(영희의 말투도 흉내 내며)

전… 춘복씨를… 믿어요.

<송자는 춘복의 동화를 읽고 무대는 송자가 읽는 동화로 구현된다>

춘복, 화장실에서 나오고 달수의 여동생 영희가 공주 옷을 입고 방 안으로 걸어
들어온다.

영희는 누가 봐도 뇌성마비 환자다.

<현실의 송자는, 글을 읽듯이 동화로 구현되는 그들을 본다>

춘복

(바닥에서 동화책을 주워들며)

숙녀분이 왔는데, 어질러져서 미안.

영희

괜… 찮아요, 춘복씨.

춘복

(소파를 가리키며)

앉아.

소파에 앉는 두 사람. 어색한 침묵.

영희

전… 춘복씨를… 믿어요.

춘복

(수줍게 웃으며)

나도, 영희를 믿어.

영희

(바닥에서 동화책을 주워들며)

동화책이네… 동화책에 나오는 사람들은 다 착해요.

춘복

나쁜 사람들도 많은데… 그 사람들이 있어야…

영희

그건 나쁜 측에도 안 속해요. 그냥 귀엽다 싶지.

춘복

하긴 그래.

영희

그래도 마녀가 부리는 마법은 무서워.

춘복, 일어나서 카세트라디오 쪽으로 걸어간다.

춘복

난 이 카세트라디오에서 세상을 다 배웠어.

하루 종일 집 안에 갇혀 있어도, 이 카세트라디오만 켜면

난 세상이 어떻게 돌아가는지 다 알어, 우리 엄마도 그랬어.

영희

(웃으며)

나도 그런데.

춘복

노래 부르자. 부르고 싶다고 했잖아.

영희

그냥 한 소린데…

춘복

우리 집에 오면 다들 불러야 해.

영희

춘복씨,… 엄마가 좋아하던 노래요…?

춘복

(가수 나미의 '빙글빙글'을 부른다)

"그저 바라만 보고 있지…그저 눈치만 보고 있지. 늘 속삭이면서도 사랑한다는

그 말을 못해…"

내가 어릴 적에…엄마는 소변도 못 누시고…몸은 띵띵 붓고…

점점 몸이 거대해지시더니 빵 터져버리셨어.

영희

(웃으면서)

…웃긴다. 사람이 어떻게 터져.

춘복도 따라 웃는다.

314

영희

웃으면 안 되는데…

춘복

괜찮아. 이미 웃었잖아.

영희, 춘복에게 걸어간다.

춘복, 카세트라디오를 켠다. 나미의 '빙글빙글'이 흘러나온다.

춘복과 영희 따라 부른다.

그러다가 서로 쳐다보며 마구 웃는다. 소리 잦아들면.

춘복

내가 너의 왕자였으면 좋겠어.

영희

내가 당신의 공주였으면 좋겠어요.

춘복

내가 마법을 풀어줄게.

영희

나도 마법을 풀어줄게.

춘복, 손을 들어 주문을 왼다. "라다니허조으니라…"

영희를 향해 마법을 쏘는 시늉을 한다.

춘복

풀려라!

그러나 영희는 그대로다.

영희

같이해요.

영희도, 주문을 외고 춘복처럼 쏘는 시늉을 한다.

영희

풀려라!

그러나, 풀리지 않는 마법.

그들, 계속 주문을 왼다. 지쳐가는 그들.

주저앉아 흐느끼는 영희, 춘복도 주저앉아 훌쩍인다.

영희

난 틀렸나 봐요.

춘복

아니야, 내가 영희의 왕자가 아니라서 그래.

영희

난 공주가 아니에요. 난 괴물이에요.

춘복, 영희를 안아준다. 그리고 영희의 입술에 조심스럽게 키스를 한다.

사이.

떨어지는 그들.

다시 서럽게 우는 영희.

영희

키스로도 안 되잖아요.

난 마법에 걸려서 이렇게 된 게 아니고 원래부터 괴물이었던 거야.

춘복

내가 기도를 할게, 우리들에게 선한 자가 찾아오도록.

그가 오면 우리들의 마법을 풀어줄 거야.

영희

선한 자가 왜 우리를 찾아와요. 우린 착한 일도 안 했는데….

춘복

이렇게 사는 게 착하게 사는 거야.

고통 속에서, 간절히 바라면서, 울면서 사는 게 착하게 사는 거야.

동화 속 주인공들은 다 그래.

서로 껴안는다.

<동화로 구현됐던 무대는 사라지고 현실 무대가 된다>

춘복과 영희의 동화 장면을 읽고 멍하니, 한동안 굳어 있는 송자.

이때, 춘복 화장실에서 나온다.

춘복

나는 키스만 했어.

송자

(감정을 털어내듯이)

알고 싶지 않아.

춘복

영희 얘기야.

송자

알고 싶지 않다고!

춘복

들어! 송자씨도 들어야 해. 그래야, 송자씨도 동화를 쓰지.

송자

…? 대체, 그게 무슨 말이야?

춘복

이틀 뒤부턴 송자씨도 동화를 쓸 거야.

송자

송자씨라고 부르지 마!

춘복

이 집에 같이 있으면 당신은 송자씨야.

그리고 내 공책에 써진 많은 걸 인정하게 될 거야.

송자

내가 왜 네 글을 읽었는지 알어?

춘복

(마치 글을 쓰듯 말한다)

이 모든 일들이 다 끝나면 어두워질 거야.

눈이 있는데도 깜깜하게 어두워지면서 가슴을 쥐어뜯으며 울부짖을 거야.

그러나 걱정 마, 선한 자가 찾아 올 테니까.

송자

(두려움을 느끼며)

당장이라도 해야겠어.

송자, 소파로 가서 가방에서 휴대폰을 찾아 전화를 건다.

통화가 되질 않는다.

춘복

난 시간이 필요해!

송자

(울컥하며)

…

이런 말도 안 되는 곳에서,

내가 왜, 말도 안 되는 네 얘기를 듣고 있어야 하는데…

춘복

그럼, 가.

난 도망가지 않으니까.

송자, 다시 전화를 건다.

송자

…난 너하고 채 하루도 같이 있지 않았지만, 내가 오물을

뒤집어쓰고 있는 거 같아.

통화가 되질 않는다.

휴대폰을 집어던지며 억제할 수 없는 감정에 휩싸이는 송자.

<송자의 내면이 현실과 뒤섞이면서 무대에 구현된다>

송자

…넌 자꾸 내 안에서 뭔가를 뒤틀리게 해.

(서서히 사지가 뒤틀리며 바닥에 쓰러지며)

넌, 세상 사람들이 다 이렇게 되길 바라는 거야.

(바닥을 엎드려) 이렇게 벌레처럼 뒤틀린 채 침을 질질 흘리며,

구원을 빌기를 원하는 거지.

넌, 모두가 흉측하다는 것을 인정하고 구원을 빌기를 원해.

네가 쓰고 있는 동화엔 동화가 없어! 눈곱만큼도 없어! 너는 동화가 뭔지 몰라.

단 한 번도 동화를 느껴본 적이 없으니까! 아니면 넌 혼자 세상의 모든

죄를 다 짊어지고 피를 흘리면서 우월감을 느끼는 거지. 우리 모두를 천박하게

보면서, 너는 우리 모두를 모독하고 있는 거야!

네가 원하는 선한 자는 바로 너야. 넌 선한 자가 되고 싶어 하지.

그러니까 선한 자가 오지 않는 거야. 바로 너니까! 넌 거짓말하고 있어!

모두를 속이고 있는 거야!

넌 네 엄마와 너를 버린 세상을 속이고 있는 거야.

똑바로 서봐. 똑바로 말하고! 네 모습에서 흉측한 우리들의 얼굴을 보게 하지마!

춘복

딩동댕!

춘복, 뒤틀어지고 일그러진 사지와 얼굴을 펴며 정상인처럼 변한다.

바닥에 누워 벌레처럼 꿈틀대고 있는 송자를, 내려다보며 춘복.

춘복

송자씨는… 이걸 원하나? 아니 박수미씨…

당신은 내가 이렇게 되길 원하나? 똑바로 서고, 똑바로 말하고,

이런 내 모습을 통해서 당신은 당신이 죄를 짓고 있지 않았다고 생각하나.

흉측하게 일그러진 얼굴로 침을 질질 흘리며 흐느끼는 송자.

송자

아이의 신장이… 다 녹아내려서… 하루에도 몇 번씩… 투석을 하는데…

아이가… 띵띵 부은… 몸으로 비명을 지르며… 혼절할 때마다…

난 귀를 틀어막고… 그 옆에서… 기도를 했어. 내가 해줄 건… 아무것도

없었으니까.

선하다는… 모든 신들을 찾아… 기도를 했지. 저 아이에게… 걸린

마법을 풀어주세요.

마법을… 건 자 따위는… 용서하고 잊어버릴 테니까… 제발…

저 고통으로부터…

아이를 풀어주세요… 아니, 아니! (일어나며) 난 죽여 버릴 거야!

갈기갈기 찢어발길 거야!

사이.

자신도 모르게 터져 나온 행동에 한동안 말을 잇지 못하고 멍하니 서 있는 송자.

춘복

(책상에 앉으며)

난 동화를 써야 해.

사이.

송자

(소파로 가서 괴로운 듯 몸을 웅크리며)

…이틀 뒤면 넌 선한 자가 되는 거야. 그리고 마법으로부터 풀려날 거야.

내 아이도 풀려날 거야. 그리고 난 마법에 걸릴 거야.

돈으로 남의 장기를 산 죄의식으로 평생을 고통스러워하겠지.

추악하게 늙어가면서 죄의식에 떨면서…

네가 용서하든 용서하지 않던 간에 난 이번 일로 평생을 고통스러워할 거야.

춘복

그럼, 송자씨도 동화를 써. 그리고 선한 자를 기다리는 거야.

송자

(혼잣말처럼)

넌 알고 있어. 이 모든 게 아무런 뜻도 없다는 걸.

이 모든 고통은 선한 자가 준거야.

이 고통에서 우릴 구원해줄 이도 선한 자뿐이야.

널 마법에 걸리게 한 이도 선한 자야!

넌 그걸 알고 있는 거야! 넌 알고 있어. 이 모든 건 우리와 상관없는 일이야.

아무런 뜻도 없어.

제5장

<동화 장면>

춘복, 책상에 앉아 글을 쓰고 있다.
이모와 이모부가 검은남자를 데리고 들어온다. 검은남자는 검은 옷을 입었다.

이모

저 아이예요. 보기엔 저렇게 순해 보여도
극악스러운 데가 있으니까 조심하는 게 좋을 거예요.

검은남자, 집안을 둘러본다.

이모부

어떻게 굴뚝을 찾을 수 있겠어요?

검은남자

문제는 굴뚝이 아니라, 불이 아닙니까? 불은 어떻게 피울 생각이십니까?

이모

(이모부에게)

당신은 지금 굴뚝이 중요해요! 내가 다시 마녀의 권능을 얻느냐 얻지
못하느냐가 중요하지. (검은남자에게) 제가, 다시 마녀의 권능을 얻을 수 있겠는
지요?

천사년들한테 무시를 당한 뒤론 밤에 잠이 안 와요.

검은남자

(춘복을 보며)

저 친구가 춘복입니까?

이모

(춘복에게)

야! 춘복아! 여기 손님 오셨다. 너를 마법에서 풀어주실 분이야.

322

춘복

(쳐다보지도 않으며)

그런 분은 쉽게 오시지 않는답니다.

검은남자

(춘복에게)

그럼, 그런 분은 어떻게 와야 합니까?

춘복

(검은남자를 본다)

고통과 울부짖음의 기도 속에서 오셔야 해요.

전 지금 동화를 쓰고 있거든요. 고통과 울부짖음을 잠시 밀어둔 상태라서.

검은남자

그렇담, 그분이 오실 시간과 상태와 방법을 알고 계시다는 건데.

춘복

보기보단 꽤 논리적이군요. 그분은 감성적인 분일 거예요.

검은남자

그분에 대해 잘 아시는군요.

춘복

항상 생각하니까요.

검은남자

생각으로 본질을 놓치셨군요.

이모

(검은남자에게)

제가 듣기에도 말씀이 좀 어려운 거 같은데…

저 애는 그냥 다그치고 때리고 윽박지르면 쉽게 통하는데…

이모부

여자인 당신이 남자들 세계에 대해 뭘 안다고 끼어드는 거요.

남자들은 으레 첫 대면 때부터 약간의 기싸움을 하는 거요.

(검은남자에게) 굴뚝을 찾을 수 있을까요?

검은남자

(이모부에게)

저 친구의 콩팥을 가져가는 걸로 하죠.

춘복

내 콩팥을 누구 마음대로 가져간다는 거예요?

검은남자, 느긋하게 소파에 앉는다.

이모, 얼른 눈치를 보며 춘복에게.

이모

그렇게 됐다. 이분이 그냥은 마법에서 널 풀어주지 않겠다는구나.

대가가 필요하대.

주고받고…서로 손해 안 보고.

이모와 이모부가 춘복 쪽으로 걸어가면

춘복, 얼른 도망간다.

춘복

싫어요. 저 사람이 아닐 거예요.

검은남자

내가 아니라도 또 누군가는 올 텐데… 그때도 춘복이는 아니라고 할 테지.

바라던 그것이 왔는데…

생각과는 전혀 다른 모습에 전혀 다른 감성의 소유자기 때문이지…

모든 것이 다 춘복이 생각 속에 있다는 말인데….

춘복

최소한 검은 옷은 아니에요.

이모

(이모부에게)

붙잡아요!

이모부, 춘복을 붙잡는다. 사지를 뒤틀며 몸부림치는 춘복.
이모, 춘복의 얼굴을 손으로 우악스럽게 쓸어내며.

이모

저분이 너의 얼굴을 펴 준다고 하잖니. 그 대가로 신장을 달라는 소린데.
신장은 두 개니까 하나쯤은 상관없잖아.

이모부

사내란 쉽게 받아들일 수 없는 일들을 쉽게 받아들여야 하는 것이다.
의연하고 담담하게 받아들여!

춘복

(무릎을 꿇으며)

이 춘복은 무한한 고통 속에서…

검은남자

나는 자네의 기도를 항상 듣고 있었지. 자네의 뒤편에서 말이야.
자네는 내가 멀리 있었을 거라 생각했겠지만
우리들은 항상 모든 이들의 뒤편에 있다네.

이모

저 봐라. 저분의 여유. 넌 마치 주사기 앞에 어린아이처럼 응석을 떨고 있는데
저분은 의사 선생님처럼 여유가 넘치시잖니. 저런 분을 뭘 더 의심하니.

검은남자, 춘복에게 걸어간다.

춘복

좋아요. 그럼, 이모는 저분을 어디서 만나셨죠?

이모

불난 그곳에서 만났다. 그곳 위를 지나가다가 저분을 만났지.

시커멓게 탄 재 속에서 저분이 걸어 나오셨어.

(검은남자에게) 참, 근데 그곳에서 뭘 찾고 계셨던 거예요?

검은남자

동료를 찾고 있었소. 우리들은 하나가 아니라 여럿이면서 또한

수천 수만도 되고

그리고 하나도 되고. 동료가 그곳에서 불에 타 숨졌소.

그들의 기도를 들어주려고 그들의 뒤편에 있다가 그리 되었소.

이모부

희생이란 거군요.

이모

우리 마녀들은 꿈도 못 꿀 얘기들이네요.

검은남자, 이모와 이모부에게 사지가 붙들린 춘복의 머리통에 손을 얹는다.

검은남자

내가 너의 신장이 필요한 이유는

그 신장이 다른 누군가의 마법을 풀어줄 아주 긴요한 물건이 되기 때문이란다.

그 대가로 난 너의 마법을 풀어줄 거야.

이모

우리들의 소원도 들어주실 거고.

춘복

그가 누군가요?

검은남자

네가 알 필요도 알아서 좋을 것도 없다.

세상은 여기에서 저기로 자리를 옮기는 일에 불과하지.

그 자리를 아주 잘 옮겼을 때 우리는 그것을 기적이라 부른단다.

춘복

당신이, 정말 제가 그토록 찾던 선한 자인가요?

검은남자

내가 선한 자인지는 나도 모르겠지만 분명한 건 항상 너의 뒤편에 내가 있었다.

춘복

그럼 왜 지금 나타나신 거죠?

이 춘복이 그토록 울부짖을 때는 안 나타나시다가…

검은남자

너의 무한한 고통 속에서 너의 운명을 보여주기 위해서였단다.

이모

다 너 좋으라고 하신 일이라잖니.

참고로 말하면 절대 오시지 않겠다고 하시는 분을 내가 손이 발이 되도록

빌어서 모셔왔다는 거 아니냐.

춘복

(사지를 뒤틀며) 싫어요. 이렇게는 싫어요.

이모부

나도 싫다! 네놈이 이러는 게 나도 싫어!

검은남자, 검은 장갑을 꺼내 낀다.

검은남자

너에겐 선택이란 없단다… 마지막은 최초와 같아지는 법이니까.

어차피 나는 오늘 여기에 왔고 나는 나의 법대로 할 것이다.

춘복, 이모와 이모부를 뿌리치고 도망간다.

이모부

저 빌어먹을 자식! 이게 다 널 위한 일이라고 하잖아!

춘복

마리아, 왜 당신은 나를 버리는 거죠.

이모

날 마리아라고 부르지 말라고 그랬지.

이모부

너 정말 선한 자님을 악한 자로 만들래!

춘복

저분은 그때도 오셨어요!

이모

(놀라 검은남자를 보며)

저 아이가 대체 무슨 말을 하는 건가요?

검은남자

(어리둥절해하며) 그럴 리가?

내가 여기를 왔었단 말이냐?

춘복

그때도 똑같은 소리를 하셨잖아요!

이모부

(검은남자에게)

여기 한번 오셨수?

이모

왜 난 기억이 없지.

검은남자

(춘복에게)

넌 지금 나를 피하려는 거야.

기다렸던 결정적인 순간이 오면 사람들은 그 반대의 행동을 한단다.

너무나 보고 싶은 애인을 오랫동안 기다리면서… 애인의 뺨을 때리고 싶은

마음이랄까.

이모부

(동조하며)

그건 그래요, 저도 항상 저 여편네를 때리고 싶다우.

이모

누군 안 그런지 아우.

춘복, 윗옷을 벗는다. 잘 벗겨지지 않는 옷. 춘복, 바닥에 넘어진다.
끙끙대며 윗옷을 벗는 춘복. 마치, 옷과 사투를 벌이는 장면처럼 보인다.

이모부

한심한 자식, 옷 하나 제대로 못 벗다니.

(이모에게) 당신이 좀 도와줘요. 이모란 사람이 보고만 있을 거야?

이모

자꾸 혼자 해 버릇해야 해요.

검은남자

많은 곳을 다녀봤지만, 이곳처럼 인간적인 곳은 처음입니다.

인간의 한계를 상징적이고 은유적으로 표현하고 있다 할까요.

옷이 목에 걸려 끙끙대는 춘복.

검은남자, 춘복에게 다가간다. 이때, 검은남자 춘복의 배 쪽에 난

긴 흉터를 본다.

검은남자

(이모를 보며)

저 흉터는 뭡니까?

이모

(춘복의 흉터를 보며) 그러게요?

(이모부에게) 당신은 아우?

이모부

(황당하다는 듯)

아니, 내가 그걸 어떻게 알겠수. 내가 낳은 자식 놈도 아닌데.

춘복, 옷을 벗어던진다.

춘복

(흉터를 가리키며) 당신이 이렇게 했잖아요.

검은남자

(기억났다는 듯)

아, 그래. 기억나는구나. 내가 그때 그랬지.

너의 한쪽 콩팥을 소변도 못 보시는 너희 엄마에게 떼어주면,

너와 너의 엄마는 영원히 마법에서 풀릴 거라, 내가 예언했지.

이모부

(검은남자를 보며)

근데, 안 풀렸잖소.

이모

이게 뭔 일이래?

춘복

이제 그만, 가세요. 당신은 내가 기다리는 선한 자 아니에요.

춘복, 다시 윗옷을 입고, 책상으로 돌아가 글을 쓴다.

검은남자

(무안해하며 이모부에게)

제가 너무나 많은 사람들에게 구원을 주고 다니다 보니까,

헷갈리기도 하고…

이모

그러시겠죠. 우리들 마녀들도 사람 잘못 보고 막 저주 걸고 그럴 때 있어요. 나중

그 사람이 아니면 미안하고 그러기도 한데… 절대 인정 안 합니다.

권위 같은 거죠.

이모부

이 여편네가, 지금, 그런 얘기가 아니잖아!

검은남자, 무안한지, 그냥 가려고 한다.

이모부

아니, 그냥 가시려구요?

검은남자

그럼, 저 아이의 마법을 풀어주기 위해 콩팥이 하나뿐인 저 아이를
죽음으로 내몰 수는 없지 않습니까.

제6장

춘복의 윗옷을 강제로 벗기고 있는 송자.

송자

손, 치워봐! 어서, 손 치워!

춘복

놔!

송자

네 엄마한테 줬다는 게 무슨 말이야!

손 치워!

송자가 춘복의 윗옷을 강제로 벗기면 춘복의 배 한쪽에 길게 난
흉터가 드러난다.

송자

(놀라며)

너, 이거 뭐야? 이거 뭐냐고!

춘복

이거 놔!

송자

개새끼! 너 대체 나한테 지금 무슨 짓을 하고 있는 거야!

이 흉터 뭐야!

춘복

그냥 흉터야.

송자

그냥 흉터가 어딨어! 너 장난칠 생각 하지 마.

이건 내 아들의 목숨이 달린 일이란 말이야!

춘복

아무 문제없어.

넌 그냥 내 콩팥을 사면 돼!

송자

(절망하며)

너… 너 한 개뿐이지?

춘복

한 개면 어때.

송자

한 개구나.

다리가 풀리며 소파에 주저앉는 송자.

암전.

밝아지면.

달수, 발가벗은 채 속옷만 입고 있는 춘복을 패고 있다.

달수

넌 사람 새끼도 아니야! 뒈져! 뒈져버려!

이 구질구질한 집구석 그냥 확 불질러버리던지 해야지… .

밖으로 나가 석유통을 찾아들고 들어오는 달수.

방 안에 기름을 뿌리며.

달수

니미, 춘복씨 때문에 우린 다 죽는 거예요.

괴로운 듯 머리를 감싸 안고 소파에 앉아 있던 송자.

송자

그만둬! 그런다고 지금 문제가 해결되는 건 아니잖아.

달수

(송자를 보며)

내가 지금 문제를 해결하려고 이러는지 아슈.

송자

(비명을 지른다)

아아아!… 그만둬!

달수

(춘복에게)

너, 이 새끼, 이제 어떻게 할 거야?

송자

(달수에게)

내가 당신한테 묻고 싶어. 이제 어떻게 할 거야?

달수

(춘복에게 석유통을 집어던지며)

야, 개새끼야, 어떻게 할 거냐고?

송자

당신 몰랐어?

달수

니미, 내가 자매님한테 사기라도 쳤단 말이오.

내가 저 새끼 콩팥이 한 갠지 두 갠지 어떻게 알아요. 사람이면 다 두 개지.

…저 자식이 지 엄마한테 콩팥 떼줬을 거란 걸…

(억울하다는 듯이) 그걸 내가 어떻게 알아요. 내가 저 새끼 식구도 아닌데…

춘복, 일어나며.

춘복

달수씨는 예전엔 안 그랬는데….

달수

개새끼야 그만해!

춘복

(책상으로 걸어가며)

난 동화를 써야 해.

달수, 얼른 책상 위의 공책을 집어 들고 찢어버린다.

달수

이런 사이코 같은 글이나 써대니까, 네가 세상 개념 파악을 못 하는 거야!

춘복

괜찮아.

달수

뭐?

춘복

괜찮다고, 이젠 그거 없이도 다들 내 동화 속으로 들어왔으니까.

달수

(찢어진 공책을 집어던지며)

이 빙신 새끼가 지금 뭐라고 그러는 거야.

송자

(참지 못하고 소리 지른다)

야, 이 개새끼들아! 내 아들이 죽어가고 있단 말이야!

이젠 어떻게 할 거야!

(흐느끼며 운다)

달수

(난감하다는 듯이)

…돈은 못 돌려줘요. 이미 썼거든요.

(춘복을 보며)

개를 위해 썼어. 너도 바랐던 일이잖아!

송자

(달수를 보며) 당신들 나한테 사기 친 거지? 둘이 짜고 이러는 거지?

달수

(어이없어 하며)

자매님도… 아니, 내가 같이 사기 칠 사람이 없어서 저런 찐따하고 사기를 쳐요.

춘복

(혼잣말처럼)

내가 그래서 그랬잖아. 내 뺨을 때려달라고.

송자, 일어나서 춘복에게로 걸어가 춘복의 뺨을 마구 후려친다.

마구 후려치는 송자.

송자

죽어! 죽어!

지켜보다가 송자를 말리는 달수.

달수

이러지 마세요. 죽이면 돈이 됩니까, 밥이 됩니까….

살려서 방법을 찾아봐야죠.

춘복에게 떨어지는 송자.

춘복

(우울하게)

전 애벌레예요.

주름이 쭈글쭈글하고 온몸이 뒤틀린 애벌레예요.

송자

내 아들 어떻게 할 거야!

춘복

이제 선한 자가 올 거야.

달수

뭔 소리야? 이 변태 새끼야.

춘복

전화해요. 난 준비됐으니까.

달수

저 새끼 지금 무슨 말을 하는 거야…?

송자

(춘복에게)

너, 지금 미쳤어!

춘복

누가 미쳐요? 전화할 송자씨가 미쳐요. 아니면…

송자

말장난 하지 마!

달수

저 새끼, 저건 사람 새끼도 아니야.

춘복

(찢어진 공책을 바닥에서 주워들며)

난 동화를 끝내야 해.

달수

옷이나 입고 끝내, 새끼야!

춘복, 카세트라디오를 켠다.

제7장

<동화 장면>

청년, 석유통을 들고 있고, 현관문을 막고 서 있는 이모부와 이모.
속옷만 입은 춘복은 괴로운 듯 책상에 앉아 있다.

이모부
(청년에게)
너, 그거 내려놓지 못해!

청년
니미, 가까이 오기만 해봐요. 확 질러버릴 테니까. (국민체조를 한다) 하낫, 둘…

이모
아이고, 마녀 팔자에 이게 무슨 일이래.

춘복
(찢어진 공책에 글을 쓰며)
좀 조용히 좀 하세요. 이제, 곧 끝나요. 제가 바라던 해피엔딩은 아니지만.
어쩌겠어요. 우리 사는 게 다 그렇죠.

이모부
(춘복에게)
너는 옷이나 처 입어! 젊은 것들이 하나같이…
(청년에게) 너 대체 원하는 게 뭐야!

청년
다 불 질러버릴 거예요! 그러니까 나 막지 말아요.

이모부
이 망나니 같은 자식아,
어느 부모가 자식이 다 불 질러버린다고 하는데 막지 않을 부모가 어딨어!

청년

내가 왜 당신 자식입니까?

이모부

너 또 정액 얘기냐?

이모

넌, 저 양반 자식 맞아.

너 정말 이 엄마가 마리안지 알아? 난 마녀야. 음탕한 마녀.

남자 없이 단 하루도 못 사는 마녀!

이모부

(놀래며)

당신, 정말 그래?

이모

그럼, 어째요? 저 자식이 이런 말을 바라는데.

청년

더 이상 이렇겐 못 살아요. 의연하게 거사를 치르게 해주세요.

냉장고 안에 사는 대한민국 모든 청년들을 위해 결정한 일입니다.

이모부

네가 왜 결정해! 하필 네가 왜 결정하냐고!

청년

사명감이랄까요, 의무감이라고도 해도 되겠네요. 내게 누군가 고통을 줬다면

그건 내게 사명감과 의무감을 독려하는 일입니다.

이모

독려?

그게 뭔 말이야?

춘복

부채질한다는 소리예요.

이모

아이구, 남편은 허구한 날 굴뚝만 찾고 다니고, 아들놈은 불만 싸질러버린다고

하더니….

서로, 부채질을 했구만! 부채질을 했어.

청년

저리, 비키세요!

이젠 숭고한 시간이 기다리고 있습니다.

어머니가, 아버지가 건 이 시대의 불행한 마법을 제가 풀어 버릴 숭고한 시간이
왔습니다.

저는 그것 때문에 냉장고 안에서 괴롭고, 외롭고, 슬펐던 겁니다.

이모부

저 새끼, 저거, 이젠 자기 합리화는 거 봐라.

춘복아, 너 듣고 있을 거야!

저 자식이 우리가 무슨 마법을 걸었다고 저러는 거냐?

이모

우리가 걸었는지도 모르죠. 기억이 안 날 뿐이지.

이모부

춘복이 너 정말 이 말도 안 되는 얘길 계속 쓸 거야!

선한 자가 이런 걸 보고 싶겠어!

청년

제가 선한 잡니다! 누구도 저한테 선한 자가 되어주지 않으니까, 제가 선한 자
될 겁니다!

이모부

이런 빌어먹을 새끼야. 내 사명감은 어떻게 하고, 내 의무감은?

내가 굴뚝 찾으면 해. 그전엔 안 돼!

이때, 검은남자가 다시 방 안으로 들어온다.

검은남자

그거 내려놓게. 난 이제 불이라면 지긋지긋해.

청년

당신 뭐야?

검은남자

춘복이 그토록 기다리던 선한 자일 수도 있지.

춘복

당신은 아니라고 했잖아요.

이모

그러게, 왜 다시 왔수?

이모부

(타박하듯이) 당신도 사람 무안하게.

(검은남자에게) 그래 어찌 다시 오셨소? 보시다시피 지금 상황이 좀 그래요.

검은남자

돌아가는 길에 곰곰이 생각해보니까. 내가 이곳에 온 적이 있더군요.

춘복의 콩팥을 뗀 적도 있고.

이모부

그건 다 얘기 했잖습니까.

검은남자

춘복이는 선한 자를 기다린다고 했지. 춘복이에게 걸린 마법을

풀어줄 자 말이다.

춘복

그래요. 근데 당신은 그분이 아니에요.

검은남자

상관없다. 내가 선한 자든지, 아니든지.

문제는 너에게 걸린 마법만 풀어주면 되는 거 아니겠니?

청년

우리 춘복씨는 참 복도 많아. 어떻게 꼬여도 항상 사기꾼 같은 인간들이

꼬이는지.

(검은남자에게)

비켜요. 거사를 진행해야 하니까.

검은남자

이곳에서 하게.

청년

뭐요?

검은남자

말씀드리자면 이렇습니다. 춘복은 영원히 마법에서 풀려나는 것이고, 저는
춘복의 콩팥을 떼어가는 것이고, (이모부를 가리키며) 아버님은 굴뚝을
찾는 것이며, 굴뚝을 찾았으니까, 아들 되시는 분이 불을 지르면 될 것이고…
제 말은 이렇습니다.

사이.

이모부

그거 말 되네.

청년

저야 뭐, 이 집구석부터 불 지른다면, 동의합니다! 서울에서 가장 높은 곳에
있고, 불이 피어오르면 봉화 같겠네요. 사방에서 불이 피어오르겠지요.
(흐뭇하게) 가장 높고 가난한 동네부터 말입니다.

이모부

(새삼스럽게)

그러고 보니, 이 집이 굴뚝 같기도 하군요. 더럽고 시꺼멓고, 높고.

이모

(검은남자에게)

그럼 저는 뭘 얻죠?

검은남자

다시 마녀의 권능을 드리죠.

이모

실례가 되지 않는다면 어떻게요?

검은남자

(윗옷 안에서 조그만 빗자루를 꺼내 이모에게 건네주며)

이것으로 다 불타버린 이 옥탑방을 청소하세요. 그럼 이 빗자루가 점점

크게 자라, 다시 착한 사람들에게 악한 마법을 걸, 권능을 줄 겁니다.

이모

(감격해하며)

춘복아!

드디어 왔다! 네가 말하던 선한 자가 왔다!

청년

니미, 내가 볼 땐 검댕이 같은데…

이모

입 닥쳐, 이놈아!

검은남자

(춘복에게)

춘복이만 결정하면 될 것 같은데, 춘복이는 어떻게 할 테지?

이모부

당연히 하겠죠.

이모

그래도 그게, 저놈이 지 엄마한테 콩팥을 하나 줘서 콩팥이 하난데,

그거 떼면 죽는 거 아닌가요?

(생각났다는 듯이)

그런데, 아깐, 저 애를 마법에서 풀어주기 위해

저 애를 죽일 수는 없다고 말씀하셨잖아요.

검은남자

이젠 달라졌습니다.

송자가 울면서 들어온다.

검은남자

이분 때문에 결정하게 됐습니다.

청년

(여자를 보며)

그 여자네. 춘복씨, 장기 떼러 온 여자.

이모, 이모부

뭔, 소리야?

청년

가족끼리 이거 너무한 거 아니에요.

춘복씨는 말이에요. 달수라는 양아치한테 협박을 당해서, 자기 콩팥을

저 여자한테 팔았거든요.

이모

그래서 저 애가 통 말이 없었구만.

이모부

뭔 또 말이 없었다고 그래.

이모

그런 거 같았다구요.(송자를 보며) 참, 나쁜 년이네, 어떻게 남의 장기를 돈으로

살 생각을 했대. 아무리, 우리 마녀들이 독하다 독하다 해도…(송자에게) 혹시

당신도 마녀요? 어디 소속 마녀요? 헨젤과 그레텔에 나오는 마녀요? 식인마녀.

청년

(하품하며)

아, 씨, 졸릴 시간이네. 다 정리되면 불러요. 들어가서 잠 좀 자야겠어요.

(송자에게) 그리고, 아줌마, 그렇게 질질 짜지만 말고 춘복아 하고 다정하게 한번

불러줘요.

그럼 춘복이 마음이 바뀔지 누가 알아요.

냉장고 안으로 들어가는 청년.

송자

(춘복에게)

어떻게 할 거야?

춘복

송자씨는 저분한테 뭘 주는데?

검은남자

그건 춘복이 네가 알 필요도 없고 알아서도 좋을 건 없다.

송자

난, 네가 내 아이의 선한 자가 됐으면 좋겠어.

내 아이에겐 시간이 없어!

(울부짖는다)

이모와 이모부, 자리를 피해 화장실 안으로 들어가며.

이모

이게 그래도, 이렇게 되면 안 될 것 같은데….

이모부

우리들 얘기가 뭐 특별할 게 있겠어. 그나마 이 정도 되니까 동화스럽네.

이 옥탑방이 굴뚝인지도 모르고… 파랑새가 나오는 동화가 뭐지?

검은남자

어때, 이 여자가 울고 있잖니. 춘복이라면 용기를 낼 수 있지 않을까?

그렇다고 해서

강요하는 건 아니란다. 어차피, 너의 글도 끝을 봐야 하지 않겠니.

너무 길면 지루한 법이니까.

춘복

(송자에게)

당신 이름이 뭐죠?

송자, 춘복에게 걸어가 춘복을 엄마처럼 안아주며.

송자

…임송자…임송자. 내 이름은 임송자.

춘복, 송자의 품에 안겨.

춘복

저 아이가 저렇게… 침을 흘리는 건 사랑받고자 하는 몸부림이죠…
사랑받고자 할 땐 뭔가 흘리잖아요… 눈물을 흘리든지, 웃음을 흘리든지…
아니면 피를 흘리든지….

춘복, 송자를 책상에 앉히고, 결심한 듯 침대로 가서 눕는다.

검은남자

세상은 여기서 저기로 자리를 옮기는 일에 불과하단다.
그걸 잘했을 때 우린 그것을 기적이라고 부르지.

검은남자, 춘복에게 걸어간다.
송자, 눈을 감는다.

암전.
밝아지면.

책상에 앉아 동화를 마치는 춘복. 자신의 글을 한동안 읽어보는 춘복.

달수

(춘복을 보며)

빙신 새끼… 네가 한다고 한 거야! 내가 이렇게까지 한다고는 안 했어.

너 절대 말 바꾸면 안 돼!

춘복

내가 하자고 했어.

소파에 웅크리고 앉아 있던 송자.

송자

(괴로워하며)

…그 사람이 올 거예요.

달수

저 새끼 말 다 믿을 것도 아니고… 그러니까 저 새끼라면… 속이고도 남을

새끼란 말이죠…

아닐 수도 있다는 겁니다…

막말로 한 개 있는지 두 개 있는지는 열어봐야 아는 거니까.

송자

(달수를 쏘아보며)

그걸 지금 말이라고 해…

달수

(머쓱하며)

제가 원래 이런 놈은 아닌데…

송자

(춘복에게)

너 왜 하겠다는 거야?

춘복

난 괜찮아.

이것으로 난 마법에서 영원히 풀려날 거니까.

송자

네가 원하던 것이 이런 거였어. 이게 네가 원하던 동화야!

춘복

춘복이 쓰면 모든 동화는… 해피엔딩으로 끝나.

송자

난 못 해!

달수

니미,… 씨… 정말 왜 그럽니까. 아까는 하겠다 하고…

어차피 저 새끼 오래 살지도 못해요. 빙신 같은 게 왜 저렇게

사지를 뒤트나 했네…

콩팥 남 떼어주고 그러면 살아도 사는 게 아니랍니다. 사지가 쑤시고…

고통도 엄청 심하고…

에이, 씨… 저 새끼가 죽어도 좋다고 하잖아요. 나중에, 정말 저 새끼 죽으면,

저 새끼 말대로 확 불 질러 버리고 떠나면 되는 거고…

송자

(달수에게)

그게 사람이 할 짓이야! 너 당장 나가!

달수

에이 씨, 난 할 만큼 한 거요?

먹고 뱉어내래도 돈 없으니까, 알아서 하슈.

(춘복에게) 춘복아, 저 자매님이 우리들의 선한 자다, 선한 자.

나가는 달수.

송자

너, 내 눈 똑바로 봐.

춘복, 송자를 본다.

송자

넌 다 알고 있었어! 끝이 이렇게 될지… 언제부터 알았던 거야?

사이.

춘복

…엄마가 죽던 날부터. 이 방 안에서 온몸이 팅팅 부은 우리 엄마가
벽을 긁어대며, 손톱이 빠지게 벽을 긁어대며, 소리를 지르고, 비명을 지르고
울부짖어도… 나밖에 없었으니까…
난 끝을 알고 있었어.

송자

…왜 내게 이러는 거야?

춘복

넌, 송자씨니까.

송자

난 박수미야.

춘복

선한 자가 올 거야.

송자

네 엄마는 왜 죽었어?… 네가 줬다면서. 네가 줬으면 살았어야 하잖아.
동화처럼 가시덤불 같은 숲에 희망의 길이 생기고 모두가
구원받았어야 하잖아.
그랬어야 하잖아.

춘복

동화니까. 이건 춘복의 동화니까… 난 동화 속 인물이니까.
(찢어진 공책을 들고 책상에서 일어나 송자에게 걸어가며)
이제 네가 동화를 써. 네가 작가야.

춘복, 찢어진 공책을 송자에게 건넨다. 받기를 주저하는 송자.
춘복, 송자의 손에 공책을 쥐어준다.

사이.

송자, 춘복이 손에 들려 준 공책의 마지막 페이지를 본다.

송자
(한 구절을 찾아 읽는다)
당신 이름이 뭐죠?…임송자…임송자…
(서서히 흐느끼며) 내 이름은 임송자…

춘복, 바닥에 널려진 동화책을 주위들고 침대로 걸어가 눕는다.
이때, 흰 가운을 입은 초췌해 보이는 남자가 가방을 들고 들어온다.
송자, 흰 가운을 본다.

에필로그

춘복의 옥탑방.
송자, 책상에 앉아 공책에 글을 쓰고 있다.

송자

"이렇게 높은 곳에 집이 있는 줄 몰랐어요."
"춘복씨는 탑에 갇혀 살아요.""탑이요."
"마법에 걸린…왕자가 갇혀 사는 성탑 말이에요""성탑이 아니라 옥탑이겠죠"

이때, 초인종 소리.
마법에 걸린 듯, 서서히 기괴하게 사지가 뒤틀리는 송자.

끝.

숲속의 잠자는 옥희

2019년 6월 30일 1판 1쇄 펴냄

지은이   최치언
펴낸이   김성규
편집   이계섭, 조혜주
디자인   김동선
펴낸곳   걷는사람
주소   서울특별시 마포구 월드컵로 16길 51 서교자이빌 304호
전화   02 323 2602
팩스   02 323 2603
등록   2016년 11월 18일 제25100-2016-000083호
ISBN   979-11-89128-45-6
         979-11-89128-30-2 [04810]

* 이 책은 서울문화재단 2017년 문학창작집 발간지원사업의
  지원을 받아 발간되었습니다.